결혼
독촉장

결혼 독촉장

초판 1쇄 찍은 날 | 2017년 10월 24일
초판 1쇄 펴낸 날 | 2017년 10월 30일

지은이 | 문희
펴낸이 | 예경원

편집 | 유경화·주승아

펴낸곳 | 예원북스
등록번호 | 제396-2012-000132호
등록일자 | 2012. 7. 25
YRN | 제1-0200호

주소 | 경기도 고양시 일산동구 호수로 646-24 위너스21-Ⅱ 206A호 (우) 10401
전화 | 031-819-9431 팩스 | 031-817-9432
http://cafe.naver.com/yewonromance
E-mail | yewonbooks@naver.com

ISBN 979-11-6098-629-7 03810

결혼 독촉장

YEWONBOOKS
ROMANCE STORY

문희 장편소설

To :

Address :

C · O · N · T · E · N · T · S

프롤로그 ································· 7

1. 굴욕적인 만남 ····················· 24

2. 미운 우리 새끼 ···················· 43

3. 어쩜 이럴까 ······················· 82

4. 짐승과의 합의 ····················· 110

5. 거부할 수 없는 그대 ··········· 140

6. 욕망에 사로잡히다 ·············· 174

7. 사람의 마음이란 ················· 206

8. 당신이란 남자 ···················· 234

9. 미치게 원하다 ···················· 254

10. 탐닉하다 ························· 282

11. 사랑하는 당신 ·················· 307

에필로그 ···························· 342

외전_ 욕망의 새별 ················· 364

프롤로그

넓은 스튜디오 안에는 사람들이 가득했다. 우리나라 최고의 신개념 토크쇼이니만큼 제작비도 많이 들여서인지 모든 게 크고 완벽하게 준비가 된 공간이었다.

이 토크쇼는 예능과 시사를 같이 섞어놓은 것 같은 진행으로 진행자가 개그맨 출신이었다. 그래서 시사와 재미를 동시에 잡은 프로였고 시청률도 꽤 높아 정치인들은 서로 앞 다투어 나오려 했고 경제인들의 참여도 높았다.

그래서 도하건설의 회장인 성진도 사람들 앞에 나서는 게 싫어 꽤 망설이기는 했지만 회사의 이미지를 높일 수 있는 좋은 기회이니만큼 끝까지 거절하지 못하고 출연을 하게 되었다.

연출의 큐 사인이 떨어지자 진행자가 마이크를 잡았다.

"우리나라 제일 건설사인 도하건설의 창업주이자 가장 존경받는 경영인 도성진 회장님을 소개합니다."

짝짝짝짝.

진행자의 말에 방청객의 박수 소리가 스튜디오 안을 요란하게 울리고, 그 소리에 맞춰서 연출자가 큐 사인을 보내자 도성진 회장이 스튜디오 안으로 들어섰다.

큰 키에 예순이라는 나이가 무색할 정도로 다부진 몸이 명품 슈트를 더 멋져 보이게 했다. 그는 건축계의 황제이자 얼짱 회장으로도 유명한 사람이었다.

"이렇게 스튜디오에 나와주셔서 감사합니다."

"저같이 재미없는 사람이 이렇게 인기가 많은 프로그램에 나와서 민폐가 안 될지 모르겠습니다."

"나와주신 것만으로도 영광입니다."

진행자는 그가 불편할까 봐 부드러운 미소를 지으며 말했다.

"이번에 재미있는 설문조사가 있었는데, 여대생들이 가장 가고 싶은 꿈의 직장 1위로 도하건설을 뽑은 거 아십니까?"

"여대생들이요?"

"네, 혹시 그 이유를 아십니까?"

"요즘은 여자분들도 건축에 관한 공부를 많이 하니까 그럴 수도 있죠."

"아닙니다."

"그럼 잘 모르겠습니다만."

"도하건설에 잘생긴 남자들이 많기 때문이랍니다. 회장님을 포함해서 말이죠."

"하하하, 그렇습니까? 우리 직원들이 잘생기고 돈도 잘 벌어서 그런지 장가들은 잘 가더군요."

사실이었다. 인물로 뽑냐는 말이 나올 정도로 도하건설은 얼짱들이 많았다.

"아드님만 두 분이시죠?"

"네."

"장가를 안 가셨고요?"

"둘째는 제가 늦둥이를 봐서 아직 고등학생이고 큰 녀석은 노총각입니다."

사회자가 뭔가를 들어 올렸다.

"이게 뭔 줄 아십니까?"

"아뇨."

사회자가 판넬을 돌리자 자신의 부인의 젊었을 때 사진이 보였다.

"와아~!"

여기저기서 탄성이 쏟아졌다. 그의 부인은 왕년의 은막의 여왕인 유하민이었다.

"진짜 미인이십니다."

"지금도 제 눈엔 예뻐요."

그의 말에 모두가 또 반응을 보였다. 역시 방청객들의 리액션은 대단했다. 가만히 있는 사람도 힘이 나서 말을 많이 하게 유도하고 있었다.

"그리고 이분은 누구십니까?"

큰아들 녀석의 사진이었다.

"와아~!"

이번에는 더 큰 소리가 나왔다.

"지금 말씀하신 노총각 맞나요?"

"네, 지금 유학 중이고 아주 멋진 녀석인데, 여자가 없어요."

사실 요즘 도 회장의 가장 큰 고민은 도하건설의 실적도 아니요, 본인의 건강 문제도 아닌, 노총각 아들의 장가 보내기였다.

"모르시는 건 아니고요?"

"그럴 수도 있겠군요. 한 번도 아들 녀석의 뒷조사를 안 해봐서요. 해봐야겠습니다."

"그건 가정 내 사찰입니다. 요즘 정치권이 워낙 이 문제로 시끄러워서요. 하시면 안 됩니다."

진행자가 자연스럽게 이끌어주는 덕분에 도 회장도 편하게 개인사와 도하건설의 이야기를 자연스럽게 할 수 있었다. 1시간짜리 프로그램인데 녹화는 4시간 정도에 걸쳐서 이루어졌다.

"끝으로 잘생긴 아드님의 공개구혼이라도 하시죠."

오늘따라 초점이 큰아들에게로 맞춰졌다. 아마 이 방송을 본다면 녀석이 길길이 날뛸지도 몰랐다. 어려서부터 사람들의 관심이 쏟아지는 걸 싫어하던 녀석이라 도 회장은 은근히 걱정이 되었다.

"공개구혼이요? 허참, 아들 녀석이 나가서 주책이라고 할지도 모르겠습니다."

"그래야 아드님도 결혼을 할 생각을 가지실 것 같아서요."

"그런가요?"

"네, 그럼요. 독촉을 하셔야 합니다."

"결혼 독촉장이라도 보내야겠습니다. 하하하."

마음 같아서는 결혼 독촉장이 아닌 결혼 압류라도 하고 싶은 마음이었다. 서른다섯 살이나 되는 녀석이 결혼할 마음이 없었다.

촬영을 마치고 집으로 돌아오는 길에 도 회장은 아들 녀석에게 전화를 걸었다.

"안 받아?"

잠이 들었는지 전화의 신호음만 가고 있었다. 속이 터진 도 회장은 아들에게 음성 메시지를 보내고는 전화를 끊었다. 아들이 건축에 대한 욕심으로 공부를 하러 미국으로 가겠다고 말했을 때도 그는 잡지 않았다.

하지만 지금은 여러모로 아들이 돌아와야 할 때였다. 그가 피땀 흘려서 만든 회사를 남에게 물려줄 수는 없었다.

3년 사이 회사의 2인자 박 사장의 위치가 견고해지고 있었다. 자신이 회사에 있는 동안은 언제든 아들의 자리가 있다고 생각했는데 회사 주주들의 생각은 달랐다. 박 사장이 뒤로 대주주들의 환심을 사고 있었기 때문이었다.

이제 후계자가 경영에 참여할 때였다.

도 회장은 이래저래 마음이 바빴다. 신호대기로 서 있는데 밖에서 젊은 연인들이 부끄러운 줄도 모르고 입을 맞추고 있었다.

"말세야."

"요즘 저런 친구들 많습니다."

"세상이 어찌 되려고 저러는지……."

"회장님, 그렇게 말씀하시면 구식이라는 소리 듣습니다."

"구식이 아니라 꼰대겠지."

홍 기사의 말에 그가 퉁명스럽게 답했다.

"집으로 모실까요?"

"그래, 빨리 들어가서 쉬고 싶어. 기를 다 빼앗긴 것 같아."

그는 눈을 감았다. 하지만 머릿속에는 아들 미노 생각뿐이었다.

"아참, 이번 주에 아들이 장가를 간다고?"

"네, 제가 그래서 다른 사람에게 며칠 운전을 부탁했습니다."

"축하하네."

오랫동안 그의 차를 운전한 홍 기사의 아들은 그가 기억하기로 미노와 동갑이었다. 공부도 잘하고 똑똑해서 어릴 때부터 홍 기사의 자랑이었다. 오늘 도 회장은 이래저래 스트레스였다.

어릴 때부터 속 한 번 썩인 적이 없던 아들인데 뒤늦게 그의 속을 시커멓게 태우고 있었다. 그는 다시 한 번 아들에게 연락을 하기 시작했다. 이번에야말로 공부만 한다고 고집을 부리는 녀석을 끌고 들어와서 장가를 꼭 보낼 생각이었다.

따사로운 햇살이 창문을 넘어 눈부신 흰색의 캐노피를 타고 내려와 구릿빛의 근육질 다리를 비추고 있었다. 완벽한 바디라인이 그림처럼 펼쳐져 있었다. 아무것도 입혀지지 않은 자연 그 자체였다.

침대를 거의 다 차지한 큰 신장의 남자는 베개에 머리를 박은 채 엎드려서 자고 있었다. 역삼각형의 넓은 등은 깎아놓은 것 같은 잔 근육들로 이루어졌고 봉긋하게 솟아오른 엉덩이는 힙 업의 진수를 보여줬다.

거기에 보통 여자의 허리 굵기보다 굵은 허벅지와 침대 밖으로 아무렇게나 툭 떨어져 있는 근육질의 팔은 마치 누드화 모델의 모습 같았다.

윙— 윙——

아침부터 핸드폰의 진동 소리가 요란했지만 그는 받지 않았다.

윙— 윙——

끈질긴 진동 소리에 미노는 베개에 얼굴을 묻은 채로 침대를 더듬거리며 핸드폰을 찾았다.

"Hello."

[헬로우 같은 소리 하고 있네.]

아버지였다. 무슨 일 때문에 전화를 했는지 안 봐도 뻔했다. 미노는 인상을 찡그리며 침대에서 몸을 일으켰다.

"아버지, 어쩐 일이세요?"

[내가 어제부터 얼마나 전화를 한 줄 알아?]

"무슨 일 있어요?"

뻔히 아는 내용이었지만 어제오늘은 좀 심하긴 한 것 같았다. 아마도 주변 친구분이나 지인의 결혼식에 다녀오신 게 분명했다.

[당장 한국으로 돌아와.]

"진짜 아버지, 왜 또 그러세요."

[당장 들어와서 결혼해.]

"결혼은 혼자 하나요?"

잠이 확 깨는 순간이었다. 핸드폰을 보니 아버지에게서 온 부재 중 전화와 문자가 한 가득이었다. 시험 기간이어서 며칠을 밤을 새고 나니 하루 넘게 잠이 들었었나 보다. 어딜 가나 그의 인생에 공부는 계속되는 것 같았다.

다른 쪽으로 눈을 돌릴 시간이 그에겐 없었다. 그런데 갑자기 결혼이라니 미노는 황당했다. 가끔 결혼에 대한 이야기를 듣기는 했지만 이렇게 강압적으로 말을 하신 건 처음이었다.

[못난 놈, 일단 들어와. 아버지가 알아서 할 테니.]

"아버지, 지금은 좀 그래요. 내년이나 내후년에 결혼은 생각해 볼게요."

[결혼을 하겠다는 것도 아니고 생각해 봐?]

"아버지, 오늘따라 왜 그러세요."

[여하튼 빠른 시일 내로 들어와.]

"네."

아버지와의 통화가 끝이 나고 미노는 머리를 극적이며 침대에서 일어나 제일 먼저 커피를 마셨다. 커피와 담배는 신이 주신 선물이라고 생각하는 미노였다.

올 누드 차림의 미노는 밖으로 나가 그대로 수영장으로 들어갔다. 그가 미국에서 누리고 있는 최대의 사치였다. 수영장이 있는 집에서 사는 것이 사치가 아니라 공부 이외에 그가 하는 유일한 시간 낭비였기 때문이었다.

그는 시간을 낭비하는 게 돈을 물 쓰듯이 쓰는 것보다도 더 낭비라고 생각했다.

"푸우!"

그가 잠수를 하다가 물 위로 나와 두 손으로 머리를 쓸어 올렸다.

"결혼이라……."

한 번도 그는 결혼을 생각해 본 적이 없었다. 성욕이야 가끔 해소하면 그만이고 결혼은 때가 되면 대충 그와 비슷한 환경의 여자를 만나면 그뿐이었다. 사랑이니 뭐니 하는 감정놀음을 하기엔 그에겐 일이 소중했다.

미국에 유학을 온 것도 미래의 도하건설 후계자가 되기 위해 자신을 조금 더 갈고닦기 위해서였다. 태어나면서부터 그가 보고 자란 건 거친 건설 현장이었다. 앞으로도 그는 도하건설에 뼈를 묻을 각오를 하고 있었다.

미노는 수영장의 끝에서 끝을 자유형으로 왕복하면서 깊은 생각에 빠졌다. 이번에 한국에 들어가면 진짜로 결혼을 해야 할지도 모른다. 결혼에 대한 환상이 없으니 언제 누구와 하면 어떠냐는 생각이 들기도 했다.

어차피 그는 일과 결혼을 했으니 말이다.

탁탁탁!

교탁을 두드리는 소리에 아이들의 시선이 한군데로 모였다.

"주목! 오늘은 너무나도 흥분되는 모의고사 성적표가 나오는 날이다. 엉뚱한 짓 하지 말고 부모님 사인란에 꼭 부모님의 친필서명을 받아오도록."

도하고등학교 3학년 3반 담임인 강하은의 하루는 이렇게 시작이 되었다. 얼굴이 죽상이 된 아이들을 보니 마음이 좋지 않았다. 우리나라에선 대학을 가는 게 교육의 궁극적인 목표이다 보니 아이들을 위한 교육은 사라진 지 오래였다.

하지만 하은은 그 와중에서도 아이들 하나하나에게 신경 쓰는 선생님이 되기 위해 노력하고 있었다. 물론 그녀의 이런 교육을 학부형들은 그리 좋아하지 않았지만 말이다.

"도미우, 교무실로 와."

3학년 3반 반장인 미우는 선생님들이 예뻐하는 모범생이자 아이들에게 인기도 많은 아이였다. 그래서 아이들 사이에서 벌어지는 일들을 해결하고자 할 때 가끔 미우의 도움을 받을 때가 있었다.

"아이고, 우리 미우 왔어?"

교무실에 미우가 들어오면 선생님들이 보이는 반응이었다. 특히 권예솔 선생님은 미우의 완전 팬이었다.

"미우야, 부탁이 있어서."

권 선생이 팬심을 더 발휘하기 전에 하은은 미우를 손짓으로 부르며 말했다.

"뭔데요?"

"박웅 알지?"

"네."

"걔가 요즘에 한별이를 괴롭히는 모양이야. 네가 큰 사고 없게 한별이 좀 신경 써줘. 그렇다고 싸우라는 게 아니라 곁에서 그냥 좀 봐줬으면 싶어서."

한별이는 그녀의 반 학생 중에서 가장 약하고 소심한 아이였다.

"네."

무뚝뚝하게 대답하는 녀석이었지만 해줄 건 다 해줬다.

"강 선생은 복도 많아. 미우가 그 반에 있으니 말이야."

옆에 앉아 있던 쌤이 부럽다는 듯이 말했다. 그건 그녀도 인정하는 일이었다.

"강 쌤, 오늘 약속 안 잊었지?"

"넵."

하은은 예솔에게 짧게 대답을 하고 성적표를 챙기기 시작했다. 퇴근 후에 집 근처 호프집에 간 그녀는 오랜만에 동네 친구들과

모였다. 동네 친구이자 동창이자 지금은 같은 직장에 근무하는 동료인 그들이었다. 이렇게 인연이 되기도 힘든데 하은은 언제나 신기하게 생각했다.

국어를 가르치는 하은과 물리를 가르치는 현성민, 그리고 윤리를 가르치는 권예솔까지 셋은 어릴 때부터 남자 여자를 떠나서 가깝게 지낸 사이였다.

"서른둘인데 애인 하나 없는 불쌍한 우리를 위하여!"

예솔의 건배사에 아무도 토를 달지 못했다. 서른둘이나 먹도록 변변한 애인 없이 사는 연애무능력자들이었기 때문이다.

"왜일까?"

"뭐가?"

"왜 저 뚱땡이도 있는 애인이 난 없을까?"

길을 지나는 초고도 비만인 여자 옆에 멀쩡한 남자가 손을 잡고 걸어가자 예솔이 한탄을 했다.

"넌 윤리 쌤이 뚱땡이라고 하면 되냐?"

유일하게 남자인 성민이 예솔이를 나무랐다.

"하긴 나 같은 루저가 누굴 욕하겠니."

"애인이 없으면 루저야?"

"응."

그녀의 말에 예솔과 성민이 동시에 대답했다.

"그냥 너희 둘이 사귀면 되겠네."

그녀의 말에 둘이 또 똑같이 고개를 저었다.

"안 되겠어. 올 여름 휴가는 징그럽게 또 같이 가지 말고 그전에 애인을 만들자. 내가 성민이 너 소개시켜 줄 테니까 네가 우리 소개시켜 줘. 우리 아주 멋진 소개팅을 해보도록 하자."

"아니."

예솔이의 말에 성민이 1초도 안 돼서 답을 했다.

"왜?"

"난 맞아 죽고 싶지 않다."

"우리가 어때서! 얼굴 돼, 몸매 돼, 직장 안정적이야. 뭐가 문젠데?"

"폭력적이야. 남자가 여자한테 맞아서는 안 되잖아. 태권도 유단자인 하은이한테는 주먹으로 맞아, 국가공인 말싸움꾼인 예솔이한테는 말로 맞아, 나는 싫다. 너희 때문에 친구들을 잃고 싶지 않다."

"으그, 이게."

하은이 주먹을 들어 그를 때리려고 했다.

"이거 봐. 나야 심장에 이제 굳은살이 박여서 놀라지 않지만 다른 놈들은 상황이 다르지. 말이 나와서 말인데, 하은이 너 지난번에 소개팅해 준 놈이 손잡는다고 손목을 그렇게 꺾어놓는 게 어디

있냐? 걔 깁스했다."

"다짜고짜 잡으니까 놀라서 그런 거지."

"잘하는 짓이다. 왜, 키스라도 했으면 내 친구는 최소한 중경상이었겠다."

"아니거든."

성민이 팩트를 말한 관계로 부인할 수가 없었다.

"멋진 년."

예솔이 옆에서 박수를 쳤다.

"넌 윤리 선생이 언어 순화 좀 해야 하지 않니?"

성민이 고개를 가로저었다.

"난 국어 선생이 아니거든."

성민에게 질 예솔이 아니었다.

"우리 이번 여름엔 꽝 어때?"

하은이 말을 꺼내자 모두가 고개를 끄덕였다.

"아무래도 우리는 이렇게 늙어서까지 함께일 것 같지 않냐?"

"독설이냐?"

"그런가?"

"어쨌든 이번 여름에도 뾰족한 방법이 없으니 우리 함께 가는 걸로."

"나도."

때마침 그들의 영원한 껌딱지가 호프집 안으로 들어왔다. 하은의 동생이자 아파트 단지 내 최고의 스타였다. 하랑은 사법고시에 합격해서 지금은 연수원 생활을 하고 있었다.

"어쩐 일이냐, 바쁜 양반이?"

"지나다가 보니 보였어."

하랑은 25살의 파릇파릇한 나이였다. 그녀와 7살이라는 나이 차이가 나다 보니 동생이자 딸 같은 느낌이 드는 아이였다. 하지만 지금은 엄청난 카리스마로 언니, 오빠들을 꼼짝도 못하게 만들고 있었다.

"동네에서 이러고 마시면 학생들이 안 봐?"

언니, 오빠들을 한심하다는 듯 쳐다보며 하랑이 자리에 앉았다.

"우리 동네하고 학교는 멀어."

"그래도."

"외로운 이들의 몸부림이니까 네가 이해해라."

"궁해?"

"응."

셋이 동시에 답했다.

"변호사도 좋으면 소개해 줄게."

"진짜야?"

세 명의 눈이 커다래졌다. 변호사라니, 그들의 처지엔 언감생심이었다.

"우리 꼬맹이 뭐 먹고 싶어?"

"아무거나."

이렇게 그들은 또 한 번 소개팅에 미쳐서 지갑을 열기 시작했다. 사악한 하랑은 이런 언니, 오빠들의 어리숙함을 이용해 오늘도 제 배를 채우고 있었다.

"언제 해줄 거야?"

"키는 컸으면 좋겠다."

닭다리를 열심히 뜯고 있는 하랑에게 말을 시키느라 모두들 정신이 없었다.

"닭 좀 먹자."

"알았어. 많이 먹어."

이렇게 어리숙한 그들은 한참 동안이나 하랑을 괴롭히며 소개팅에 대한 이야기를 했다. 이렇게 마음 편하게 술 한잔을 할 수 있는 친구들이 있다는 게 하은은 행복했다. 그리고 언젠가 이 녀석들 사이에서 맥주를 마실 남자친구를 기대하며 오늘도 하은은 꽐라가 될 때까지 술잔을 기울였다.

1. 굴욕적인 만남

강렬한 일렉트로닉 음악이 귀를 뚫을 듯 클럽 전체를 울리고 있었다. 강남에서 가장 잘나간다는 클럽은 3년 전보다 더욱더 많이 진화한 듯했다.

그때와 그대로인 게 있다면 아직도 여자들은 헐벗어 있었고 남자들은 그런 여자들을 침을 흘리며 언제 잡아먹을까라는 표정으로 기웃거리는 모습이었다.

"진짜 죽이지 않냐?"

그들의 앞으로 여자 둘이 지나가는데 거의 팬티가 보일 정도로 짧은 스커트에 탑도 거의 가슴만 가렸다.

"그냥 벗고 다니지."

그가 혀를 차자 여자들 중에 하나가 들은 것처럼 고개를 돌려 그를 아래위로 훑어보았다. 화장은 일본의 갸루처럼 무섭게 한 여자였다.

"요즘도 저렇게 화장을 하나?"

오늘따라 미노는 불만 섞인 말을 계속했다.

"앉자."

그리고 또 하나 그를 미치게 만드는 건 징글징글한 그의 친구 녀석들이었다. 미국에서 3년을 공부하고 한국으로 다시 돌아온 첫날 미노는 제대로 쉬지도 못하고 공항에서 친구 놈들에게 붙들려 이곳으로 바로 오는 길이었다. 친구 놈들이라고 해봤자 두 명이었지만 징글징글한 놈들이었다.

"우리의 뜨거운 재회를 위하여!"

미노는 인상을 구기며 억지로 친구 놈들과 건배를 했다. 그와 마주 앉아 있는 두 녀석들은 아주 순진한 얼굴을 하고는 그의 잔에 자신들의 잔을 부딪쳤다.

"벌레 씹은 얼굴을 하긴."

"내가 지금 안 그러게 생겼어?"

미노는 졸린 눈으로 친구들을 보며 말했다.

"우리가 보고 싶었던 거 아니야?"

"아니!"

그는 맥주를 벌컥벌컥 마시며 앞에 앉아 있는 아주 징그러운 녀석들을 째려보았다. 녀석들은 순진한 척 눈을 깜박이며 그를 보고 있었다. 나이도 생각지 않는 녀석들이었다. 언제 철이 들지 심히 걱정이다.

그의 35년 인생 중에 20년은 저 징그러운 인간들과 함께했다고 생각하니 미노의 고개가 절로 흔들렸다. 중학교 동창인 그들은 중2 때 같은 반이 되고 나서 지금까지 절친이었다. 아니, 그들이 까칠한 미노의 곁에 끈질기게 붙어 있었다.

미친 외모의 삼총사는 어디를 가나 사람들의 시선을 한 몸에 받았다. 세월이 많이 흘렀지만 그건 지금도 마찬가지였다.

"잠깐만."

미노가 자리에서 일어났다.

"어디 가려고?"

"화장실."

"도망갈 생각 마."

친구들이 그의 지갑을 흔들고 있었다. 미노는 고개를 가로저으며 화장실로 향했다. 시끄러운 음악 소리에 미노는 인상을 쓰며 미친 듯이 몸을 흔드는 사람들을 지나 화장실로 피신을 했다.

담배가 간절하게 생각이 났기 때문이었다. 변기에 앉아서 담배를 한 대 피우려는 순간 그의 편안한 휴식을 방해하는 소리가 들렸다.

탁!

화장실 벽에 뭔가가 부딪치는 소리가 들렸다.

"으으읍!"

"쉬!"

쾅!

옆 칸에 여자와 남자가 들어온 모양이었다. 잠시도 쉴 틈을 주지 않는 하루였다. 미노는 담배를 입에 물고는 자리에서 일어났다. 섹스를 비디오가 아닌 오디오로 듣고 싶지는 않았기 때문이었다.

사실 비디오도 싫었다. 섹스는 남이 하는 걸 보고 듣는 것보다 내가 해야 제맛이지 이건 아니었다. 3년 사이에 한국이 변한 건지 그가 보수적이 된 건지 알 수가 없었다.

"아악!"

이건 여자의 비명이었다. 남자 화장실에서 섹스를 하는 여자가 흥분해서 내는 소리라고 하기엔 거부의 의사가 분명해 보였다. 미노는 한숨을 푹 쉬었다. 남의 일에는 상관하고 싶지 않았다. 특히 오늘처럼 극도로 피곤할 때는 말이다. 진짜 손가락 하나 들기도 버거운 날이었다.

"가만있어!"

남자의 저음이 그의 귀에 강하게 박혔다.

"으으읍, 살려⋯⋯."

이건 분명한 거부의 목소리였다. 순간적으로 미노의 머리에 많은 생각이 스쳐 지나갔다. 하지만 지금 그냥 간다면 후회할 것 같은 생각이 들었다. 미노가 빠르게 자신의 칸에서 나와 옆 칸의 문을 두드렸다.

쾅쾅쾅!

참견하기는 싫었지만 그렇다고 가만히 있기에도 마음에 걸리는 상황이었다.

"⋯⋯."

갑자기 소리가 멈추었다.

"으으으으⋯⋯."

저건 분명히 여자의 목소리였다. 그는 다시 화장실로 들어가 양변기를 밟고 서서 옆 칸을 내려다보았다. 역시나 헐벗은 여자가 건장한 남자에게 입막음을 당하고 있었다.

"이봐, 모텔 갈 돈 없어?"

"씨발, 남의 일에 참견 말고 꺼져."

남자의 눈빛이 보통 사람과는 약간 달랐다. 흐리멍덩한 것이 약을 한 것 같았다. 그렇다면 더 골치인 상황이었다.

"아가씨, 애인이에요?"

여자가 고개를 좌우로 흔들었다.

"우리가 뭘 하든 상관 말고 꺼져!"

남자는 팔뚝에 용을 그려놓고는 자신의 힘을 과시하는 것 같았다. 그리고 더 이상 그를 신경 쓰지 않고는 다시 여자의 입술에 자신의 입을 맞추었다.

한마디로 그를 개무시하고 있었다. 이젠 남의 일이 아니라 자신의 일이 되어버렸다. 감히 그를 무시하다니 용서할 수가 없었다.

"이봐!"

"……."

녀석은 끝까지 그를 무시했다. 한마디로 잠자는 사자의 코털을 건드린 것이었다.

"으으읍."

여자의 눈에 공포감이 가득했다. 미노는 피우던 담배를 끄고는 밖으로 나갔다.

똑똑똑!

"너 때문에 담배 한 개비를 다 못 피웠어. 나와!"

"꺼져! 이 미친놈아!"

안에서 남자의 거친 목소리가 들렸다.

"미친 건 내가 아니고 너지."

화장실 안의 남자는 나올 생각은 없어 보였다. 안 되겠다는 판단이 든 미노는 화장실 문을 향해 거침없이 달려들었다.

쾅!

커다란 소리와 함께 화장실 문이 열렸다. 그의 눈에 남자의 엉덩이가 확 들어왔다. 순간 눈을 버렸다는 생각에 미노는 인상을 찡그렸다.

"에이!"

바지를 엉덩이 아래로 내린 남자가 놀란 얼굴로 그를 보고는 잠시 정지 상태가 되어 있었다. 그때 미노의 눈이 남자의 아래 있는 여자에게로 향했다. 바닥에는 여자가 반나체로 기절해 있었다.

"이런 개새끼!"

쓰러져 있는 여자가 눈에 들어오자 미노는 눈이 뒤집혔다. 싸움으로 누구에게 져본 적이 없는 미노였다. 그리고 이렇게 열 받는 상황이라면 더욱더 말이다.

"윽!"

미노의 긴 다리가 놈의 목을 향해 정확하게 날아가 단번에 구둣 발로 놈의 목을 눌러 버렸다.

"이런 건 사람이 할 짓이 아니지."

남자가 미노의 발을 밀치려고 했지만 힘에서 밀리고 있었다.

"그리고 사람도 가려서 무시해야지. 용만 그리면 장땡이야? 발정난 발바리 새끼야!"

퍽!

쓰러진 녀석을 일으켜 세워 다시 배를 가격했다. 그의 주먹이 녀석의 배에 박힐 정도로 그는 세게 녀석을 때렸다. 진짜로 죽여 버리고 싶었다.

"좆도 아닌 게 어디서 까불어."

퍽!

이번에는 남자의 얼굴을 주먹으로 쳤다.

"병원비는 청구해."

그는 이렇게 말을 하고는 남자를 원 없이 때렸다.

"죽여 버리고 싶지만 이쯤에서 끝내준다. 그리고 조용히 경찰 올 때까지 기다려."

가만히 있으라 한다고 가만히 있으면 그건 나쁜 놈이 아니었다. 놈이 미노에게 눈이 뒤집힌 채로 덤비기 시작했다. 하지만 그는 미노의 상대가 아니었다.

퍽!

미노의 주먹에 복부를 움켜쥐며 남자는 그 자리에 쓰러졌다. 미노는 한숨을 쉬며 화장실 안쪽에 쓰러진 여자를 밖으로 끌고 나왔다.

"괜찮아요?"

"흑흑흑."

기절한 줄 알았던 여자가 소리를 내어 울기 시작했다. 옷은 찢어져 속옷이 다 보이는 상황인 여자를 미노는 안쓰럽게 쳐다보았다. 아무래도 그대로 두기엔 여자의 상태가 너무 안 좋아 보여 그는 자신의 재킷을 벗어주기 위해 잠시 여자를 놓고는 몸을 일으켰다.

그때였다.

"야!"

너무나 순식간에 일어난 일이라서 미노는 대처를 할 수가 없었다. 그는 자신의 재킷을 벗다 만 채로 자신의 중심을 움켜쥐었다.

"악!"

자신의 급소에서 극도의 고통이 느껴졌다. 자신의 남성이 떨어져 버린 것 같았다. 아니, 눈에서 불이 번쩍 났다. 난데없는 공격에 당황할 사이도 없이 이번에는 머리통에서 불이 났다.

"야! 이 개새끼야! 어디서 내 친구를 건드려, 건드리긴."

"아! 이봐……."

"뭘 봐, 이 변태자식아."

목소리의 주인공 손에는 하이힐이 들려 있었고 불이 난 것 같았던 그의 머리에선 뜨거운 액체가 흐르는 듯했다. 미노는 자신의 머리를 손으로 짚었다가 깜짝 놀랐다.

"피!"

"그래, 네가 피난 건 아프고 내 친구 저렇게 된 건 괜찮냐? 이 새끼야!"

여자가 다시 그를 향해 달려들었다. 지독한 여자였다. 미노는 하이힐을 든 여자를 가까스로 잡아 여자의 손에 들린 하이힐을 빼앗고 맹렬하게 달려드는 여자의 손을 잡았다.

"변태새끼야, 안 놔?"

여자가 그에게서 벗어나려고 발버둥을 쳐댔다. 아무래도 이 여자를 놓으면 그가 더 다칠 것 같았다.

"이봐, 이건 내가 그런 게 아니라고."

"뭐? 이 새끼가 어디서 거짓말이야. 이거 안 놔?"

여자가 어찌나 몸부림을 치는지 그가 잡고 있기 버거울 정도였다.

"거짓말이 아니야."

"내 친구가 저렇게 쓰러져 있는데도? 예솔아!"

화장실 바닥에 널브러져 있는 여자의 이름인 것 같았다. 무슨 여자가 이렇게 힘이 좋은지 미노는 여자의 가는 몸을 잡고 있는 것도 힘이 들었다.

"가만히 좀 있어!"

"너 같으면 가만히 있겠어?"

그들의 소란스러운 소리는 밖의 요란한 음악 소리에 묻히는지 그 누구도 화장실에 들어오지 않고 있었다.

"진정해."

굉장히 가벼운데 볼륨감 하나는 끝내줬다. 순간 미노는 자신이
화장실 안에 처박힌 놈과 다를 바가 없다는 생각이 들었다.

"미친놈."

"뭐라고? 야!"

그의 말을 오해했는지 여자의 몸짓이 더 거칠어졌다. 때마침 그
의 친구들이 화장실에 도착했다. 여자를 잡고 있는 그의 모습에
놀란 도환과 태민이 미노에게 달려왔다.

"미노야!"

놀란 친구들의 표정은 가관이 아니었다.

"바닥에 여자 좀. 그리고 저 안의 개새끼도."

지금은 놀라고만 있을 때가 아니었다. 그가 친구들에게 다시 한
번 상황을 정리하라고 말하자 그제야 친구들이 움직이기 시작했
다.

"이거 안 놔."

여자는 여전히 미노에게서 벗어나기 위해 안달이었다.

"어떻게 된 거야?"

"우선 경찰에 연락해."

"어."

쓰러진 여자 옆에 있던 도환이 전화기를 들고 신고를 했고 태민이 화장실 안의 남자를 붙잡고 나왔다. 그러자 격렬하게 몸부림을 치던 여자가 거짓말처럼 멈추었다.

"그, 그러니까……."

하이힐을 들고 있던 여자의 얼굴이 사색이 되어 있었다. 정면에서 여자를 보니 아까 그가 들어올 때 보았던 그 갸루 화장의 여자였다. 아주 묘한 인연이었다.

자세히 보니 아주 섹시하게 생긴 여자였다. 화장으로 떡칠을 하고 있었지만 꽤 미인이었다. 짧은 미니스커트에 겨우 가슴만 가린 탑을 입은 여자는 볼륨감 있는 몸매가 아주 인상적이었다.

이렇게 빠르게 여자를 스캔하고 있는 건 그만이 아니었다. 그의 친구들 또한 입을 벌리고 그녀의 위험스런 모습을 보고 있었다.

그때였다.

"하은아, 이분이 날 도와주신 거야."

정신을 어느 정도 차린 여자가 미노 앞에서 사색이 된 여자에게 말해주었다.

"우리 얘기는 경찰서에서 하는 걸로."

화가 머리끝까지 난 미노였다. 일진이 이렇게 안 좋아본 건 처음이었다. 때마침 경찰이 들어와 그 자리에 있던 사람들 모두 강남경찰서로 연행이 되었다.

갑자기 강남경찰서가 사람들로 북새통을 이루고 있었다.

"아니, 다들 이런 일에 연루가 안 되실 분들이 이게 뭡니까?"

조서를 꾸미는 형사가 혀를 차며 그들을 바라보았다. 미노는 너무 화가 나서 머리에 뚜껑이 열릴 지경이었다. 절대로 남의 일에 참견하는 게 아니었다. 뒤늦은 후회가 밀려들었다.

"도미노 씨, 어쩌죠? 피해자분이 지금 병원을 가신 상황이고 도미노 씨 가해자 분도 같이 가셨으니 말입니다."

그의 머리에 하이힐로 구멍을 내고 하마터면 남자 구실도 못하게 만들 뻔했던 여자는 지금 피해자인 친구와 함께 병원으로 간 상태였다.

"고소하실 겁니까? 오해 때문에 그런 것 같은데……."

"형사님, 제가 좋은 일 하려다가 이렇게 되고 보니 용서가 안 되네요. 전 고소할 거고 합의는 없습니다. 그리고 여기 제 변호사와 상의하십시오."

그의 짜증나는 친구 중의 하나인 태민이 변호사였다.

"미노야, 그냥 한번 봐줘. 그쪽도 모르고 한 거잖아."

"이태민 네가 안 당했다고 이러는 모양인데 오늘 나한테 고소당해야 할 인간들은 네들이야. 그러게 집에 간다는 사람을 왜 불러내서 이 모양으로 만들어. 어?"

그의 말에 태민과 도환은 꼬리를 내렸다.

"아니, 절대로 용서 못해. 그리고 저놈도 화학적 거센지 뭔지 시켜 버리시고요."

그들의 옆에 앉아 있던 성폭행 미수범이 고개를 숙였다.

"성폭력 전과 3범이라서 이번엔 형량이 아주 높아질 겁니다."

미노는 의자에 고개를 푹 숙이고 있던 남자의 머리통을 후려쳤다.

"내가 이 새끼보다 더 맞았다니까요. 그것도 여자한테."

"도미노 씨가 이렇게 흥분하시는 이유 충분히 압니다. 좋은 일을 하시고 이렇게 되시다니 저도 마음이 안 좋습니다. 하지만 용감한 시민 표창은 받으실 겁니다. 조금이라도 위로가 되었으면 좋겠습니다."

"표창이 중요한 게 아닙니다."

미노의 머릿속엔 처절한 응징의 칼날이 새겨져 있었다. 아무리 미인이라도 용서할 수 있는 일이 아니었다. 3년간의 외국생활을 청산하고 들어왔더니 이런 험한 일이나 당하고, 미노의 머리가 복잡했다.

구급차 사이렌이 아주 요란하게 울리며 도심을 가르고 있었다. 밖의 상황이야 어떻든 간에 지금 하은의 눈은 친구에게만 향해 있었다.

"괜찮을까요?"

"외상은 크게 심하지 않은데 이런 경우는 너무 쇼크가 크니까. 일단은 지켜봐야죠."

구급대원이 이렇게 말을 하며 친구의 상태를 살폈다. 잠깐 정신이 들었던 친구는 다시 기절한 상태였다. 옷이 다 찢겨지고 군데군데 타박상이 있는 친구를 보자 하은은 눈물이 솟구쳤다. 강하은 인생에 오늘처럼 버라이어티한 날이 없었다.

교단에 선 지 8년 만에 처음으로 고3 담임을 맡았다. 대학 보내는 것만으로도 힘이 드는데 올해 가장 강력한 골칫덩어리들이 그녀의 반이 되었다. 물론 친구인 예솔도 같은 학교 선생님이었고 고2 담임이었다.

오늘 그녀들이 평소와는 전혀 다른 복장으로 클럽에 온 이유는 그녀의 반 골칫덩어리들을 해결하기 위해서였다. 예솔이 반 여학생과 그녀의 반 남학생이 가출을 한 지 3일째로 오늘 그들이 클럽에 온다는 말을 듣고 온 것인데 아이들도 못 잡고 예솔이는 충격적인 일을 당했다.

거기다가 그녀는 오해를 해서 남자 하나를 고자로 만들 뻔했다. 되는 일이라고는 하나도 없는 데다, 구급차를 타기 전에 남자가 그녀를 폭행 혐의로 고소한다고도 했다. 아주 머리가 터질 것 같은 날이었다. 설마 고소까지야 하겠냐마는 남자의 머리에서 피까지 흘리게 했으니 걱정이 되긴 했다.

윙—

미우였다. 그녀가 아끼는 녀석 중에 하나였다.

[쌤, 어디세요?]

"나도 내가 어딘지 모르겠다."

[한별이 잡았어요.]

"어?"

갑작스러운 말에 하은은 너무나 놀랐다. 그렇게 눈을 뒤집고 클럽 안을 돌아다녔는데 그녀는 찾지 못했었다.

"한별이를? 클럽에서 잡았다고?"

[클럽요? 그 말 믿으셨어요?]

"뭐?"

이건 또 무슨 시추에이션인지 정신이 하나도 없었다. 왠지 어린 녀석에게 당한 기분이 들었다.

[내가 이래서 쌤을 좋아해요. 한별이는 그런 그릇이 못 돼요. 장난 좀 한 건데 그걸 또 믿으셨어요? 설마 클럽 안에서 한별이 찾으신 건 아니죠? 클럽엔 들여보내 주긴 해요?]

"야! 도미우!"

아주 불난 집에 휘발유를 붓는 녀석이었다.

[소리 지르면 주름 생겨요. 안 그래도 동안은 아니시잖아요.]

"뭐?"

하은은 뒷목을 부여잡았다.

[어쨌든 한별이가 집으로 돌아갔으니 된 것 아닌가요?]

"그래, 아주 기쁘다. 넌 어디야?"

[집이죠.]

"네 방엔 차가 지나다니나 보지?"

[TV 소리예요.]

"공부해."

[네, 네.]

한마디도 안 지는 얄미운 녀석이었지만 오늘은 정신이 없는 관계로 패스였다. 전화를 끊고 나자 구급대원이 그녀를 위아래로 훑어보았다.

"왜요?"

"선생님이세요?"

"아뇨."

하은은 팬티라인이 다 드러날 것 같은 짧은 길이의 초미니스커트를 손으로 열심히 내리며 말했다. 이런 꼴로 아이들을 가르친다는 말은 차마 할 수 없었다.

"도착했어요?"

"네."

생각보다 병원에 빨리 도착한 그녀는 응급실로 향했다. 예솔은 아직도 정신을 차리지 못한 상황이었다. 응급실에선 기절한 것 이외에 특별한 것은 없다고 했고 성폭행의 흔적도 없다고 했다.

강간 미수였지만 예솔의 입장에선 아주 충격적일 것이다. 기절해 있는 예솔의 얼굴을 손으로 쓰다듬으며 한숨을 쉬었다.

윙—

"여보세요?"

[강남서 김도식 형삽니다.]

"네."

아까 친구를 덮친 놈에 관한 이야기를 할 모양이었다.

[아까 클럽에서 남자분께 폭행을 가하셨잖아요?]

"아, 그건 오해를 해서……."

[남자분께서 고소하셨습니다.]

오늘 하루 대단원의 막은 고소로 내릴 것 같았다. 아주 최악의 날이었다.

"그건 오해라는 거 아시잖아요?"

[일단 고소가 접수되면 저희는 조사를 들어가야 해서요. 내일 오전에 경찰서에 방문하셔야 할 것 같습니다.]

고3 담임이 자리를 쉽게 비울 수도 없는 노릇이었다.

"저기 그게……."

[내일 오전에 안 오시면 구속영장 가지고 갑니다.]

"형사님, 그건 너무하시는 말씀이시네요."

[그러게 누가 그렇게 때리라고 했습니까?]

아주 말을 얄밉게 하는 형사였다.

"네, 갑니다."

자꾸 말싸움을 하다가는 입만 아플 것 같았다. 그나저나 교감선생님께 뭐라고 말을 해야 하나 벌써부터 머리가 지끈거리고 있었다. 하긴 그 일보다 예솔이가 내일 출근을 못한다면 일은 점점 더 커지는 것이었다.

"어떻게 하지."

안 되도 이렇게 안 되는 하루가 있다니, 하은은 헛웃음이 나올 지경이었다. 그녀의 이런 마음을 아는지 예솔이 눈을 떴다.

"괜찮아? 이게 몇 개야? 의사 선생님, 여기요."

하은은 예솔의 손을 잡고는 의료진들을 불렀다. 지금 자신에게 일어난 일들은 잠시 잊은 채로.

2. 미운 우리 새끼

스카프와 선글라스로 중무장을 한 여자가 주변을 기웃거리며 강남경찰서 앞을 서성이고 있었다. 경찰서 앞을 지나는 사람들이 그녀를 쳐다볼 때면 등을 돌려 자신을 감추었다.

"저기요?"

남자치고는 높은 톤을 가진 경찰이 그녀 앞으로 왔다.

"도움이 필요하십니까?"

"아, 아뇨."

"아닌데, 도움이 필요하신 것 같은데요?"

아주 깐족거리는 놈이었다. 그녀는 속으로 도움이 필요 없다는 말을 천 번은 더 외치고 있었다.

"진짜 괜찮아요."

"죄송합니다만 신분증 좀 부탁드립니다."

"네? 왜요?"

"날씨가 이렇게 더운데 스카프까지 두르시고 자꾸 수상한 행동을 하시니까 말입니다."

나이 어린 경찰이 허리에 손을 올리고 그녀를 쳐다보았다.

"그, 그게. 조사 받으러 왔어요."

"그럼, 들어가시면 되지 왜 이러고 계십니까?"

"그 그게……."

하은이 아까부터 이러는 데는 다 이유가 있었다.

"쌤!"

문 앞을 지키는 의무경찰 녀석이 그녀의 제자였다. 혹시나 해서 준비해 온 스카프까지 두른 이유였다.

"아닙니다. 사람을 잘못 보셨습니다."

"하은 쌤!"

하은은 목소리를 변조했다.

"그럼 이만."

"쌤, 진짜 반가워요. 찾아뵙지도 못했는데 여전히 미인이십니다."

눈치 없는 녀석은 그녀를 붙들고 늘어졌다.

"김 병장님 선생님이십니까?"

"그래, 고2 때 담임 쌤."

"오늘 조사 받으러 오셨답니다."

역시 눈치라고는 약에 쓰려도 없는 경찰이 그녀의 제자에게 일러바쳤다.

"교통사고 내셨어요?"

"……."

"여기 이름 쓰시고 방명록 기재하시고 들어가세요. 무슨 과예요?"

"어?"

"여기 써야 해서요."

"강력1팀."

제자 녀석의 눈이 커다래졌다. 더 이상 시간을 끌다가는 교감쌤 선에서 잘릴 것 같아 하은은 재빠르게 내용을 적고는 안으로 들어갔다.

"반가웠어. 다음에 보자."

강력팀은 어딘지 모르게 무서움이 가득했다. 이래서 죄를 짓고 살면 안 되는 것이었다.

"저기 김 형사님 자리가……."

"……."

앞쪽에 앉은 사람에게 묻자 그는 그녀를 보지도 않고 손으로 김 형사의 자리를 가리켰다.

"감사합니다."

짧은 스포츠 머리에 딱 붙는 검은색 면티를 입은 남자는 우람한 근육을 자랑했다. 꼭 헬스맨 같은 느낌이었다.

"안녕하세요. 강하은입니다."

형사는 그녀를 위아래로 훑어보고는 자리에 앉으라는 손짓을 했다.

"아니, 순하게 생기신 분이 어제는 왜 그러셨어요?"

순하진 않지만 왜 그랬는지 지금도 후회막심이었다. 어쩌면 그 렇게 오해를 할 수가 있었을까? 주변을 더 살폈어야 했다.

"그러게요. 하지만 친구에게 못된 짓을 했다고 생각하니 저도 모르게 그만……."

"어제 그분이 도와준 분이기에 망정이지 피의자가 칼이라도 들고 있었으면 큰일 날 뻔했어요."

"……."

형사가 말하는 건 엄연한 사실이니 뭐라고 반박은 할 수가 없었다.

"어제 그분은 많이 다치셨나요?"

"조사받고 응급실에 가서 다섯 바늘 꿰맸다고 하네요."

"다행이네요."

"다행이긴요. 머리만 다섯 바늘이고 전신 타박상에 급소 부분도 멍이 많이 들어서 남성 성기능 검사까지 한다고 난립니다. 화가 단단히 났어요."

"제가 다 보상해 드린다고 하고 합의를 보면 안 될까요?"

"벌써 물어봤는데 합의는 없답니다."

"후."

한숨이 절로 나왔다.

"이름요?"

조서를 꾸밀 모양이었다. 완전히 창피한 순간이었다. 조금만 봐주지 그 남자도 여간 못된 놈이 아니었다. 친구를 구하기 위해 그런 건데 말이다.

"네?"

"조서를 써야지요."

"강하은이요."

"주민번호하고 주소요."

하은은 경찰의 질문에 답을 하고는 주변을 두리번거렸다.

"어제 그놈은 어디 있나요?"

형사의 정신을 다른 곳에 팔게 할 심산이었다. 절대로 답하고 싶지 않은 대목이 있기 때문이었다. 그건 직업이었다. 학교 선생이 폭행이라니, 그것도 여선생이 좋은 일을 한 사람을 무식하게 때렸으니 이건 뉴스감이었다.

"지금 유치장 안에요. 강하은 씨 조사 끝나면 다음에 조사 들어갈 겁니다."

"네."

"직업은요?"

드디어 올 것이 왔다. 역시나 머뭇거리는 하은이었다. 선생님이란 직업이 주는 무게감을 완전히 잃어버린 느낌이었다.

"직업?"

"도하고등학교 교삽니다."

"네?"

이번엔 형사가 놀란 얼굴이었다.

"거 알 만하신 분이 왜 그러셨어요?"

"너무 용감한 탓이죠."

형사도 그녀가 클럽에 간 이유를 듣고는 웃음을 터뜨렸다.

"녀석들은 잡았어요?"

"네, 거짓정보에 저하고 예술 쌤이 당한 거죠. 그나저나 제가 그분한테 연락을 해서 합의를 보면 안 될까요?"

"그게 전화번호를 마음대로 가르쳐 드릴 수가 없어서요."

"그럼, 그쪽 변호사 번호라도……."

아주 애걸복걸해서 겨우 그쪽 변호사의 번호를 받은 하은이었다.

조사를 마치고 나온 하은은 한숨을 푹 쉬었다. 그리고 핸드폰을 들고는 간신히 받아온 상대방 변호사에게로 전화를 걸었다.

"여보세요? 이태민 변호사님 핸드폰이죠?"

[네, 말씀하세요.]

남자의 목소리는 굉장히 부드러웠다.

"어제 클럽에서……."

[아, 미노가 고소를 했으니 조사 받고 나오시는 길입니까?]

"네, 그런데 많이 다치셨나요?"

[많이 다치긴 했죠.]

하은은 그 자리에 주저앉았다. 지나가던 사람들이 그녀를 보든 말든 강남 한복판에 그대로 주저앉은 하은이었다.

"많이 다치셨어요?"

[머리 다섯 바늘 꿰매고 타박상에 남성까지 건드려 놔서 지금 마음은 뇌사 상태일 겁니다.]

마음이 뇌사 상태란다. 지금 하은은 정신이 뇌사 상태였다.

"그럼 정신적인 피해보상도 해야 하나요?"

[아마도 만만치는 않을 겁니다.]

"얼마나 요구하실 건가요?"

[몸값이 비싼 녀석이라…….]

하늘이 노래진 상황이었다. 상대방이 몸값까지 비싸다면 그녀의 재정상태도 정신 못지않은 타격을 입을 예정인 것이다. 피해보상을 못해서 합의를 못하면 교도소로 가는 건 아닌지 겁이 났다. 그녀의 꿈이었던 선생질도 포기해야 하는 것이다.

"그럼 저 교도소에 가야 하는 건가요?"

하은이 울먹이기 시작했다.

[우리도 그건 바라지 않죠. 원만한 합의를 원하는 게 저의 입장입니다.]

"저기 죄송한데 제가 그분을 찾아뵙고 용서를 빌면 어떨까 해서요. 전화번호 좀 주시면 안 될까요?"

[그건 좀…….]

"그럼 제가 어떻게 해서든지 이 은혜는 갚을게요. 네?"

[그건 좀 곤란합니다.]

울고 싶은 심정의 하은이었다.

[제가 지금 의뢰인 상담 중이라서요.]

"네, 다음에 또 전화드릴게요."

하은은 하늘이 노랗다는 게 어떤 건지 온몸으로 느끼고 있었다. 어떻게 해서든지 그 남자와 합의를 해야 했다.

"도미노라고? 이름도 이상해가지고 성격도 아주 모가 났어."

하은은 풀이 죽어 학교로 향했다.

학교에 도착해서 교감 쌤의 눈총을 한눈에 받은 하은은 자신의 자리로 향했다. 옆에 앉은 옆반 선생님이 오늘 결근한 예솔에 대해 묻기 시작했다.

"예솔 쌤 어디 아파? 오늘 결근이더라고."

"몸살인가 봐요."

"예솔 쌤 건강한 줄 알았는데 아닌가 보네. 병원에 입원했다면서?"

"네, 오늘 퇴원한다고 하네요."

"몸이 재산인데 걱정이다."

하은은 지끈거리는 머리를 누르며 잠시 쉬었다. 오늘 수업이 3교시부터 있어서 좀 쉴 수 있는 시간이 있었다.

"쌤."

귀에 익은 아주 얄미운 저음의 목소리가 들렸다. 이 사단의 발단인 미우였다.

"쌤, 괜찮으세요?"

미우가 잘생긴 얼굴을 들이밀었다.

"그래, 왜?"

"혹시 그날이세요?"

"도미우!"

"아니, 날카로우셔서."

도미우, 전교 1등에 쌈질까지 잘하는 녀석이었다. 거기에 생긴 건 또 얼마나 곱상하게 생겼는지 연예기획사의 명함이 가는 길마다 뿌려질 지경이었다. 하은이 봐도 요즘 대세인 꽃미남의 전형적인 얼굴이었다.

"왜?"

"오늘 보충수업 빠질 아이들 명단이요."

"알았어. 놓고 가."

미우가 교무실을 나가자 옆반 쌤이 또 말을 걸었다.

"쟤는 어쩜 저렇게 잘생겼데요? 어머니, 아버지 두 분 다 미남미녀니 저런 얼굴을 뽑아낼 수 있었겠지요? 쌤은 미우 부모님 봤어요?"

"아뇨, 미우 부모님은 학교 안 오세요."

"왜요?"

"두 분 다 맞벌이를 하신다고 들었어요."

"그렇구나. 얼굴도 잘생겨 공부도 잘해. 신은 좀 불공평한 것 같아요."

"그러게요."

3교시 준비를 하고 하은은 자신의 반으로 향했다.

"이제 기말고사가 며칠 남지 않았다."

"우~"

"고3이란 게 호락호락하지 않으니 모두들 건강 관리 잘하고 여름에 멍멍이도 걸리지 않는다는 감기가 유행이니 모두 너무 에어컨 바람에 의지하지 말고."

"네."

"수업 시작하자."

국어 교사인 하은은 아이들을 가르칠 때가 가장 행복했다. 고3이라 공부에 찌든 아이들의 눈빛이었지만 그래도 그녀에겐 소중한 제자들이었다. 어제오늘 아주 지랄 맞은 날의 연속이었지만 그녀는 삶의 행복을 학교에서 다시 충전하고 있었다.

한남동의 부자들이 모여 있는 주택가에서도 가장 화려하고 큰집은 우리나라의 건설업계 1위인 도하건설 회장의 집이었다. 깔끔하지만 독보적인 디자인으로 주변의 재벌가 회장님들의 부러움을 한 몸에 받는 이곳은 집 안에 수영장과 미니골프장이 있을 정도로 넓은 곳이었다.

인테리어나 건축 잡지의 표지를 장식할 정도의 아름다움을 가지고 있는 대저택이었다. 하지만 이 집안의 사람들의 아름다움을 따라가지는 못했다.

도하건설의 회장인 도성진 회장은 어릴 때부터 건설업계에서는 알아주는 미남자였고 그의 부인인 유하민은 은막의 여왕이었다. 그런 부모에게서 태어난 두 아들 역시 사람들의 시선을 사로잡고 다니는 미남자들이었다.

조용하고 평화로운 집 안에서 비명 소리가 갑자기 들리고 있었다.

"아, 아아아."

포비돈이 꿰맨 부위에 닿자마자 미노의 입에서 절로 비명이 새어 나왔다.

"미노가 이렇게 엄살이 심한 줄 몰랐습니다."

주치의인 양 원장님이 웃으며 그의 머리를 치료해 주었다.

"그야 처음으로 이렇게 다치고 들어와서……."

어머니는 안쓰러움이 가득한 얼굴로 그를 바라보고 있었다.

"아니, 사내자식이 얻어터지고 다녀서 뭐에 다 써. 내가 결혼하라고 오라 했지 싸움질하라고 했냐?"

아버지의 입에서 드디어 결혼 소리가 나오기 시작했다. 화제를 다른 곳으로 돌려야 했다.

"아버진 출근 안 하십니까?"

"너 꼴 보기 싫어서 간다. 하지만 끝난 게 아니야. 이따가 저녁에 진지하게 이야기하자."

"전 어제 왔다고요."

"다 필요 없으니까 장가갈 생각부터 해."

"아버지!"

아버지가 자리에서 일어나셨다. 옛날 사람치고는 커다란 키의 아버지가 일어서자 주치의 양 원장이 더 왜소해 보였다.

"양 원장, 진짜 괜찮은 거야?"

아버지는 방을 나가기 전에 그래도 아들이 걱정되셨는지 양 원장에게 걱정스런 얼굴로 물으셨다.

"네."

"머리가 뚫리더니 정신이 좀 나간 것 같아."

"아버지!"

도환이와 태민이가 아버지에게 다 일러바쳐서 어젯밤부터 오늘 아침까지 아버진 그를 놀리는 데 여념이 없었다.

"여자한테 맞았대……."

양 원장과 아버지는 그를 두고 웃기에 바빴다.

"진짜 당신 미국에서 온 지 얼마 되지도 않은 애한테 자꾸 이럴 거예요?"

"알았어. 간다고 가."

어머니에게 한소리를 듣고 나서야 아버지와 양 원장이 집을 나섰다.

"진짜 괜찮은 거야?"

어머니의 고운 얼굴에 걱정이 한 가득이었다.

"네."

"내일부터 출근인데 괜찮겠어?"

"암요. 멀쩡합니다."

미노가 자리에서 일어나자 어머니가 미노의 표정을 살피며 물었다.

"태민이가 전화 좀 달래."

"왜요?"

"어제 일 때문인 것 같은데? 그리고 강남서에서도 용감한 시민상 받으러 오라는데?"

"둘 다 관심 없습니다."

따끔거리고 욱신거리는 머리를 손으로 잡고 그는 방으로 들어가 짐을 정리하기 시작했다. 3년 만에 돌아온 그의 방은 여전히 깔끔하게 정돈이 되어 있었다. 아버지의 뜻에 따라 그는 건축학을 전공했고 다행히 그의 적성에도 맞았다. 솔직한 얘기로 그의 적성에 더 맞는 건 운동이었다.

어릴 때부터 그는 모든 운동에 재능을 보였고 특히 유도에서 특별한 재능을 보였다. 그건 이상하게 그의 동생인 미우에게도 똑같이 나타났다. 미우는 그의 업그레이드 버전이었다. 그가 중2 때 태어난 동생이라 처음엔 당황스러웠는데 자랄수록 집안의 행복을 이끌어준 아이였다.

지금도 그의 동생 미우는 그에겐 마냥 귀엽기만 한 동생이었다.

"윽!"

그가 짐 정리를 하기 위해 몸을 구부리자 그의 남성이 욱신거리며 아팠다. 엄살을 부리는 스타일은 아니었지만 어젯밤에 그녀가 준 선물은 그가 움직일 때마다 감탄사를 연발하게 만들고 있었다.

"이런 젠장!"

여자가 그렇게 독하게 덤벼든 건 처음인 것 같았다. 눈은 꼭 판다처럼 화장을 하고 머리는 귀신처럼 풀어 헤치고는 무섭게 덤벼드는 여자를 그는 미처 피하지 못했었다. 지금 생각해도 어이가 없는 일이었다.

"용서가 안 돼."

윙―

태민의 전화였다. 안 받을까 하다가 태민의 성격을 알기에 미노는 핸드폰을 들었다. 안 받으면 받을 때까지 하는 녀석이었다.

"여보세요."

[왜 이렇게 통화하기가 힘들어?]

"왜?"

미노가 퉁명스럽게 말했다.

[어제 그 사건 어떻게 처리할 거야?]

"법대로 해야지."

[모르고 그런 건데 너무 힘들게 하지 말자. 많이 반성하고 있는 거 같던데.]

자신은 지금까지 고통스러운데 태민이 속 편한 소리를 하고 있었다.

"너 이중으로 변호하냐? 왜 그 여자한테 유리하게 말하는데? 내가 지금 얼마나 아픈지 알아?"

[미노야, 난 네 변호사지.]

"그럼 나만 변호해."

[끝까지 갈 거야?]

"응."

[알았다. 전화번호 가르쳐 달라고 사정하던데 가르쳐 줘?]

"아니."

[알았어. 내일 출근이야?]

"응, 짐 정리하느라 바빠. 누구 때문에 제대로 앉지도 못하고."

[수고해라.]

태민이 억지로 웃음을 참는 게 느껴졌다. 전화를 끊고 나자 더 열이 오르는 미노였다.

"남의 일에 참견하는 게 아니었어."

다시금 후회가 밀려왔다. 평소 남의 일에는 관심이 없는 그였다. 어제는 그가 뭔가를 잘못 먹은 게 분명했다.

"후, 이제 그만 생각하고 일이나 하자."

미노는 가라앉은 기분을 애써 뒤로하고 짐 정리를 하기 시작했다.

점심시간, 식당에 다녀온 아이들이 삼삼오오 모여 앉아 있었다. 북적이는 교실 안에는 아이들로 가득했다. 물론 책상에 엎드려 자는 녀석들이 많기는 했지만 말이다. 미우는 긴 다리를 쭉 뻗고는 평소에 즐겨 보는 만화책을 읽고 있었다.

머리를 식히기엔 만화책이 최고였다. 그때 교실 뒤에서 시끄러운 소리가 났다. 하지만 그런 걸 일일이 신경 쓰지는 않았다. 그러기엔 만화책 읽을 시간도 부족했기 때문이었다.

"한별, 빵 좀 사와. 오늘 밥이 영 맛이 없어서 말이야."

하지만 한별이란 이름에 미우의 귀가 쫑긋해졌다.

"……"

반에서 제일 골치 아픈 녀석은 한별이었다. 맨날 저렇게 아이들에게 무시를 당하니 말이다.

"돈이 없어."

"왜 그래, 누가 너보고 돈 내래? 내가 주잖아."

땡그랑!

바닥에 동전이 떨어지는 소리가 났다. 미우의 눈이 동전 소리가 나는 곳을 향했다. 10원짜리였다.

"빵하고 우유. 알았지?"

"……."

한별이 그 자리에 서서 가만히 있었다.

"어, 이거 봐라. 가출 한번 하더니 용기가 생겼어? 세상이 다 네 꺼 같아?"

"……."

"왜 말을 안 해?"

탁탁탁!

박웅이 한별이의 머리를 자신의 책으로 내리치고 있었다. 한별은 묵묵히 맞고 있었다.

"내 말이 말 같지 않아? 네 아버지 아직도 과장이라며? 아버지가 실력이 그 모양이니 자식도 이 모양이지. 우리 아버지한테 말해서 짤라 버리라고 말할까 봐."

책으로 내리치는 소리보다 한별이의 자존심을 건드리는 소리가 들렸다. 하지만 한별은 그때까지 아무런 말도 하지 못하고 있었다.

"그만해!"

남의 일에 관심이 없는 미우가 자리에서 일어서며 말했다.

"반장 참견하지 마."

뒤를 돌아보니 다섯 명의 아이들이 한별이를 빙 둘러서 있었다. 그중에서 미우에게 참견을 하지 말라고 말한 아이는 선생님들도 함부로 하지 못하는 박웅이었다. 아버지가 도하건설의 사장이고 어머니가 운영위원회 회장인 관계로 학교에서의 영향력이 아주 컸다.

도하건설이 설립한 학교기 때문에 도하건설 자녀들이 많이 다녔고 아버지의 지위가 아이들의 서열을 결정했다. 그러니 도하건설의 사장인 아버지를 믿고 박웅은 설쳐도 너무 설쳤다. 이래서 아버지가 도하건설의 회장인 걸 비밀로 하고 학교에 다니는 미우였다. 아들이 저렇게 삐뚤어지는 걸 아버지가 바라지 않으셨기 때문이었다.

박웅을 볼 때마다 미우는 아버지가 왜 그런 선택을 하셨는지 알 수 있었다. 박웅이 산교육을 시켜주는 건 좋은데 지위가 낮은 부모를 무시하는 건 용서가 되지 않았다. 박웅이 도하건설의 사장은 아니었고 한별이도 지위가 낮은 부모에게서 태어나고 싶어서 태어난 건 아니었다. 더 이상 참을 수가 없었다.

"시끄러워서 만화를 못 읽겠어."

미우가 천천히 교실 뒤로 향하자 자고 있던 아이들의 벌떡 일어나 일촉즉발의 상황을 보고 있었다. 그 누구도 박웅을 건드린 사람은 없었다.

"얘들아, 교실 문 닫아."

미우의 말에 아이들이 잽싸게 문을 닫았다.

"이제부터 그 문 열리면 너희들 죽는다."

싸움을 잘 하지 않았지만 미우는 한번 싸우면 끝장을 보기로 유명했다. 그래서 아무도 미우를 건드리지 못했다.

"너 죽고 싶어?"

박웅이 눈에 힘을 주며 이야기를 하자 옆에 서 있던 똘마니들이 같이 덤빌 기세였다.

"있잖아. 고3이 되었으면 이제 왕따라던가 빵셔틀 같은 건 졸업할 때가 되지 않았어? 대학 가야지."

185cm가 넘는 장신의 미우가 박웅의 정수리를 내려다보며 말했다.

"뭐 믿고 까불어? 아버지가 도하건설 안 다녀서 안심이 돼? 하지만 우리 아버진 아주 힘이 센 분이지. 어디든지 말을 넣을 수 있는 레벨이시지."

"그래, 그런 아버지가 있어서 좋겠다. 그런데 어쩌냐? 아들은 아버지 빼면 아무것도 아니라서."

"뭐야?"

박웅의 주먹이 미우를 향해 날아들었다.

탁!

미우가 날아든 박웅의 주먹을 맨손으로 잡았다.

"건드릴 게 있고 건드리면 안 되는 게 있어. 오늘 넌 건드리면 안 되는 걸 건드렸어."

"뭐, 뭐 해. 이놈 잡아."

박웅의 말에 주변에 있던 똘마니들이 그를 향해 덤벼들었다. 미우는 덤벼드는 아이들을 차례로 때려 눕혔다. 교실은 순식간에 아수라장이 되었다. 네 명의 아이들을 다 쓰러뜨린 순간 박웅이 의자로 뒤에서 그를 내리치는 걸 한별이 온몸으로 막았다.

쓰러진 한별의 모습을 보고는 미우는 완전히 눈이 돌아갔다.

"적당이 하라고 했지!"

미우의 표정에 박웅은 완전히 전의를 상실했지만 미우는 그런 박웅을 가만두지 않고 거의 묵사발을 만들어놓았다. 아이들이 미우를 말렸지만 소용이 없었다. 박웅의 이가 몇 개 부러지고 나서야 미우는 박웅을 바닥에 내팽개쳤고 이 소식을 들은 담임 쌤이 남자 체육 쌤과 함께 교실로 오자 상황은 일단락이 되었다.

의자에 맞은 한별과 미우에게 맞은 박웅은 구급차에 실려 병원으로 향했다.

"미우야, 어떻게 된 일이야?"

하은 쌤은 얼굴이 사색이 돼서 미우에게 물었다. 미우는 쌤이 이런 표정을 지을 때가 제일 싫었다. 그가 태어나서 처음으로 선생님이라고 생각한 사람이었다. 이런 표정을 자신 때문에 짓고 있다는 게 너무 가슴이 아팠다.

"쌤, 미우 잘못이 아니라 박웅이 한별이를 괴롭혀서 미우가 그런 거예요."

같은 반 친구들이 미우를 변호해 주었지만 상황이 꼬여만 가고 있었다.

"도미우! 너 교장실로 와!"

탐욕스런 교장쌤이 미우를 교장실로 불렀고 미우는 이 일이 쉽사리 끝나지 않을 거라는 걸 알았다.

한국 땅을 밟은 지 24시간이 되지도 않았는데 참으로 버라이어티한 일들이 벌어지고 있었다. 클럽에 경찰서에 이제는 하나뿐인 동생의 학교까지 완전히 돌아버리기 일보 직전이었다.

도하고등학교는 그의 모교이기도 했다. 물론 그의 집안에 대해서 아는 이들은 아무도 없었다. 만약에 알았다면 오늘 그가 부모님을 대신해서 학교에 가는 일은 없었을 것이다.

그의 람보르기니가 학교에 들어서자 하교길의 학생들이 우르르 몰려나왔다.

"이젠 자율학습이 없어졌나?"

그가 학교 주차장으로 차를 몰고 들어가자 아이들의 시선이 다 그의 차로 쏠렸다. 국내에는 한 대뿐인 모델이었다.

"우와, 쩐다."

"그러게 진짜 죽인다. 근데 누구야?"

차에서 내리자 학생들의 웅성거림이 들렸다. 그리고 뒤를 이어 검은색 벤츠가 학교로 들어왔다. 미노는 인상을 찡그리며 안으로 들어갔다.

"학생, 교무실이 어디지?"

그는 학생에게 교무실을 묻고는 오랜만에 온 학교를 둘러볼 사이도 없이 바로 동생의 담임선생님을 찾아갔다. 한 번도 속을 썩여본 적이 없는 아이가 핵폭탄 급 사고를 친 것이었다.

"이빨을 3개나……."

그는 머리를 흔들었다.

"태민이를 데리고 왔어야 하는데……."

그는 속으로 변호사인 친구를 데리고 왔어야 했나라는 생각이 들었다.

학교의 내부는 외관과는 달리 많은 변화가 있었다. 시대가 변한 게 그대로 느껴졌다. 세련되고 현대적인 느낌이 강하게 풍기고 있었다. 회사에서 재정지원을 많이 하는 것 같았다.

똑똑.

그는 노크를 한 후에 교무실 안으로 들어갔다. 그가 들어서자 책상에 앉아 있던 선생님들의 고개가 마치 미어캣처럼 올라왔다.

"저기 강하은 선생님이 어디 계십니까?"

그가 강하은이란 이름을 대자 모두의 시선이 한곳으로 몰렸다. 하지만 책상의 주인은 보이지 않았다.

"강 쌤!"

누군가 미우의 담임을 불렀지만 여전히 그 자리에선 답이 없었다. 사람이 없는 것 같지는 않은데 이상하게 고개를 숙이고 있었다. 이어폰을 끼고 있나? 라는 생각이 들었다. 좋은 일로 온 것도 아니고 어제의 일도 있고 해서 컨디션이 엉망인데 선생까지 이상한 것 같으니 미노의 머리가 갑자기 복잡해지기 시작했다.

"강 선생님?"

그가 책상 앞에 도착해 보니 강 선생이라는 사람은 책상 아래에 몸을 숙이고 있었다.

"강 선생님 안 계시는데요."

자리를 잘못 찾아온 줄 알고 몸을 돌려 주변을 살피는데 여전히 다른 사람들의 시선은 그 자리였다.

"강 쌤, 뭐 해?"

미노의 옆으로 키 작은 여자가 오더니 책상 밑의 여자를 불렀다.

"네?"

여자가 몸을 일으키더니 등을 돌리고 서 있었다.

"강 선생님 찾아오셨어."

"네, 알아요."

여전히 등을 돌린 채였다.

"그리고 교장실에 박웅 아버지 오셨다고 빨리 들어오래. 이게 갑자기 뭔 난리래."

"네."

"강 선생님."

미노는 강 선생이라는 여자의 매너 없음에 점점 기분이 상하고 있었다. 자신을 찾아온 손님을 쳐다도 안 보고 있는 여자였다. 이런 여자가 가르치니 미우가 사고를 칠 수밖에, 라는 생각이 들었다.

"이봐요, 이렇게 학교까지 찾아오시면 어떻게 해요."

여자가 이를 악문 채로 남들이 듣지 못하게 작은 소리로 말했다.

"아니, 오라고 하셔서……."

"제가 언제요?"

여전히 등을 돌린 강 선생이 화들짝 놀라며 말했다.

"선생님 뒤통수에 대고 언제까지 말해야 합니까?"

미노의 말에 강 선생이 미노의 손을 잡더니 갑자기 교무실 밖으로 그를 끌고 갔다.

"이보세요?"

"알아요, 아니까 제발 조용히 나가서 말해요."

뭘 하자는 건지, 그는 강 선생에게 끌려 나갔다. 어제오늘 그는 여자들에게 수난을 당하고 있었다.

"이거 놓고 얘기하시죠."

교무실을 나오자마자 그가 강 선생을 손을 뿌리치며 말했다.

"그러니까 학교는 왜 찾아왔냐고요?"

강 선생이 그를 향해 돌아서자 그는 멍한 표정이 되었다. 아름답다는 말로는 표현이 불가능할 정도로 매력적인 여자가 그의 눈앞에 있었다. 화장기가 거의 없는 얼굴이었지만 뚜렷한 이목구비를 가진 여인이었다.

눈처럼 하얀 피부, 숱이 많은 검은 눈썹에 커다란 눈망울은 마치 화가가 그려놓은 듯이 아름다웠다. 거기에 아주 인상적인 검은 눈동자를 가진 여자였다. 눈동자가 어찌나 큰지 써클 렌즈를 낀 것 같은 느낌이 들 정도였다.

오똑한 콧날과 도톰한 입술은 약간 비현실적인 외모를 더욱더 돋보이게 했다. 거기에 그의 눈높이에 맞는 적당한 키도 아주 마음에 들었다. 단정한 스커트 차림은 자칫 화려해 보일 수 있는 그녀의 외모를 톤다운 시켜주었다. 아주 만족스러운 외모였다. 지금까지의 무례함을 용서해 줄 정도로 말이다.

미노는 홀린 듯이 강 선생을 쳐다보았다. 그리고 얼굴에 옅은 미소가 걸렸다.

"이봐요. 합의 때문에 온 거예요?"

"합의?"

"변호사에게 다 맡기기로 해놓고 이렇게 갑자기 학교에 오면 어떻게 해요? 합의 안 해준다는 말을 전하려고 온 거예요?"

강 선생이 무슨 말을 하는지 도통 이해할 수가 없는 미노였다.

"그게 우리 미우 때문에……."

"미우고 뭐고……."

강 선생의 표정이 달라졌다.

"그러니까 도미노 씨가 온 게 미우 때문이라고요?"

"제 이름을 어떻게……."

그러고 보니 어디선가 많이 들어본 목소리였다.

"도미노 씨, 왜 그러세요. 그렇게 고소를 할 때는 언제고."

"어제 그, 그러니까 거기를 찬……."

"쉿!"

강 선생이 손가락으로 입을 가리며 주변을 두리번거렸다.

"미우가……."

"도미노, 도미우?"

"맞아요."

"미우가 아들이에요?"

"뭐라고요?"

"젊어 보이는데?"

강 선생이 그를 실눈을 뜨며 보고 있었다. 잠시나마 외모에 현혹이 되었던 걸 깊이 후회하는 순간이었다.

"미우가 어떤 아이를 때린 모양이던데?"

"네, 물론 완벽하게 미우의 잘못이라고 말하기는 어려운 상황이에요. 아이들의 말을 종합해 보면 웅이가 한별이를 괴롭히는 걸 미우가 말렸고 웅이가 먼저 미우를 때리려고 했다가 이가 3개 부러진 거죠. 다른 아이들도 다쳤고요."

"그럼 완벽하게 미우의 잘못은 아닌 거 아닙니까?"

"문제는 웅이 부모님이 아들에 대한 사랑이 아주 각별하시다는 거죠. 거기다가 도하건설 사장이거든요. 미우 아버님이 도하건설의 직원이 아니시길 바라요."

끝까지 미우 아버지라고 말을 하는 강 선생이었다.

"저 내일부터 출근합니다."

"도하건설에요?"

"네."

"내일 출근과 동시에 해고되시겠네요."

"요즘 세상이 어떤 세상인데 그런 말을 하십니까?"

미노는 화가 나기 시작했다.

"강 선생님, 교장선생님께서 빨리 오라고 하셔."

"네, 가요!"

강 선생의 표정이 사색이 되었다.

"이제부터 조금 자존심을 죽이시고 한 귀로 듣고 한 귀로 흘리세요. 안 그러면 진짜 일이 커져요. 미우가 이번에 전교 1등 한 거 아시죠? 전 미우를 S대에 보내고 싶거든요. 그게 미우의 바람이기도 하고요."

공부도 잘하는 녀석이 주먹까지 세다니 역시 그의 집안 남자들은 대단했다. 쉴 새 없이 말을 하는 강 선생의 뒤를 따르며 미노는 한숨을 쉬었다.

교장실에 들어서자마자 한눈에 봐도 교장이라고 얼굴에 쓰여 있는 사람이 고함을 치기 시작했다. 그가 다닐 때의 교장선생님은 굉장히 인자하셨는데 이분은 좀 다른 것 같았다. 반 대머리에 포마드 기름을 잔뜩 바른 교장이었다.

"왜 이제 옵니까? 사람 말이 말 같지 않습니까?"

"죄송합니다."

"아니, 우리 박 사장님께서 얼마나 오랜 시간을 기다리신지 알고나 하는 얘기예요?"

"미우 아버님과 이야기를 하느라……."

"누가 미우 아버집니까?"

교장이 자신을 똑바로 바라보았다. 그와 동시에 박 사장도 미노를 뚫어지게 보았다.

"당신이 미우 아버지야!"

갑자기 박 사장이 자리에서 일어나더니 그에게로 달려와서 멱살을 잡았다. 그의 어깨도 안 오는 조그만 키에 불룩 튀어나온 배는 예나 지금이나 변한 게 없었다. 미노는 그를 알아봤지만 그는 아직 미노를 알아보지 못한 것 같았다.

하긴 어릴 때 기념행사에 몇 차례 모습을 드러낸 적은 있었지만 성인이 되어서는 처음 본 것이니 모르는 게 당연했다.

"후회하실 텐데 이거 놓으시죠."

"뭐? 후회? 후회는 네가 하는 거지. 어디서 자식새끼는 그따위로 키워가지고 우리 아들을 병원에 입원하게 만들어? 만들기는?"

미노가 자신의 멱살을 잡은 박 사장의 손아귀를 풀어버렸다.

"자식 교육은 박 사장님이 잘 시키셔야 하는 것 아닙니까? 담임 선생님께서 아이들에게 들은 얘기로는 일의 발단은 박웅이 먼저 했다고 합니다."

"뭐요?"

이번엔 교장이 발끈하며 강 선생을 쳐다봤다.

"강 선생님, 이렇게 중심을 잃어서 되겠습니까? 도미우가 가만히 있는 아이들을 때린 것 아닙니까? 난 그렇게 들었습니다만."

"아닙니다. 일의 발단은 웅이었습니다. 웅이가 평소에도 잘 괴롭히는 한별이에게 빵셔틀을 시킨 게 발단인 거죠. 반장인 미우는 말린 상황이었고요."

"강 선생!"

교장이 버럭 소리를 질렀다.

"여긴 일을 마무리하자는 뜻에서 모인 것이지, 크게 만들자고 모인 게 아닙니다."

"전 진실을 이야기했을 뿐입니다."

"진실 같은 소리하고 있네."

이번에는 박 사장이 비웃으며 이렇게 말을 했다.

"웅이 아버님, 미우가 너무 과잉 방어를 한 건 사실이지만 모든 발단은 웅이에게 책임이 있습니다."

"강 선생님, 이 학교에서 근무하기 싫으신가 봅니다."

"네?"

"여긴 도하재단 거고 제가 그 정도의 권한은 있다고 생각합니다만."

박 사장은 아주 어이없는 소리를 자연스럽게 하고 있었다.

"웅이 아버님, 여긴 학교지 회사가 아닙니다."

강 선생도 만만한 사람은 아니었다. 박 사장과 교장의 말에 반박을 하고 있었다. 미우에게는 든든한 담임인 것 같았다.

"유 교장님, 선생들 교육 아주 잘 시키십니다."

박 사장이 교장을 노려보며 말하자 교장이 아주 꼼짝을 못하고 있었다.

"제가 조치를 취하겠습니다."

"무슨 조치요?"

도저히 가만히 있을 수가 없어서 미노가 박 사장과 교장을 향해 말했다.

"당신은 참견하지 마."

박 사장이 미노에게 소리쳤다.

"박 사장님, 내일부터……."

"미우 아버님."

강 선생이 그의 팔을 붙들며 말을 끊었다. 아마 그가 회사에서 잘릴까 걱정인 모양이었다.

"강 선생님은 잘릴 리 없으니 너무 걱정하지 마세요."

"네?"

그가 이렇게 말을 하며 박 사장 앞으로 가서 앉았다.

"저 기억 안 나십니까?"

"어디서 수작이야?"

박 사장이 정말로 크게 화를 냈다. 그의 말을 못 믿는 눈치였다.

"잘 보세요. 누구와 아주 많이 닮았을 텐데."

"뭐야? 이거 완전 똘아이 아니야?"

"조금 전까지 정상이었는데 지금은 똘아이가 된 상황입니다. 기억을 못하시니 제가 말씀드리죠. 전 도 성 자 진 자 되시는 분의 아들입니다."

"도성진?"

"미우는 제 하나뿐인 동생이고요."

"……."

"여기 교장선생님께서 한 번도 만나뵙지 못한 분이 저희 아버님이시고 그분이 아마 이 대단한 도하재단의 이사장님이 되실 겁니다."

앞에 앉은 교장은 사색이 되었고 박 사장의 얼굴도 잿빛에 가까웠다.

"도하재단이 잘 운영된다고 아버지가 항상 말씀하셨는데 속은 이렇게 썩어 있었네요."

박 사장이 그를 뚫어지게 보았다.

"이제야 생각이 나십니까? 박 사장님이 본부장이던 시절에 살짝 본 기억이 있습니다. 물론 제가 내일부터 출근을 하니 이제 쭉

볼 얼굴이긴 합니다만……."

"아니, 그러니까 내 말은 아이들끼리의 싸움이니까……."

박 사장이 한발 물러섰다. 그의 파워가 통하는 상대가 아니었다.

"아이들끼리의 싸움이니 여기서 마무리하죠. 저희 쪽에서 치료비를 물겠습니다."

"아니, 그럴 필요까지야……."

"우리 집안 남자들이 대대로 주먹이 센 편이죠."

"아니, 그런데 왜 학교엔 말을 하지 않은 겁니까?"

박 사장이 궁금했는지 벌레 씹은 얼굴을 하고는 물었다.

"아버지의 확고한 뜻 때문입니다. 아버지의 그늘 밑에서 성장하는 것보다는 스스로 알아서 하라는 뜻이죠. 저도 이 학교를 나왔지만 제가 도하건설의 아들인 줄은 아무도 알지 못했습니다."

"……."

"그럼 저는 마무리된 줄 알고 이만 가보겠습니다."

그가 교장실을 나오자 강 선생이 쪼르르 쫓아 나왔다.

"진짜예요?"

강 선생의 눈이 두 배는 커져 있었다.

"거짓말은 안 합니다."

"헐, 그럼 전 이제 어떻게 되는 건가요?"

아주 사색이 된 얼굴이었다. 방금 전 교장과 박 사장과 싸울 때도 이렇지는 않았었다.

"뭐가요? 안 잘리게 해줬잖아요."

"지금 안 잘려도 얼마 있으면 교도소에 갈지도 모르는데……."

"뭐요?"

"합의 안 하신다면서요."

"네."

순간 어제의 일이 또다시 떠올랐다. 아니, 아직도 그의 아랫도리와 머리는 욱신거리고 있었다.

"거기가 많이 다치셨어요?"

그녀의 눈이 그의 남성에 정확하게 가 있었다.

"고자가 될 수도 있었죠."

"그럼 고자는 안 된 거네요. 다행이다. 그런 의미로 합의 좀 해주시면 안 될까요?"

"난 돈은 필요 없습니다."

그는 강 선생에게 합의금을 받을 의사는 눈곱만큼도 없었다.

"재벌이시니까 절 좀 봐주시면 안 되나요?"

눈을 깜박이며 그에게 간절히 부탁을 하는 강 선생의 모습에 그는 하마터면 웃음을 터트릴 뻔했다.

"합의는 없다고 말했습니다."

"절 좀 살려주세요."

그가 자신의 차로 향하자 강 선생이 그를 끝까지 쫓아오고 있었다.

"합의는 없다고 말했습니다."

"그럼 제가 어떻게 하면 합의를 해주시겠어요."

"……."

아주 끈질긴 여자였다.

"생각해 보시고 꼭 연락주세요."

그녀가 그에게 명함 한 장을 내밀었다.

"전 저의 죄를 아주 깊이 반성하고 있습니다. 죄송합니다. 꼭 연락주세요."

그는 명함을 주머니에 넣고는 자신의 람보르기니에 몸을 실었다.

"미우는 안 보고 가시나요?"

"뭘 잘했다고 보고 갑니까?"

"두 형제분이 너무 용기가 넘치셔서……."

"뭐라고요?"

"아닙니다. 안녕히 가십시오. 전화 꼭 주시고요. 24시간 대기하고 있겠습니다."

마치 웨이터처럼 강 선생이 기계적으로 인사를 했다. 그는 자신의 차를 운전하며 교정을 빠져나왔다. 백미러로 강 선생을 보자 남학생들과 웃으며 학교 건물 안으로 들어가고 있었다.

어쩌면 그의 생각과는 다르게 억센 여자가 아닐지도 모른다는 생각이 들었다.

윙—

어머니의 전화였다.

"여보세요?"

[미우 일은 잘 해결된 거야?]

모범생인 줄 알았던 막내아들이 친 사고 때문에 어머니의 목소리에 걱정이 가득했다.

"네, 너무 걱정하지 않아도 될 것 같습니다."

[왜 그런 거래?]

자식들 때문에 걱정 한번 안 하신 분인데 오늘은 많이 놀라신 것 같았다.

"같은 반 아이를 괴롭히는 걸 보고 의협심이 발동해서 그랬다고 하더라고요."

[의협심 두 번 발휘했다가는 친구 이빨 다 뽑아놓겠어. 걔는 누굴 닮아서 주먹이 그렇게 센 거야?]

"아버지 닮았죠. 저도 그렇고."

[진짜 못 말리는 녀석들이야. 하여튼 입원한 아이 보러 가려고

지금 나갈 차비 했다.]

"병원에 가시게요?"

[가야지. 남의 집 귀한 자식이 그렇게 되었는데 이유야 어떻든 가봐야 하지 않겠어?]

"박 사장님 아들이에요."

어차피 아실 일이었다.

[누구? 우리 회사 박 사장님?]

"네, 좀 시끄러울 거예요. 웅이란 아이가 아이들을 많이 괴롭히나 보더라고요."

[어쨌든 미우가 때려서 이가 3개나 부러졌으니 가보는 게 맞는 것 같아.]

"네, 잘 다녀오세요."

[너도 얼른 들어와서 좀 쉬어. 어제부터 쉬지도 못했는데…….]

"네."

전화를 끊은 미노는 한숨을 쉬었다. 그리고 주머니에서 강 선생의 명함을 꺼내 들었다.

"도하고등학교 교사 강하은이라……."

입 다물고 액션만 없다면 완벽하게 그의 이상형과 일치하는 외모를 가진 여자였다. 대부분의 남자들도 그가 정색을 하고 있으면 그의 카리스마에 눌려 그의 눈을 제대로 보지 못했다.

하지만 강 선생은 뭔가가 달랐다. 마치 그를 무시하는 느낌이 들 정도였다. 그는 룸미러로 자신의 얼굴을 쳐다보았다. 길을 가다 보면 여자들의 시선이 그를 향해 있었다. 그게 다 쓸데없이 너무 잘생긴 탓이었다. 한 번도 그의 앞에서 여자들이 고개를 똑바로 든 적이 없었다. 그의 앞에만 서면 부끄럽다나 뭐라나.

하지만 강 선생은 달랐다. 진짜 그녀는 그를 개무시하는 것 같았다. 은근히 자존심이 상했다.

"합의는 없는 걸로."

그는 이렇게 말을 하며 집으로 향했다.

3. 어쩜 이럴까

고된 하루를 보내고 퇴근 후 집에 도착하자마자 향기로운 커피 향이 엄마의 취향이 그대로 묻어난 고풍스러운 거실을 은은하게 물들이고 있었다. 짙은 체리색의 커다란 소파에는 사람들이 가득 앉아 있었다.

"이번에 새로 생긴 중국집의 음식물 쓰레기 때문에 그 주변을 못 걸어다닐 정도예요."

"맞아. 아주 썩는 냄새가 난다니까요."

아주머니들의 열띤 토론이 이어지고 있었다. 하은이 집 안에 들어선 줄도 모르고 아주머니들은 자신들의 이야기를 하느라 정신이 없었다.

퇴근을 해서 집에 들어오니 하은이 제일 싫어하는 일들이 벌어지고 있었다. 엄마는 출근할 때 말이나 해주지 서른이 넘어가니 동네 아주머니들의 안줏거리가 된 하은이었다.

아주머니들 눈에 띄지 않는 게 상책이었다. 아니면 언제 결혼하느냐는 둥 아주 난리가 아니었다. 엄마는 이런 아줌마들의 말들을 그냥 듣고만 있었다. 자극을 받아야 한다는 이유에서였다. 지금 상황에선 하은의 편은 없었다.

더구나 강심장인 동생 하랑이 아직 집에 오지 않아서 아군 하나 없는 상황이었다.

"안녕하세요?"

그중에 한 아주머니와 눈이 마주치는 바람에 하은은 인사를 하고 집으로 들어섰다.

"어머, 반상회를 늦게 하니까 이렇게 우리 강 선생도 보네."

쓱 훑어보니 오늘 모인 멤버들은 남의 말 하고 다니기 좋아하는 최강의 멤버들이었다. 태어나서부터 이 집에 산 하은은 아파트에 모르는 사람이 없었다.

"강 선생은 점점 예뻐지네. 애인이라도 생긴 거야?"

"어머, 혜숙 엄마 말이 맞네. 강 선생 아주 예뻐졌어."

"감사합니다."

요 며칠 맘고생에 주름이 더 생긴 그녀였다. 아주머니들의 맘에도 없는 칭찬 뒤에는 비수가 꽂힌 말 폭탄들이 날아오기 때문에 하은은 잽싸게 자리를 피하려고 했다.

"하은아, 커피랑 과일 먹어."

엄마가 눈치 없이 그녀를 불렀다. 다른 때는 눈치도 빠른 양반이 오늘은 왜 이렇게 눈치가 없는지 알 수가 없었다. 아마도 아줌마들에게 자극을 받으라는 뜻일 것이다. 이건 자극이 아니라 고문이었다.

"제가 있으면 방해가 될……."

"아니야. 이리 와서 앉아. 간식 챙겨달라고 하지 말고."

"어머, 아직도 엄마를 부려먹는 거야?"

아주머니들의 말 폭탄이 시작되었다. 하은은 이러지도 저러지도 못하고 엉거주춤하게 그 자리에 서 있었다.

"강 선생 이리 와."

"네."

하은은 모든 걸 포기하고 옆집 아주머니 옆으로 가서 앉았다.

"이렇게 예쁜데 왜 아직 시집을 못 간 거야?"

"그러게."

"요즘 남자들이 보는 눈이 없어."

"그게 아니고 우리 하은이가 쓸데없이 눈이 높아서 그래요. 난 지난번에 수지 엄마가 소개해 준 남자가 참 괜찮던데."

수지 엄마가 소개시켜 준 남자는 카이스트 연구원이었다. 좋은 건 딱 거기까지였다. 나이 사십에 머리털은 실종이었고 그녀와 키도 비슷한 남자였다.

아무리 외모는 필요 없다지만 그건 아니었다. 그래, 외모를 십분 이해한다고 쳐도 뒤떨어진 아재개그에 그녀는 두 손 두 발 다 들었었다. 귀가 썩는 느낌이었다.

"다녀왔습니다."

그녀의 구원투수가 등판을 알리고 있었다. 하나뿐인 동생이자 말발의 화신인 강하랑이 뭐가 그리 기분이 나쁜지 입을 내밀고 들어왔다.

"하랑아, 이리로 와서 앉아."

"싫습니다."

"왜?"

"오늘은 피곤해서요."

"그래도 이리 와서 먹어."

엄마의 말에 하랑은 그냥 자신의 방으로 향했다. 저런 싸가지 없음이 하은에게도 있어야 하는데 하은은 하랑이처럼 그렇지 못했다.

"죄송해요. 쟤 우리 집에서도 내놓은 녀석이라……."

엄마가 미안해하면서 말하자 아주머니들이 손사래를 치며 아니라고 말했다.

"우리 하랑이는 공부를 너무 열심히 해서 그렇지 뭐. 사법고시 패스는 아무나 하나? 안 그래요?"

하랑이는 모두가 꿈을 꾸는 S대 법대에 수석으로 들어가서 졸업하기도 전에 사시에 합격한 수재였다. 까칠한 거 하나 빼고는 완벽한 아이였다. 한마디로 모든 엄마들의 선망의 대상이었다.

"어쩜 저렇게 똑똑한 딸을 뒀어? 하긴 동대표님도 아주 스마트하시니까."

"감사해요."

엄마는 언제나 다른 엄마들의 부러움의 대상이었다. 잠실아파트 102동대표이자 반장이기까지 한 엄마는 아주 바쁜 사람이었다. 동네의 일이라면 두 팔 벗고 앞장서는 분이셨다. 딸들에겐 피곤한 일이었지만 말이다.

"우리 하랑이는 아직 걱정이 없는데 우리 하은이는 서른둘인데 아직 남자가 없어서 걱정이에요."

"뭐, 강 선생이야 잠실에서 알아주는 미모에 직업도 훌륭하지, 뭐 나무랄 게 없지. 진짜 눈이 그렇게 높은 거야?"

가슴에 또 한 번의 화살이 와서 박혔다.

"언니!"

하랑의 목소리가 오늘따라 새소리처럼 맑고 청아하게 들리고 있었다.

"어?"

하은은 목을 길게 빼고 대답을 했다.

"빨리 와봐."

"왜?"

"책 좀 찾아줘."

구원투수가 역시 눈치 빠르게 그녀를 불렀다.

"어, 갈게."

하은은 웃음을 참으며 하랑의 방으로 향했다.

"그걸 못 빠져나오면 어떻게 해?"

"왜 난 너처럼 못할까?"

"언니는 너무 착해서 그래."

"나 착하다는 거 너뿐이다."

"그나저나 사건은 어떻게 됐어?"

며칠 전의 일을 동생과 상의했었다. 동생은 원만하게 합의를 보라고 했는데 하은은 아직 성공하지 못했다. 아니, 가능성이 거의 없었다.

"불가능해."

"왜? 합의 안 해준데?"

"응."

"왜? 진짜 성기능에 영향을 줄 정도로 찬 거야?"

"그게 아니라……."

"그게 아니면 왜 안 해준데? 일부러 그런 것도 아닌데?"

하은은 한숨이 나왔다.

"후, 사실은 그 사람이 도하건설 회장 아들이야."

"헐, 우리 집 팔아야 하는 거 아냐?"

"그렇겠지?"

하랑이 자리에서 벌떡 일어났다. 그 모습에 놀란 하은이 동생을 멍하게 바라보았다.

"왜?"

"가서 무릎이라도 꿇자."

하랑의 성격에 이런 말이 나올 정도면 심각한 것이었다.

"근데 그 사람이 뻥친 거 아니야?"

"아니, 우리 반 미우가 오늘 사고를 쳐서 보호자가 왔는데 그 사람이더라. 그리고 미우랑 자기가 도하건설 회장 아들이라고 아주 멋지게 말하더라. 차도 람보르기니 타고 왔어."

하은은 하랑의 침대 위로 쓰러지듯이 무너졌다.

"언니 진짜 성질 안 죽일래?"

이제 하랑마저 그녀를 탓하고 있었다.

"그게 직업병이다. 불의를 보면 못 참아."

"네가 경찰이야?"

하랑이 반말로 말할 때는 완전히 뚜껑이 열린 상황이었다. 언니고 뭐고 없다는 뜻이었다.

"그러게 말이다."

"어떻게 해서든지 그 사람 다시 만나. 일이 더 커지기 전에."

"오늘 명함 줬어. 전화 달라고."

"그게 노력한 거야? 집 앞이라도 찾아가야지."

"그럴까?"

똑똑!

"깜짝이야."

문이 열리고 얼굴을 내민 사람은 아빠였다. 보나마나 아빠도 아주머니들을 피해 피난을 온 게 분명했다.

"우리 공주들 뭐 하고 있어. 밖에 나와서 과일 먹지."

아무 말이나 막 하고 들어오는 아빠였다.

"아빠 술 마셨어?"

"아주 조금."

"아빠도 피신 왔구나?"

아빠가 고개를 끄덕였다. 하랑이 아빠에게 들어오라는 손짓을 하자 아빠가 빠르게 하랑의 방으로 들어섰다.

"아빠, 엄마가 그렇게 무서워?"

"무섭다기보다 잔소리가 듣기 싫으신 거지."

그녀의 말에 아빠가 고개를 격하게 끄덕이셨다.

"술냄새 아주 작렬이야."

"네 방에서 나는 머리 아픈 향 냄새보단 나아."

"아빠는 진정한 힐링을 모르는 거야."

요즘 하랑은 요가와 심신 수련에 심취해 있었다.

"그런데 향 저렇게 피워두면 불나는 것 아니야?"

"안심하셔도 됩니다."

얼마간의 시간이 흐르자 아주머니들이 나가는 소리가 들렸다.

"아빠, 소집해제야."

아빠와 하은이 방에서 나가려고 하는 순간에 엄마가 방문을 활짝 열었다.

"강하은, 나와."

"저요?"

"그래."

엄마의 표정이 아주 심상치 않았다. 또 결혼에 관해 일장 연설을 할 모양이었다.

"엄마, 나 지금 씻고 쉬고 싶은데……."

"안 나와!"

엄마의 목소리가 아주 커져 있었다. 이럴 때는 알아서 기는 게 상책이었다.

"네."

"여보, 그러면 너무 무서워요."

"당신도 나와요."

"네."

엄마의 한마디에 아빠가 꼬리를 완전히 감췄다. 거실은 아주머니들의 흔적들로 가득했다.

"엄마, 동대표 뭐 이런 거 안 하면 안 돼?"

"……."

엄마가 하은의 말에 대꾸도 하지 않고 의자에 앉았다.

"왜 그래? 무섭게."

"김 형사한테 전화 왔어."

학교에 있을 때 전화가 올까 봐 집 전화번호를 가르쳐 줬는데 엄마가 받은 모양이었다. 거기까지는 생각을 못한 하은이었다.

"……."

엄마에겐 비밀이었는데 알아버렸다. 김 형사란 말에 하랑이도 방에서 쏜살같이 튀어나왔다.

"김 형사가 누군데?"

여전히 영문을 모르는 아빠가 어리둥절한 얼굴로 엄마와 하은을 번갈아 보았다.

"폭행 혐의로 조사를 받으셨다고?"

김 형사가 다 말한 모양이었다. 도미노 전화번호를 가르쳐 달라고 할 때는 그렇게 안 가르쳐 주더니 세상에 믿을 놈 하나 없었다.

"폭행? 누가?"

아빠가 놀란 얼굴로 엄마를 봤다.

"누구긴 당신 딸이죠."

"잘못 알았겠지. 우리 강 선생은 그럴 사람이 아니야."

"아니긴요. 피해자하고 대질 심문 있다고 하던데?"

"언제요?"

"너한테 전화 달라고 하더라. 요즘 경찰 아주 친절하더라고."

엄마가 어금니를 꽉 깨물며 말했다.

"그게 엄마……."

하랑이 하은을 대신해서 설명을 해주었다. 하지만 엄마의 표정은 더 굳어질 뿐이었다.

"그래서 다 이해하라는 거야? 시집도 안 간 애가 경찰서를 출입하는데 거기다가 그 남자가 합의도 안 해준다며?"

"해준다고 했어."

하은은 엄마에게 거짓말을 했다.

"진짜야?"

"응, 우리 반 애 형이더라고."

하은이 설명을 해도 엄마는 의심의 눈초리를 보내고 있었다.

"그러면 합의서 받아 와. 하랑이가 합의서 쓰고."

"거긴 변호사 있어. 변호사랑 말해볼게."

"일주일 내로 처리해."

"엄마, 그 사람들 바쁜 사람들이야."

"나도 바빠. 아니, 내가 제일 바빠."

"엄마."

엄마는 더 이상 하은에게 말할 기회를 주지 않고 열심히 소파 테이블 위의 커피 잔을 치우기 시작했다.

"빨리 들어가서 씻고 자."

눈치를 보던 아빠가 하은의 어깨를 토닥이며 말했다.

"언니, 내가 내일 그 변호사 사무실에 한번 가볼게. 언니도 그 사람한테 전화해 봐."

"알았어."

하은은 머리를 부여잡으며 자신의 방으로 들어갔다. 교사의 방이라 하기보다는 운동선수의 방 같은 하은의 방은 어려서부터 즐겨온 스포츠 용품들이 가득했다. 벽에는 그녀가 받은 각종 운동의 트로피가 즐비해 있었다. 여성스러운 성격이 아닌 하은이었다.

타다닥!

하은은 자신의 방에 있는 커다란 샌드백을 손으로 쳤다. 착 감기는 것이 스트레스 풀 때는 최고였다.

윙—

예솔의 전화였다.

"예솔아, 괜찮아?"

[응, 괜찮아. 내일부터 출근하려고.]

예솔이의 목소리엔 힘이 없었다. 몸도 몸이지만 마음이 많이 다친 것 같았다.

"일주일 정도는 쉬지 그래."

[괜찮아, 엄마가 그러는데 날 구해준 남자가 널 고소했다며? 얼마나 때린 거야?]

"얼마 때리진 않았어."

[머리에 구멍이 나고 고자 될 뻔한 게 얼마 때리지 않은 거야? 그날 왜 난 제대로 기억이 나지 않을까?]

"충격 받아서 그렇지 뭐."

보통 여자였다면 정신병에 걸릴 일이었다. 하지만 멘탈이 강한 예솔이었다.

[나만큼 그 남자도 충격 받았을 거야. 좋은 일 하고 열라게 맞았으니까.]

하은은 할 말이 없었다.

[내일 나랑 그 사람 만나. 내가 잘 얘기해 볼게.]

"마음은 고마운데 안 만나줄 거야."

[아니, 꼭 만나줄 거야.]

"말이라도 고맙다."

[아니, 고마운 걸로 치면 내가 더하지. 어쨌든지 내일 보자.]

"넌 경찰에 다 이야기한 거야?"

[나도 김 형사님한테 조사 받아야 해. 그리고 이번에 그놈을 아주 세상 밖에 나오지 못하게 할 거야. 하은이 네가 그 자식을 고자로 만들었어야지. 엉뚱한 사람을 그렇게 하지 말고.]

예솔이의 분노가 그대로 느껴지고 있었다.

[강간미수, 살인미수, 폭행까지 나한테 한 거 다 죗값을 물릴 거야.]

"너라면 할 수 있어. 내일 보자."

[응, 잘 자.]

지금 가장 몸과 마음에 상처를 받은 사람은 예솔이었다.

"너무 무리한 짓을 한 것 같아."

하은은 그날 아이들을 잡겠다고 평소에는 하지도 않는 짓을 한 자신을 원망하고 있었다.

서초동 법원 근처의 수많은 건물들은 다 변호사 사무실이었다. 판사가 목표인 하랑은 이 수많은 건물들 틈에 자신이 속하지 않길 바라는 마음이었다. 모르는 사람들의 비위를 맞추는 일에 능숙하지 않기 때문이었다. 장사는 그녀의 체질이 아니었다.

"짜장면 집보다 더 많네."

하랑은 머리를 흔들며 이태민 변호사 사무실을 눈으로 부지런히 찾고 있었다.

"저기 있다."

하랑의 눈에 사무실이 금방 띄었다.

"자리가 아주 좋군."

혼잣말을 계속하는 그녀를 법원 경비원이 유심히 쳐다보고 있었다.

법원과 검찰청 사이에 길 하나 건너 가장 높은 빌딩에 위치한 이태민 변호사 사무실은 위치도 좋았지만 인테리어로 사람의 기를 죽이고 있었다.

"잘나가나 보군."

털털한 성격의 하랑은 구원군이 될지 적군이 될지 모르는 이태민 변호사를 찾아 그의 사무실 안으로 들어갔다.

"이 변호사님 찾아왔는데요."

예쁘게 생긴 여직원에게 하랑이 말하자 그녀를 아래위로 훑어보던 여직원의 눈에 못마땅한 눈빛이 흘렀다.

"이혼 소송 때문에 오셨나요?"

"아뇨, 결혼도 안 했는데요."

어처구니가 없었다. 아니, 어딜 봐서 그녀가 이혼할 여자로 보인단 말인가?

"그럼, 다른 소송 때문에 오셨나요?"

"네, 도하건설 아드님 사건이라면 아실 거예요."

도하건설이라는 말에 여직원이 황급히 변호사실로 들어갔다가 나왔다.

"들어오시랍니다."

"네."

학생처럼 안 보이기 위해 하랑은 나름 노력을 하고 왔다. 평소에는 긴 단발머리를 질끈 묶고 다녔지만 오늘은 굵은 웨이브를 주어 제법 어른스럽게 연출을 했고, 즐겨 입는 청바지 대신에 치마 정장을 입고 왔다.

나름 적진에 뛰어들기 위한 만반의 준비가 완료된 상황이었다.

"안녕하십니까?"

그녀가 인사를 건넸지만 상대방은 책상에 앉은 채로 고개만 들어 그녀를 보고는 다시 자신의 일을 하기 시작했다.

"강하은 씨 변호삽니까?"

"아직 변호사는 아니지만……."

"그럼 법무삽니까? 아니면 국선변호사? 뭐죠?"

묻는 사람의 어투가 심히 짜증스러웠다. 이건 기선을 제압하려는 의도가 분명했다. 그렇지 않고서는 처음 보는 사람에게 이렇게 무례할 리가 없었다.

"강하은 씨는 제 친언니고요. 전 연수원생입니다."

"연수원생?"

"제가 변호를 맡은 게 아니라 전 합의를 하기 위해 대신 왔습니다."

"무슨 합의요. 저희가 합의를 한다고 했습니까?"

"네?"

변호사가 무례하다 싶을 정도로 천천히 그녀를 위에서 아래로 훑어보기 시작했다. 이렇게 남자에게 온전히 시선을 받는 건 처음인 하랑은 당황스러움에 딸꾹질이 나기 시작했다.

"딸꾹……."

"겁을 먹어서야……."

"아뇨, 딸꾹, 여기 에어컨이 너무 세서……."

"에어컨 안 틀었습니다."

아주 얄미운 사람이었다.

"앉아요. 물도 좀 마시고. 난 잠깐 이것만 처리하고 갈 테니까."

반말을 은근슬쩍 섞으며 그는 그녀의 비위를 건드리고 있었다. 딸꾹질 때문에 물이 필요한 하랑은 소파에 앉아서 물을 마시며 그를 기다릴 수밖에 없었다. 하랑은 힐끗 이 변호사를 훔쳐보았다.

키 작은 사람들 천지인 법조계에 거인과 같은 존재의 남자였다. 물론 앉아 있는 상황에서지만 성격이 별로인 걸로 봐서는 허리가 긴 숏 다리임에 분명했다. 생긴 대로 논다는 게 하랑의 지론이었다.

제대로 된 인간이 저런 무례한 인성을 가질 수가 없었다. 일단은 외모도 상당히 수려했다. 차가운 인상이긴 했지만 도시적인 샤프함이 있는 남자였다. 차가운 금테 안경에 가려져 있긴 하지만 아까 살짝 본 바로는 눈이 상당히 인상적이었다.

쌍꺼풀이 없는 눈이 날카로움과 강함을 동시에 갖고 있었다. 거기에 외국 사람처럼 높은 코가 전체적으로 얼굴을 균형감 있게 만들어주었다. 굳게 다문 입술은 적당히 두툼했다. 요즘에 범인들의 인상을 살펴보는 중이라서 그런지 사람을 보면 대부분 생김에 대한 분석을 하는 하랑이었다.

한마디로 아주 질 좋은 종마 같은 남자였다. 결혼을 안 했다면 중매시장에서 상당한 몸값을 자랑하는 인물임에 틀림이 없었다.

다 좋은데 싸가지가 없음이 한스러웠다.

"다 봤나?"

"네?"

"어차피 법조계 후배니 내가 말을 높일 순 없지. 고객이라면 모를까?"

"……."

어이가 없었지만 틀린 말도 아니니 뭐라 반박할 수도 없었다. 그가 책상에서 일어나 그녀에게로 걸어왔다. 하랑은 속으로 짜증이 났다. 걸어오는 모습을 보니 다리도 길었다.

"합의를 보고 싶다고?"

그가 그녀의 앞자리에 앉았다. 가까이서 보니 인물도 아주 좋았다. 하랑은 자꾸 이상한 생각을 하는 자신에 당황스러워 헛기침을 했다.

"네."

대답도 간신히 했다. 이렇게 잘생긴 남자 앞에서 떨리지 않는다면 그건 사람이 아니었다. 하랑의 얼굴이 본인의 의사와 관계없이 붉어지고 있었다.

"얼굴은 왜 빨개지지?"

그냥 넘어가도 될 일을 꼭 짚어서 말하는 걸 보니 여자들에겐 인기가 없을 남자였다.

"더워서요."

"아까는 춥다고 하지 않았나?"

"원래 이렇게 꼬투리를 잡는 스타일이십니까?"

"아니, 상대가 미인일 경우에만."

"바람둥이 선배님이시군요."

"바람둥이는 상대가 있을 때고 이런 건 수컷의 본능이라고 해두지."

하랑은 그의 말을 억지웃음으로 넘겼다.

괜히 나이 많은 사람에게 놀림을 당하는 기분이 들었기 때문이었다.

"일단 도하그룹 아드님께서는 합의를 왜 안 해주시겠다는 건지 이유를 알고 싶습니다."

"자존심을 다친 거지. 좋은 일을 하고도 오히려 범인 취급까지 받고 그것도 여자에게 두들겨 맞았으니 기분이 좋을 리가 없지."

"그래서 저희가 사과를 손이 발이 되게 하고……."

"언제?"

"네?"

"우린 그런 사과를 받은 적 없는데."

이 변호사의 눈이 차갑게 빛나고 있었다.

"일관성을 지키시죠. 농담을 하시려면 끝까지 하시고 진담을 말하시려면 끝까지 말하세요."

하랑은 슬슬 화가 나기 시작했다.

"이게 사과하는 건가?"

이건 자신의 일이 아닌 언니의 일이었고 법조인으로서 살아가려면 타협을 알아야 했다. 하랑은 다시 한 번 성질을 죽였다.

"죄송합니다."

"변호사를 하려면 자신의 감정을 상대방에게 그대로 노출하면 안 되는 법이야."

"충고는 감사히 받겠습니다. 합의 조건이 있으십니까?"

"그런 게 있으면 나도 좋겠어. 하지만 도미노 씨는 그럴 의사가 전혀 없어."

아주 난감한 상황이었다. 상대방이 요구조건이 있어야 합의란 것을 하는데 저쪽에서는 무조건 처벌을 원한다니 합의가 될 리 없었다.

"어쩌죠?"

"나에게 묻는 건가?"

"네, 방법을 좀 알려주세요. 언니는 학교 선생님이고 그걸 아주 자랑스러워하는 사람이에요. 이번 일이 학교에 알려지기라도 한다면 학교를 그만둬야 할지도 몰라요."

"초범이라 벌금 정도……."

"윤리라는 게 있거든요. 벌금도 벌금 나름인 거예요."

"그렇군."

"제가 도미노 씨를 만날 수 없을까요?"

"나도 설득을 못하면서 미노를 만나겠다고?"

할 말이 없었다. 평소에 말 잘하기로 소문이 난 강하랑은 온데 간데없었다.

"내 말이 도움이 될지 모르겠지만 당사자가 직접 가서 용서를 구하는 게 더 현명한 방법일 것 같군. 나도 이번 일이 원만하게 합의로 가는 게 좋다고 생각하니까."

뜻밖의 말을 들으니 조금은 안심이 되었다.

"도와주세요."

"여기까지. 난 바빠서 이만."

그가 자리에서 일어났다. 언니에게 뭐라고 해야 할지 몰랐다. 명확한 결론이 나지 않았기 때문이었다. 한숨이 절로 나왔다. 하랑이 자리에서 일어나 나가려는 순간 그가 하랑을 불러 세웠다.

"번호 불러."

갑작스러운 그의 말에 처음에 하랑은 잘못 들은 줄 알았다.

"네?"

"두 번 말하게 하지 마."

아주 끝까지 반말이었다.

"네."

어떨결에 하랑은 자신의 번호를 불렀다.

윙—

"내 개인 전화번호야. 전화하면 받아."

"네."

이건 그가 언니의 일에 도움을 준다는 의미일 것 같았다.

"고맙습니다."

하랑은 이렇게 말을 하고 인사까지 하고 사무실을 나왔지만 뭔가가 개운한 느낌은 아니었다.

"전화하면 받아? 하! 어이없네."

하지만 지금은 합의가 중요한 때였다. 폭행죄는 상해죄와 달라서 합의만 보면 고소 취하였다. 언니의 평생 직장이자 어릴 때부터의 꿈을 지켜주어야 했다. 이쯤 자존심 상하는 건 얼마든지 참을 수 있었다.

무뚝뚝하고 직설적인 하랑이었지만 어릴 때부터 불의를 보면 참지 못하고 봉사활동이라면 다 찾아다니던 언니를 보며 자랑스럽고 존경했었다. 그런 언니가 교사 임용고시에 합격한 날 얼마나 좋아했는지 처음으로 출근하던 날 얼마나 설레어 했는지 누구보다 잘 아는 하랑이었다.

일단은 전화를 기다려 보기로 한 하랑은 집으로 발길을 돌렸다.

온통 유리로 된 도하건물 사옥은 프랑스의 루브르 박물관의 유리 피라미드를 연상시키고 있었다. 1층은 식물원을 연상시킬 정도로 수많은 식물들이 있었고 휴식공간과 커피숍, 그리고 도서관까지 겸비되어 있었다.

자칫하면 딱딱하게 비칠 수 있는 건설회사의 이미지를 많이 바꾸어놓은 아이디어이자 세계적으로도 유명한 건축물이었다. 미노는 도환과 점심을 먹고는 사내 커피숍에서 산 커피를 들고 31층 자신의 사무실로 가기 위해 엘리베이터 앞에 서 있었다.

무채색 계열의 양복바지와 와이셔츠, 넥타이 차림의 수많은 사람들 사이에서도 미노와 도환은 단연 눈에 띄었다. 미노가 해외에 나가 있을 동안 도환도 도하건설에서 자신의 자리를 탄탄히 한 것 같았다. 직급이 그와 같은 본부장이었다.

"어때?"

뜬금없이 도환이 회사 생활에 관해 물었다.

"뭐가?"

"직장생활."

미노가 출근한 지 일주일이 지나도록 묻지 않던 말을 도환이 처음으로 물었다.

"너무 늦은 질문 아니야?"

"느긋하게 기다렸다가 한 질문이지. 첫날은 뭣도 모르고 지나갔을 테고 둘째 날은 이상하게 박 사장이 갈구고 셋째 날부터는 일 폭탄. 그래서 이렇게 일주일이 지나고 묻는 게 나을 것 같아서……."

"견딜 만해."

주변의 수많은 사람들 사이에서 도환과 미노는 나지막이 대화를 이어나갔다.

"힘이 든다는 소리네."

"안 든다면 이상하겠지."

"거기다가 매일 그 여자한테 문안인사 받는다며?"

"응."

"그냥 합의해 줘라."

"싫어."

"그렇게 버티는 게 더 웃기지 않아?"

도환의 말에도 그는 입을 꽉 다물었다. 요즘 미노는 미우의 수업 시작 시간과 쉬는 시간, 점심시간까지 다 알고 있었다. 아니, 알 수밖에 없었다. 강 선생이 쉬는 시간마다 안부 인사를 하고 있기 때문이었다. 이렇게 한 여자에게 수없이 많은 문자를 받기는 처음이었다. 여자와는 침대 속에서 대화가 전부인 그였다. 그리고 그것마저 한 번이면 끝이었다.

그런데 이 집념의 여자는 그가 학교를 다녀온 후에 미우에게 그의 전화번호를 알아내서는 끝없이 그의 개인 핸드폰으로 문자질이었다.

"하나도 안 웃겨."

"예뻐서 그래?"

"뭐?"

"그 여자 진짜 섹시하게 생기긴 했어. 안 그래? 몸매도 아주 훌륭하고."

"아니."

이상하게 도환이 강 선생에 대한 이야기를 하는 게 거슬렸다. 그녀가 예쁘다는 건 그만 느끼는 게 아니었다.

"왜 그렇게 발끈해?"

"내가 언제. 그 여잔 너무 말랐어."

"아니던데?"

"미친놈."

미노는 자신의 목소리가 컸음을 느끼고는 얼른 입을 다물었다. 이게 다 지나치게 섹시한 강 선생 때문이었다. 남자란 동물은 어쩔 수가 없었다. 예쁜 여자, 섹시한 여자에 특히 약했고 강 선생은 몹시 예쁘고 섹시했다. 그녀의 외모에 대해선 인정하지 않을 수가 없었다.

"타자."

그사이에 엘리베이터가 왔고 점심을 먹은 직원들이 우르르 엘리베이터 안으로 몰려들어 미노와 도환은 더 이상의 말을 하지 않았다.

윙—

또 강 선생에게 문자가 오고 있었다. 한마디로 징그런 여자였다.

"문자 온 거 아냐?"

"알아."

도환은 눈치 없이 많은 사람들 사이에서 그에게 말했다.

"오늘 저녁에 태민이가 만나자고 하던데?"

"오늘?"

"응, 급하게 할 말이 있다고 카라에서 보자고 하네."

카라는 태민이의 누나가 하는 이탈리안 레스토랑이었다.

"알았어. 어차피 누나에게 인사도 해야 하니까. 이따가 퇴근 후에 거기서 보자."

미노는 그렇게 말을 하고는 붐비는 엘리베이터에서 먼저 내렸다. 도환은 그보다 한 층 더 높은 32층에서 근무를 했다. 손을 흔드는 도환에게 손을 흔들어주고는 그는 자신의 사무실로 향했다.

일주일 동안 거의 매일같이 12시까지 근무를 한 것 같았다.

"식사는 맛있게 하셨습니까?"

그의 비서실장인 유하늘 실장이 그에게 정중하게 물었다. 유 실장은 그보다 한 살이 어린 서른네 살로 회장실의 비서실에 근무하다가 아버지가 그에게 보내준 아주 유능한 인물이었다. 하지만 아직 그는 유 실장과 친해질 시간적인 여유가 없었다.

그가 늦게까지 일을 할 때면 유 실장도 사무실에 같이 남아 있다는 것이었다. 그보다는 작지만 그래도 큰 키에 다부진 체격을 가진 유 실장은 다 좋은데 말수가 굉장히 적었다. 그도 말이 없는데 그의 비서는 더했다.

"제가 적응할 때까지는 좀 힘들 겁니다."

"네."

역시나 그는 무덤덤한 표정으로 대답만 하고는 밖으로 나갔다. 미노는 점심식사 전에 검토 중이던 서류를 다시 펼쳐 들었다. 그리고 막 집중을 하려던 찰나 또다시 문자가 왔다.

「맛있게 드셨어요?

전 밥이 목으로 안 넘어가서

강제 다이어트 중입니다.

오늘은 미우가

제 얼굴이 핼쑥하다고 왜 그러냐고 묻네요……」

"으그!"

그는 핸드폰을 서랍 속에 넣고는 한숨을 푹 쉬었다.

"어쩜 이럴까? 어떻게 이렇게 한결같이 비호감일 수가 있지?"

잠시나마 외모에 흔들렸던 스스로에게 육두문자 천 개를 남발하며 그는 서류를 보기 시작했다.

4. 짐승과의 합의

미노와 같은 시간, 하은은 학교 운동장 계단에 앉아서 농구를
하고 있는 아이들을 멍하게 바라보며 앉아 있었다. 날은 점점 더
워지고 하은의 속도 타들어가고 있었다.

"커피?"

"어."

예솔이 차가운 아이스커피를 가지고 하은의 옆에 앉았다. 예솔
은 겉보기엔 평소와는 다름이 없었다. 그래서 그런지 하은은 그런
예솔이 더 안쓰러웠다. 학교는 선생님이 마음 놓고 상처를 드러낼
수 있는 곳이 아니었기 때문이었다.

"안 더워?"

"내 타들어가는 속보다 나아."

"아직도 그래?"

"응."

"그 인간 진짜 징그럽다. 날 구해준 건 아주 고맙지만. 이 문젠 내가 좀 딜레마에 빠져서 말이야."

"넌 고마워해야 할 사람 맞아."

예솔은 자신을 구해준 그에게 밥이라도 한 끼 사주고 싶다고 노래를 부르고 있었다.

"그나저나 예솔이 넌 괜찮은 거야?"

"괜찮겠어? 괜찮은 척하는 거지. 우리나라에서 그것도 성폭행 관련 피해자를 좋은 시선으로 보는 사람은 없어. 불쌍하게 여기거나 행동을 어떻게 했길래 그런 일을 당하냐 둘 중에 하나겠지. 거기다가 난 클럽에서 노출이 심한 옷을 입고 당한 거니 후자 쪽이 강할 거고."

예솔이 몰라보게 핼쑥해진 얼굴로 커피를 한 모금 마셨다.

"학교에 그런 소문이 돌면 더 좋을 게 없고."

학교 관계자 누구도 예솔의 상황을 알지 못했다.

"미안하다."

"뭐가?"

"그날 같이 가자고 한 게 나니까."

"그런 말 하지 마. 같이 간 건 내 판단이었으니까."

하은은 미안한 마음이 더 들었다.

"그리고 도미노 씨가 도미우 형이라며?"

"응."

그들의 시선이 농구장을 누비고 다니는 미우에게 향했다.

"혈통이 좋은가 봐."

"뭐? 미우가 개냐?"

"미우는 버릴 게 아무것도 없는 애잖아. 거기다가 잘생겼잖아. 형도 그렇고."

잘생겼다는 말에는 동의하지만 형은 버릴 게 많은 인간이었다.

"버릴 거 많거든."

"미우가?"

"몰라."

미우의 형은 아직 하은에겐 목에 걸린 가시였다.

"진짜 잘생겼어. 하은아, 그거 알아?"

"뭐?"

"우리 반에 미우 팬클럽 있다."

"미쳤어."

"다들 보는 눈은 같은 거야. 조금만 더 어렸어도 나도 가입했을 걸?"

"더위 먹었어? 커피나 마셔."

윙―

그때 하랑에게서 전화가 왔다.

"응, 우리 동생이 웬일이셔?"

[오늘 저녁에 도미노 만나기로 했으니까 그렇게 알아.]

"어? 진짜야?"

그녀가 자리에서 벌떡 일어나자 이번엔 예솔이 깜짝 놀라 들고 있던 커피를 쏟았다.

"예솔아, 미안. 오늘 도미노랑 만난대."

"진짜?"

하은은 고개를 격하게 끄덕였다.

[언니, 내 말 듣고 있어?]

"응."

[오늘 저녁에 이태리 레스토랑에서 만날 거니까. 클럽에서처럼 옷 입고 오면 안 된대.]

"누가?"

[재수 없는 이태민이.]

"아!"

[무슨 반응이 그래?]

"넌 왜 그렇게 이 변호사를 싫어해?"

[몰라, 짜증나는 스타일이야. 이따가 집에서 봐.]

하랑이 전화를 끊자 하은은 안도의 한숨을 쉬었다.

"예솔아, 도미노가 만나준데……."

"꺄악!"

둘이는 학교 운동장인 줄도 모르고 소리를 지르며 좋아했다. 그러나 잠시 후 싸한 반응을 느꼈다.

"우리가 무슨 짓을 한 거야?"

"그러게, 빨리 들어가자."

이렇게 빠르게 운동장에서 교실로 쏜살같이 이동하긴 처음이었다. 하지만 왠지 오늘은 뭔가 일이 잘 풀릴 것 같은 느낌이 들어 하은은 안도의 한숨을 쉬었다.

강남의 중심가에 자리 잡은 카라는 아주 유명한 이태리 식당이었다. 태민의 누나가 하기 때문에 더 정이 가는 것도 사실이지만 이태리에서 공수한 인테리어 소품들과 이태리 주방장의 솜씨가 잘 어우러진 정통 이태리 식당임은 분명했다.

"피곤해 보여."

주차장에 차를 세우고 나오는데 도환이 그의 얼굴을 보며 걱정스레 물었다.

"할 일이 많다."

"하긴 새로 시작을 하는데 쉬운 일은 아니지."

"일뿐만이 아니야."

"그럼?"

"됐다."

요즘은 일뿐만이 아니라 도가 넘어선 강 선생 때문에 짜증이 이만저만이 아니었다. 레스토랑의 문을 열고 들어가자 카라의 주인이자 태민의 누나가 그들을 반겨주었다. 누나는 그들보다 두 살이 위였고 아주 쾌활한 성격의 소유자였다.

"잘 지냈어? 더 멋있어졌어. 미국물이 좋기는 하나 봐."

태희 누나가 그를 미국식으로 안아주었다. 그러자 도환이 팔을 벌려 자신도 안아주라는 몸짓을 했다.

"넌 저번 주에도 봤잖아."

"누나, 이건 차별이에요."

"알았다."

누나가 선심을 써서 도환이도 안아주었다.

"태민이는요?"

"거의 다 왔대."

"누가 또 와요?"

테이블이 생각보다 넓었고 세팅도 여섯 명이 되어 있었다.

"그러게, 태민이가 처음에는 다섯 명이라고 했다가 한 시간 전에 여섯이라고 하더라고."

누가 또 오나 보다라고 생각을 하고는 자리에 앉았다. 누나는 저녁 피크타임이라서 더 이상 우리에게만 머물러 있을 수는 없었다.

"여기 장사 잘되는데?"

"철저히 예약제야. 태민이가 이 집 사장과 가족이 아니었다면 3개월은 기본으로 기다려야 해."

"그 정도야?"

"그래."

주변을 둘러보니 좌석이 꽉 차 있었다.

그때였다. 그의 시선에 낯이 익은 얼굴들이 줄줄이 들어왔다.

"설마……."

"뭐가?"

도환이 그의 시선을 따라 뒤를 돌아보았다.

"오호, 우리 태민이가 일을 치셨군."

"……."

지금 가장 보기 싫은 사람이 그에게 다가오고 있었다. 미노는 속으로 마음의 준비를 했다. 오늘 그는 세상에서 가장 친한 친구를 죽일 것이었기 때문이었다.

"태민이 왔어?"

도환이 자리에서 일어나 태민을 반겼지만 미노는 그 자리에 그 대로 앉아 있었다.

"앉으세요."

태민이 이렇게 말을 하자 여자들이 자리에 앉았다. 3대 3, 무슨 맞선 자리도 아니고 이렇게 쪽수를 맞추다니 절로 웃음이 터져 나올 것만 같았다. 미노는 태민을 강하게 째려보았다. 그러자 태민은 쓰윽 시선을 회피했다.

"어떻게 된 일이야?"

"변호사로서 오늘은 합의가 되었든 그렇지 않든 결론을 내려야 할 것 같아서."

"그건 네 일이야."

"나도 다른 일을 해야지."

태민도 그처럼 여자들에게 시달리는 모양이었다.

"도미노 씨께서 많이 화가 나신 거 압니다."

미노의 시선이 오늘 처음 보는 여자에게로 향했다. 똘망똘망하게 예쁘게 생긴 여자가 그를 보며 말했다.

"누구십니까?"

"제 소개가 늦었죠? 저도 이 변호사님께 도미노 씨를 꼭 만나게 해달라고 졸랐던 사람 중에 하납니다. 전 권예솔이고 도미우 학생의 윤리를 가르치고 있습니다."

"제가 미우의 윤리 선생님과 만나야 할 이유……."

자세히 보니 어딘가 낯이 익은 얼굴이었다.

"저 기억 안 나세요? 그날 저를 구해주셨잖아요. 그날은 정신이 없어서 감사 인사도 못했습니다."

"아, 예."

오늘은 그날의 모습과는 다른 모습이라 미노는 조금 어리둥절한 표정으로 감사 인사를 하는 여자를 보았다. 깔끔한 정장 차림의 여자는 차분한 인상이었다.

"앉으세요."

도환이 적극적으로 말을 하며 여자에게 의자를 빼주었다. 평소에 설레발이 심한 녀석이라 그러려니 하고 있었지만 솔직하게 미노는 오늘 자리를 함께한 여자들의 미모는 인정해 줄 만하다고 생각을 했다.

특히, 신경을 거슬리게 만드는 강 선생은 비현실적인 아름다움을 뽐내고 있었다. 아무렇지 않은 척하기엔 대단히 신경 쓰이는 여자였다. 도환이는 완전히 윤리 선생에게 꽂힌 듯했고 태민이 역시 다른 여자에게 눈길이 가 있었다.

다들 아니라고 말하겠지만 미노의 눈에는 그렇게 보였다.

"오늘 이렇게 자리를 만든 건 도미노 씨께도 감사 인사를 드리고 절 위해 엉뚱한 일을 벌인 하은이 일도 말씀드리기 위해섭니다."

"전 부담스럽습니다."

"압니다만 저희 언니가 이렇게까지 이야기를 하는데 노력이라도 가상히 여겨주시면 안 되겠습니까?"

또 한 명의 미인이 그를 공격했다.

"언니요?"

"강하은 씨 동생 강하랑입니다."

자매라고 해도 분위기가 완전히 달랐다.

"뭐라고 하셔도 전 변함이 없습니다."

미노는 언짢은 기분을 그대로 드러냈다.

"그만해라. 이렇게까지 하는데……."

도환이 여자들의 편을 들었다.

"이제 용건 끝나셨으면 전 이만……."

"미노야."

태민이 그를 불렀지만 미노는 자리에서 일어나 그대로 식당을 나왔다. 아주 짜증이 나는 여자들이었다. 그냥 법대로 하면 끝날 일을 이렇게까지 벌떼처럼 몰려와 마치 그가 피해자가 아닌 가해자처럼 만들어 버리니 정말 화가 났다.

그는 자신의 벤츠에 몸을 실었다. 그리고 시동을 걸려는 찰나.

"저기요."

조수석의 차 문이 갑자기 열리더니 강 선생이 차 안으로 뛰어들었다.

"뭐 하는 짓입니까?"

"오늘 마무리 지었으면 해요."

"뭘 말입니까?"

"어차피 우리 일이니 조용한 곳에 가서 마무리하시죠. 저에게도 얼굴 맞대고 이야기할 마지막 기회인 것 같은데……."

그를 바라보는 여자의 눈빛이 촉촉하게 보였다.

"오늘도 설득하지 못하면 이제 연락 안 할게요."

그의 구미를 확 당기는 말이었다. 그녀의 말이 떨어지기가 무섭게 그가 차를 출발시켰다. 운전대를 잡은 손에 힘이 들어갔다. 오늘은 조금 매정하지만 깔끔하게 마무리를 짓고 싶었다. 그간 강 선생의 문자질에 신경 쇠약이 걸릴 지경이었다.

신경 쇠약이 걸릴 지경인 건 지금도 마찬가지였다. 머리는 그녀에 대한 거부감이 가득한데 이상하게 그의 감각들은 세포 하나하나 그녀를 의식하고 있었다. 무슨 여자가 이렇게 좋은 냄새가 나는지 무슨 향수를 쓰냐고 묻고 싶은 심정이었다.

확실하게 강 선생은 그에겐 위험인물이었다. 그의 시선이 무릎 위에 얌전히 놓인 그녀의 하얀 손에 가 있었다. 가지런하게 놓인 하얀 손을 잡으면 어떤 느낌일지 궁금했다.

끼이익!

순간적인 일이었다. 정신을 다른 데 팔고 있던 탓에 하마터면 앞 차를 박을 뻔했다. 그런데 그 순간 더 기가 막힌 일을 그가 저지르고 말았다. 그의 손이 강 선생의 가슴을 정확하게 오른쪽 가슴을 움켜잡고 있었다.

물론 고의가 아니었다. 옆에 타고 있는 그녀가 다치지 않게 하려는 그의 본능적인 행동이었다. 하지만 분명한 건 지금 둘의 상황이 아주 난감하다는 것이었다.

너무 놀란 나머지 강 선생이 그의 손을 바라보고 있었다. 그도 손을 얼른 치워야 하는데 그대로 얼어붙어 있었다. 빨리 정신을 차린 그가 손을 얼른 치웠다.

"괜찮습니까?"

"괜찮은 건지 아닌지 모르겠어요."

너무나 솔직한 그녀의 말에 그는 하마터면 웃을 뻔했다.

"고의는 아니었습니다."

"알아요. 저도 그땐 고의가 아니었어요."

그녀의 말에 갑자기 머리를 한 대 맞은 느낌이었다. 그녀도 그땐 지금의 그처럼 어쩔 수가 없는 것이었다. 지금 그녀가 그를 성추행으로 얼마든지 고소할 수 있는 상황과 마찬가지인 것이다.

"한 대 맞은 기분입니다."

"뭐가요?"

"아닙니다."

한참을 그렇게 운전을 해서 한적한 한강 둔치에 도착을 했다. 그의 머리가 난생처음으로 복잡해지기 시작했다. 그리고 그의 옆에 있는 아름다운 골칫거리를 어떻게 처리할지 마침내 결론을 내렸다.

"좋습니다. 합의해 드리죠."

생각을 많이 했다기보다는 이 귀찮은 상황에서 빨리 벗어나고 싶은 미노였다. 그를 다치게 했고 그에 따른 벌을 받게 하려 했으나 이상하게 그가 벌을 받고 있는 기분이 들었기 때문이었다.

"진짜요?"

"네, 하지만 한 가지 조건이 있습니다."

"그게 뭘까요? 문자를 말하는 거라면 당장 끊을게요. 다시는 눈에 띄지 말라고 하시면 숨도 안 쉬고 조용히 지낼게요."

그녀는 그가 본 여자 중 어떤 여자보다 아름다운 얼굴을 하고는 그의 눈앞에서 사라져 준다고 말하고 있었다. 기뻐야 하는데 하나도 기쁘지 않았다.

"말씀하세요. 마음의 준비는 끝이 났습니다."

"그건 다음에 말하죠."

솔직히 그는 지금 아무 생각이 없었다. 하지만 그녀와의 끈을 놓고 싶지 않은 마음이 강했다. 그 이유는 그 자신도 몰랐다. 아니, 솔직하게 지금 그의 옆에서 여인의 향기를 마구 뿜어대고 있는 그녀에게 관심이 갔다.

"왜요?"

"합의가 중요한 것 아닙니까?"

"맞아요."

"싫으면 말씀하십시오."

"아뇨, 에이 왜 그러세요. 한입 가지고 두말을 하시다니……."

그녀가 아름다운 두 눈으로 그를 바라보았다. 눈길을 피해야 하는데 그는 그녀의 아름다운 눈을 피할 수가 없었다.

"나중에 말할 겁니다."

"만약에 끝까지 안 떠오르시면요."

"그럴 일은 없습니다."

그녀가 의심스러운 눈초리로 그를 보았다.

"하늘의 별을 따오라는 둥 하는 이상한 말만 아니라면 제가 다 해드리죠."

"왜 그렇게 합의를 원하십니까? 어차피 초범이고 벌금형 정도 받을 텐데……."

"왜 그렇게 절 법적으로 벌받게 하고 싶으세요?"

"그야, 너무 아팠으니까."

"네?"

"……."

자존심이 너무 상했다고는 말하고 싶지 않았다. 한강의 가로등 빛이 차 안으로 스며들어 그녀를 더욱 빛나게 하고 있었다. 확실히 여자는 조명발이었다. 마치 강 선생은 그를 유혹하기 위해 나타난 마녀 같았다.

"사실은 어릴 적부터 꿈이 선생님이었어요. 아이들을 좋아하기도 했고 불의를 보면 못 참는 아주 못된 성격 탓에 선생님이 딱이라고 부모님이 말씀하셨었죠. 저도 그런 소리에 세뇌가 되었는지 선생님 아니면 할 게 없어요."

"……."

"그런데 꿈에 그리던 선생님이 되고 나니 날마다 살얼음판의 연속이에요. 아이들만 바르게 가르치는 게 다가 아니더라고요. 행동 하나 잘못하면 바로 징계에 넘어가는데 만약에 이번 일이 알려진다면 전 당연히 옷을 벗어야 해요."

그녀의 진심이 그대로 전해졌다.

"알았습니다."

무서운 여자였지만 좋은 선생님인 걸 인정하지 않을 수 없었다. 미우가 아주 좋아하는 걸 봐서도 그랬고 지난번 학교에서 아이를 위해 교장과 맞서는 것도 그랬다.

"감사해요."

"감사 인사는 나중에 하시죠."

"혹시 마음을 바꾸시는 건 아니죠."

"고소 취하는 하겠습니다."

"저도 하늘의 별 따는 일만 아니라면 얼마든지 환영입니다."

갑자기 분위기가 묘해지고 있었다. 그만 그런 것이 아니라 분명히 그녀의 분위기도 뭔가 변해 있었다. 처음엔 적대적이었다면 지금은 합의를 해서 그런지 아주 우호적이었다. 그는 이렇게 그녀와 합의를 끝내고 강 선생을 집까지 데려다주었다.

그가 여자를 집 앞까지 데려다주다니, 이건 그가 여자에게 처음 한 일이었다. 그녀가 절대로 생각지도 못할 그에겐 엄청난 사건이었다. 아마 태민이나 도환이가 안다면 더 그럴 것이다.

까칠하다 못해서 거친 면이 있는 미노였다. 절대로 마음에 들지 않는 일은 하지 않았고 닭살스러운 일도 하지 않았다. 그게 여자의 경우에는 더 그랬다. 그래서 그가 깊은 연애를 하지 못한 것일 수도 있었다.

친구가 우선이었고 일이 우선이었다. 여자와 무엇을 공유한다거나 여자를 위해 무얼 한 일은 없었다. 아무리 아름다운 여자들을 만났어도 하룻밤이면 끝이었다. 그녀들도 쿨했고 그도 그랬다.

가끔 여자가 그에게 붙으면 그는 정 떨어질 정도로 매몰차게 여자들을 떼어냈다. 그런데 그가 사귀는 여자도 아닌 아는 여자를 집 앞까지 그것도 손수 운전을 해서 데려다준 것이다. 스스로 생각을 해도 우스운 일이었다. 아니, 놀라운 일이었다.

다만 하은이 이 사실을 모를 뿐이었다. 알아주길 바라지는 않았지만 솔직히 너무나 당연하게 생각하고 휙 들어가 버린 하은이 조금은 야속한 미노였다.

"내가 지금 무슨 생각을 하는 거야."

그는 이렇게 혼잣말을 하고는 하은이 그의 눈에서 완전히 사라지기까지 그 자리에 그대로 있었다.

약속대로 합의는 이루어졌고 편한 마음으로 학교에 출근을 한 지 일주일 째였다. 그에겐 연락이 없었고 연락을 하지 않기로 약속을 했기 때문에 감사 인사도 이 변호사에게 부탁을 한 상태였다.

"전달해 줬겠지?"

하도 꼬투리를 잡는 인간이라 혹시 몰라 걱정이 된 하은은 혼자 이렇게 중얼거리고 있었다.

"뭘 전달해?"

교무실엔 그녀 혼자만이 아니란 걸 깜빡한 하은은 자신도 모르게 큰소리로 말한 모양이었다.

그녀의 초등학교 동창이자 도하고등학교 물리교사인 현성민 선생이 그녀의 말을 들은 모양이었다. 그녀의 절친이었지만 이번 사건이 있는 동안은 예솔이와 하랑이만 그들의 일을 공유하느라 성민은 거의 왕따였다.

"신경 꺼."

"까칠하긴. 이거 마시고 열이나 식히셔."

그가 아이스커피를 그녀에게 내밀었다.

"이것이 의심스러운 이유는 뭘까?"

"눈치 빠르긴."

현 선생의 얼굴에 음흉한 미소가 걸렸다. 녀석이 뭔가를 사들고 온다는 건 아주 중요한 부탁이 있을 때였다.

"뭔데?"

"이번 주 토요일에 시간 좀 내주라."

"왜?"

"내가 우리 사랑하는 강 선생과 데이트를 하고 싶으니까."

"됐으니까 용건을 말해."

"진짜야. 서울호텔 레스토랑에 7시에 예약했다."

"미쳤어?"

다른 선생님들이 듣지 않게 둘은 아주 작은 소리로 대화를 나누기 시작했다.

"꿍꿍이가 뭐야?"

"없어. 난 진지해."

"미친놈."

"어허, 여자 입에서 미친놈이라니, 그것도 교양 있는 국어 선생님이 말이야."

"그래서 이성적인 물리 선생께서 소설을 쓰고 있냐? 그것도 아침드라마를?"

"어째서 아침드라마야?"

"남매는 절대로 이루어질 수가 없으니까."

현 선생과의 데이트는 가족과의 데이트랑 같은 느낌이었다.

"아서라, 막장이다."

"두 분이 너무 다정하십니다."

교감선생님이 가까이 붙어 있는 그들에게 경고를 날리셨다.

"나와."

현 선생과는 조용한 대화가 5분 이상 지속되지 않았다. 그래서 교무실에서 큰소리로 말할 수 없으니 밖에 있는 교사 휴게실로 향했다.

"뭐야?"

"뭐긴 데이트 신청이지."

"농담하지 말고 빨리 이실직고해."

현성민은 그녀의 초등학교 동창이자 같은 아파트에 살다가 이사 간 지 얼마 안 되는 이웃사촌이었다. 피를 나누지 않았을 뿐이지 어렸을 때 목욕탕에서 매주 만나던 사이기도 했다.

"선보래."

"누가?"

"누구긴, 오 여사님이지."

"아줌마는 또 왜 그러신데."

"그래서 사귀는 여자 있다고 했지."

"난 빠질래."

그녀가 휴게실을 나가려고 하자 그가 뒤에서 그녀를 꼭 끌어안았다. 운동을 얼마나 했는지 무식하게 힘만 셌다.

"이거 안 놔."

"못 놔."

"미친놈."

그가 그녀를 더욱 강하게 끌어안았다.

"어쩌라고, 난 아줌마 무서워. 그리고 네 엄마가 우리 엄마한테 다 말할걸? 그럼 난 최소 사망이다. 예솔이 있잖아."

"너랑 더 친해."

"야!"

오늘따라 성민이 유난히 늘어지고 있었다.

"제발."

"알았으니까 이거 놓고 말해."

"부탁 들어주는 거다."

아주 어린아이처럼 그녀를 조르고 있는 성민이었다. 그가 그녀를 놓아주었다. 성민이는 부잣집 막내같이 생겼고 하는 짓도 그랬다. 예솔이와 친한 사이였지만 성민이의 이런 막무가내 성격과 직설적인 예솔이와는 잘 맞지 않을 때가 있었다. 지금이 딱 그때였다. 그나마 약간 더 무른 그녀를 공략하는 성민이었다.

"자세히 말해."

"그냥 같이 나가서 전 현성민의 여자친굽니다, 라고 하면 끝."

"진짜지."

"그럼, 그렇게 해주면 다음에 나도 네 부탁 들어줄게."

"다른 사람은 없어?"

"너 알잖아, 난 여자를 돌같이 봐서 여자친구가 없어."

"웃기고 있네. 그런 놈이 맨날 여자가 바뀌냐? 그냥 진짜 사귀는 여자 데리고 가. 아니면 네가 심심풀이로 만나는 여자 중에 골라서 가던지."

하지만 성민은 그녀의 말을 듣는 둥 마는 둥 했다.

"토요일 날 예쁘게 하고 나와. 진짜 내가 아주 근사하게 한턱 쏠게."

"……."

성민이 다시 그녀를 안아주고는 휴게실 밖으로 혼자만 쏙 빠져 나갔다. 그가 나가고 하은은 휴게실 밖으로 나왔다. 뭔가 개운치 가 않은 일일 것 같았다.

"강 쌤이 현 쌤하고 사귀는 줄 몰랐어. 둘이 휴게실에서 안고 있 더라니까. 보란 듯이 말이야."

"뭐?"

청소 시간에 박웅의 똘마니들이 큰소리로 말하는 걸 미우가 지 나다가 우연히 듣게 되었다.

"다시 말해."

"아, 아니야."

미우의 말에 녀석들은 다시 빗자루를 들고 청소를 하는 척했다. 미우는 그중의 한 놈의 목덜미를 잡고는 날카로운 눈빛으로 물었 다.

"뭐라고?"

"왜 나한테만 그래?"

녀석은 겁먹은 표정으로 그를 쳐다보았다. 학교의 짱이었던 박 웅의 강냉이를 탈탈 털어버리고도 무사했던 그가 알고 보니 학교 의 설립자인 도하건설 회장의 아들이라니, 아이들에게 미우는 두려움의 대상이었다.

"말해. 자꾸 묻게 하는 거 싫다."

"그게 어제 교사 휴게실을 우연히 지나다가 봤는데 강 쌤이랑 현 쌤이 서로 안고 있더라고."

"거짓말이면 죽는다."

"진짜야. 맹세!"

미우는 녀석을 땅바닥에 내동댕이를 치고는 교실로 향했다. 청소당번들이 청소를 하고 있었고 언제나 화사한 웃음을 짓고 있는 강 쌤이 한별이와 창가에 서서 무슨 말인가를 하고 있었다.

미우가 보기에 강 쌤은 진짜 아이들 하나하나에게 정성을 쏟는 몇 안 되는 선생님이었다. 미우는 그런 강 쌤이 좋았고 아이들의 입방아에 오르내리는 게 싫었다.

"미우야."

강 쌤이 미우를 보자 손짓을 하며 오라고 말했다. 미우가 선생님과 한별이 서 있는 곳으로 다가서자 한별이 미우에게 고개도 들지 못했다. 비단 한별이뿐만이 아니라 요즘 아이들이 그를 살살 피했다. 아마도 아버지가 도하건설의 회장이라는 게 한몫을 한 것 같았다.

"미우야, 한별이가 다음 주에 네 짝이야."

강 쌤의 말에 한별이의 얼굴이 사색이 되어버렸다.

"쌤, 한별이는 싫은 것 같은데요."

"싫긴 뭐가 싫어."

강 쌤이 한별이의 목에 헤드락을 걸었다. 가만 보니 아무나 안는 것 같았다. 저렇게 스킨십이 헤프니 소문이 그렇게 날 수밖에 없었다. 미우는 마땅찮은 얼굴로 강 쌤을 보았다.

"미우야, 네가 좀 한별이를 봐줘. 다 같이 힘든 시기지만 그래도 서로 도움이 되었으면 좋겠다."

"한별이 놓아주시죠."

"어? 괜찮아."

쌤의 한쪽 가슴에 머리를 대고 있는 녀석의 정수리를 미우가 주먹으로 퍽 소리가 나게 쳤다.

"미우야!"

놀란 강 쌤이 한별이를 놓아주었고 한별이는 자신의 머리통을 손으로 문지르기 바빴다.

"뭐 하는 거야?"

"놓아주시라고 말했습니다."

"으그!"

강 쌤이 미우의 엉덩이를 손으로 찰싹 소리나게 쳤다.

"이건 성추행입니다."

"지랄, 한별이나 잘 챙겨줘."

"네."

강 쌤이 밖으로 나가려는 순간 미우가 강 쌤을 불렀다.

"현 쌤이랑 사귀십니까?"

"오올~~~"

교실에 있던 모든 아이들이 동작이 멈추었고 시선은 강 쌤에게 가 있었다.

"나도 눈이 있다."

"오올~"

강 쌤은 이렇게 한마디를 남기고는 교실을 나갔다. 그 말이 거짓말 같지는 않았다. 미우는 다시 박웅네 반으로 향했다. 그리고 아까 그 녀석을 다시 불러냈다.

"다시 말해봐."

"뭘?"

사시나무 떨 듯이 떨고 있는 녀석이 불쌍하기는 했지만 강 쌤에 관해 엉뚱한 소문이 도는 게 싫은 미우였다.

"교사 휴게실."

"빠짐없이 말해."

"그러니까 내가 교사휴게실을 지나는데 쌤들끼리 싸우는 줄 알았거든."

"왜?"

"목소리가 하도 커서. 그런데 가까이 가서 보니까 둘이 안고 있더라고 현 쌤이 강 쌤을 뒤에서 이렇게 말이야."

녀석이 리얼하게 흉내를 내고 있었다.

"그건 아까 말했고."

"그러니까 정확하게 들은 건 둘이 토요일에 서울호텔에서 7시에 만나기로 했어. 강 쌤에게 예쁘게 입고 나오라고 현 쌤이 그러더라고."

미우가 갑자기 녀석의 멱살을 잡았다.

"왜? 난 사실대로……."

"다른 놈들한테는 잘못 들었다고 말해. 그리고 이 시간 이후로 소문이 들리면 너는 강냉이 10개야."

녀석이 목을 격하게 끄덕였다.

"꺼져."

강 쌤이 현 쌤이랑 사귀는 게 마음에 들지 않았다. 하지만 어쩔 수 없는 일이었다. 그건 강 쌤의 자유니까 말이다.

11시가 조금 넘은 시간에 집으로 돌아온 미우는 그렇게 기분이 좋지 않았다. 왜 그런지 정확하게 알 수가 없었지만 말이다.

"다녀왔습니다."

"야, 우리 미우."

형이 달려와서 그의 목에 헤드락을 걸었다. 그가 좋아하는 인간들은 헤드락을 너무 좋아했다.

"저리 가."

"우리 미우가 왜 이러나? 늦은 사춘기냐?"

"아니, 그보다 더 무서운 고3병이야."

엄마가 미우의 늦은 저녁을 준비하며 말했다.

"진짜야? 고3병?"

"……."

형에게서 살짝 술 냄새가 났다. 그래서 기분이 업이 된 모양이었다. 형이라기보다는 아빠 같은 느낌이 들 정도로 형과는 나이 차이가 있었지만 미우는 형이 좋았다.

"술 마셨어?"

"어, 도환이랑 태민이 왔다 갔어."

미우에게 지대한 영향을 주는 형들이었다.

"강 쌤은 잘 계시냐?"

급작스러운 형의 질문에 미우는 한숨을 푹 쉬었다.

"왜?"

"몰라."

"결혼이라도 한대?"

주방에 계시던 엄마가 끼어들었다.

"미우가 강 쌤 좋아하잖아."

"엄마!"

절대로 그건 아니었다. 그냥 좋은 사람이라는 호감 정도였다. 물론 그의 방 안 곳곳에 강 쌤의 사진이 자리 잡고 있기는 했지만 말이다.

"여자에게 관심도 없는 미우가 첫사랑이 여선생이라니. 힘든 사랑을 택했어."

엄마의 놀림이 계속되자 미우가 자신의 방으로 들어가 버렸다.

"엄마는 아무것도 모르면서……."

교복을 벗고 있는데 형이 미우의 방으로 들어왔다.

"강 선생 애인 있어?"

"몰라."

"있어?"

형의 목소리가 심상치 않았다.

"왜?"

"말해봐."

화를 내는 것도 아니고 안 내는 것도 아니었다.

"우리 학교에 현 쌤이라고 물리 쌤이 있는데 둘이 토요일에 서울호텔에서 만나기로 했대."

"정확해?"

"응, 친구 녀석이 들었나 봐."

"몇 시?"

"7시라고 했는데 정확하지는 않아."

"……."

형이 대꾸도 없이 방을 나가 버렸다. 형의 저런 모습은 처음이었다. 왜 그렇게 강 쌤에게 관심을 보이는지 미우는 알 수가 없었다.

"뭐야, 경쟁자가 집에도 있는 거야?"

인정하기는 싫었지만 미우는 자신이 강 쌤을 좋아한다는 걸 깨달았다. 침대에 누운 미우는 벽을 쳐다보며 한숨을 쉬었다.

"좋아하는 건가?"

"좋아할 시간이 어딨어?"

언제 들어왔는지 엄마가 문 앞에 서서 미우를 도끼눈을 뜨고 쳐다보고 있었다.

"엄마는 노크도 안 해?"

"문이 열려 있었거든. 엉뚱한 짓 하지 말고 빨리 내려와서 밥 먹어. 그리고 사고 치는 건 이번 한 번으로 족하다."

"알았어요."

저녁을 늦게 먹으면 안 되지만 새벽 3시에 잠을 자는 미우는 지금 밥을 먹지 않으면 안 되는 상황이었다.

"얼른 내려와."

"알았어요. 샤워만 하고 내려갈게요."

시간이 나면 틈틈이 농구를 하는 바람에 온몸이 끈적이고 있었다. 샤워를 하며 거울 속의 자신의 몸을 본 미우는 양팔을 들어 팔에 알통이 잡히게 만들었다.

"이 정도면 뭐……."

나무랄 곳이 없었다. 샤워를 마친 미우는 밥을 먹으러 1층으로 내려가다가 복도 끝에 서서 창밖을 바라보고 있는 형의 모습을 보았다. 남자가 봐도 멋진 몸의 소유자였다. 면 반바지만 걸쳐도 형은 화보를 찍고 있었다. 미우는 자신의 몸을 한번 내려 보고는 좌절의 표정을 지으며 1층 주방으로 향했다.

5. 거부할 수 없는 그대

자신의 차에서 내리기 전에 하은은 요즘 유행하는 코랄색의 립스틱을 바르며 룸미러로 마지막 점검을 하고 있었다. 어릴 때부터 미술을 잘해서 그런지 하은의 메이크업 실력은 전문가 수준이었다.

웃기는 궤변 같지만 진짜 하은은 손으로 하는 일은 뭐든지 잘했다. 옷을 만드는 것은 물론이고 가구 만드는 일까지 진짜 손재주 하나는 끝내 줬다. 거기다가 오랫동안 운동을 해서인지 요즘은 발로 하는 것도 잘했다. 한 남자를 완전히 고자로 만들 뻔도 했었다.

그 생각을 하니 하은은 자신도 모르게 헛웃음이 났다. 고소 취하를 했기에 망정이지 안 그랬다면 아마도 지금까지 지옥의 연속이었을 것이다.

한여름 더위가 정점을 찍고 있었다. 그래서 오늘은 조금 시원하게 옷을 입었다. 짧은 플레어스커트에 민소매 블라우스를 입은 그녀는 머리도 발랄한 느낌인 포니테일로 하고는 자신의 차에서 내렸다.

서울호텔에는 선을 보기 위해 몇 번 오긴 했었다. 물론 안 좋은 추억들의 연속이었지만 말이다. 대머리의 의사 선생과 말이 무지하게 많았던 변호사 그리고 진짜 그녀에게 충격을 주었던 그녀의 어깨밖에 오지 않았던 한의사 양반은 앞의 남자들의 단점을 모두 가지고 있었다.

다른 복은 넘쳐 나는 하은이었지만 남자 복은 영 아니었다.

지하주차장에서 내린 하은은 엘리베이터가 있는 쪽으로 걸음을 옮겼다. 그때였다. 차들 사이로 커다란 덩치의 남자가 지나가는 게 보였다. 아주 낯이 익은 그리고 위험한 분위기의 실루엣이었다.

"뭐지?"

고개를 돌려 남자를 확인하려는데 갑자기 전화벨이 울렸다.

윙—

[어디야?]

웬수 성민이었다.

"다 왔어. 엘리베이터만 타면 돼."

[레스토랑 앞이야. 빨리 와.]

"알았어. 보채지 좀 마. 이 웬수야."

하은은 전화를 끊고는 엘리베이터를 향해 뛰었다. 그리고는 30층의 레스토랑의 버튼을 눌렀다. 생각보다 빠르게 30층에 도착할 수 있었다.

"하은아."

웬수 같은 성민이 그녀를 불렀다. 그리고는 그녀의 가는 허리에 손을 휘감았다.

"뭐 하는 거야?"

"이렇게 등장해야 해. 넌 가만히만 있으면 돼."

"이거 선보는 자리 아니지?"

"……."

"너 여자친구 떼어내려는 수작 아니야?"

"한 번만 참아주라."

"현성민."

하은이 몸을 빼려고 하자 성민이 더욱 세게 힘을 주었다.

"좋은 말로 할 때 놔라."

"한 번만 진짜 봐주라. 결혼하자고 매달리는데 죽겠다고."

"미친놈. 그게 이 여자 저 여자 만나고 다니더니."

"타고난 바람기를 어쩌냐. 이건 중력의 법칙 같은 거야."

누가 과학 선생 아니랄까 봐 아무 곳에나 법칙을 붙이고 난리였다.

"한 번만……."

한 번이고 뭐고 간에 벌써 하은의 몸은 레스토랑 안으로 끌려들어 가고 있었다. 레스토랑에 들어서자 한눈에도 놀란 기색이 보이는 여자가 하은의 눈에 들어왔다. 몸은 하은의 두 배는 되어 보였지만 몸에 두른 건 다 명품이었다.

"너 돈이 궁했냐?"

"아니, 돈에 흔들린 거지."

"그거나 저거나."

"한 번만 살려주라."

"아니, 어머니는 이번에 선자리를 돈에 맞추시면 어쩌라는 거야?"

"여자가 날 찍었대. 아버지는 완전 부자고. 여자는 얼굴만 보고 고른 거래."

"누굴?"

"날."

어릴 때부터 놀기 좋아하고 여자 좋아하던 녀석이 어느 날 사범대에 들어와서 깜짝 놀랐었다. 적성과는 무관하게 성적에 맞추다

보니 지금같이 이런 모지리 선생이 나온 것이었다.

"지금이라도 다른 일 해라. 내가 알아봐 줄게."

"아이들 가르치는 건 적성에 맞아."

"그럼 학원으로 가. 거기 가면 넌 스타강사가 될 거야."

"고민 중이다."

성민에게 끌려가며 하은이 이를 악물고 복화술로 말을 하고 있었다. 여자의 앞으로 가자 왜 이 녀석이 이렇게까지 하는지 알 것 같았다. 보기에도 여자가 너무 무서울 정도로 덩치가 컸다.

"성민 씨······."

여자가 그들을 보며 성민이를 불렀다.

"이쪽은 내 여자친구인 강하은 씨."

"네?"

여자가 쓰러질 것 같은 표정을 지었다.

"미안해요. 처음부터 확실하게 말했어야 하는데 미나 씨가 자꾸 안 믿으니까."

짝!

순식간에 성민의 얼굴이 돌아갔다. 아니, 머리에 붙어 있는 것만으로도 감사해야 할 것 같았다.

"어떻게 이럴 수가 있죠?"

여자의 눈에서 눈물이 흘러나오고 있었다. 하은은 자신이 맞으

면 어쩌나 하는 생각이 들었다. 하지만 여자가 그렇게 이상하다고
는 생각하지 않았다. 어쩌면 당연한 반응이었다.

그때였다. 갑자기 얼굴에서 불이 번쩍 나기 시작했다.

"어디서 꼬리를 치고 난리야?"

"……"

뭐라고 말할 틈도 없이 머리카락이 여자의 손에 잡혔다. 덩치가
하은보다 두 배는 되어 보이는 여자는 힘이 천하장사였다.

"아아아아."

악 소리도 못 내고 끌려 다녔고 성민과 직원들이 여자를 떼어내
려고 안간힘을 썼다. 이게 무슨 꼴인지 하은은 살다가 이렇게 험
한 꼴은 처음 당했다. 성민이 자식을 도와주는 게 아니었다.

"성민이는 애인이……"

"아닙니다."

그녀의 말을 자르는 낮은 저음의 목소리가 들리더니 여자의 손
이 그녀의 머리카락을 놓았다.

"그만하시죠. 이 사람 애인은 접니다. 뭔가 오해가 있으신 것 같
은데 더 이상 이렇게 하시면 저도 가만히 있지 않겠습니다."

"……"

여자는 아무 말 없이 멍하게 미노를 보고 있었다. 확실하게 여
자는 남자의 얼굴을 보는 게 맞았다. 성민이 잘생기긴 했지만 미

노의 얼굴엔 상대가 되지 않았다.

퍽!

갑자기 성민이 바닥으로 나가떨어졌다.

"사람을 이런 식으로 이용하지 마."

바닥에 나가떨어진 성민이 억울하다는 표정을 짓고 있었다. 그녀도 성민이 녀석의 얼굴을 한 대 패고 싶은 마음이었다.

"괜찮아요?"

뚱땡이가 성민을 단번에 일으켜 세웠다.

"내 눈에 안 띄는 게 좋을 거야."

그가 이렇게 말을 하며 만신창이가 된 하은에게 자신의 슈트 재킷을 덮어주고는 레스토랑을 나왔다.

"괜찮습니까?"

"……."

"뭐 저런 녀석을 사귑니까?"

화가 난 목소리였다.

"친구예요. 사귀는 거 아니에요."

"……."

"오늘 일은 진짜 감사해요."

아까 주차장에서 봤던 실루엣의 주인공이 도미노가 맞았다.

"진짜 감사해요. 흑흑흑."

서러움에 울음이 끊임없이 흘러내렸다.

"한 번만 같이 가달라고 하도 부탁을 해서 온 건데 일이 이렇게 될 줄은 진짜 몰랐어요."

그가 하은을 갑자기 자신의 품 안에 안았다. 넓은 그의 가슴에 안기니 마음이 편해지는 느낌이었다. 남자로부터 보호받는 느낌은 처음이었다. 예솔이를 구해줄 때도 이렇게 했을 것 같았다.

차갑게 굴지만 그는 따뜻한 마음을 가진 사람 같았다.

띵!

엘리베이터의 문이 열리고 그가 하은을 품 안에 안고는 그대로 아무도 없는 엘리베이터에 올랐다. 그의 심장 소리가 하은의 귀에 그대로 들리고 있었다. 지금은 그의 품 안에서 벗어나고 싶은 마음이 없었다.

부르르 몸이 떨려왔다. 이 더운 여름에 그녀는 갑자기 온몸이 으슬으슬 추웠다. 그리고 서 있을 힘조차 없었다. 충격이 심했던 것 같았다.

"괜찮습니까?"

"네."

"그렇지 않아 보입니다."

안 봐도 뻔했다. 머리는 헝클어지고 울어서 눈 화장은 번졌을 테고 꼴이 말이 아닐 것 같았다.

지하 주차장에 도착했는지 그가 그녀의 어깨를 감싸고는 엘리베이터에서 내렸다. 그리고 그녀의 차가 아닌 자신의 차로 데리고 갔다.

"저 차가지고 왔어요."

"차는 내일 가져가요."

"네?"

"지금 이 상태로는 운전하면 안 됩니다."

"아니에요."

"차는 내일 다시 가지러 와요."

"……."

말싸움을 할 힘도 없었다. 그래서 하은은 그의 벤츠에 몸을 실었다. 그리고는 눈을 감았다. 그가 그녀의 위로 안전벨트를 매주고 재킷을 덮어주었다.

"춥습니까?"

"괜찮아요."

그는 에어컨을 약하게 틀고는 운전을 하기 시작했다. 하은은 눈을 감고는 서러움에 소리 없이 눈물을 쉴 새 없이 쏟아내고 있었다. 요즘은 되는 일이 없었다.

굿이라도 한판 해야 하는 건지 도저히 알 수가 없는 나날이었다. 하나가 잠잠해지면 다른 하나가 기다리고 있는 형태였다.

조금 시간이 지나니 울음이 잦아들었다. 성민이 자식을 죽여 버리고 싶은 심정이었다. 그리고 어느 정도 마음이 편해지자 아까 여자에게 맞았던 뺨이 욱신거리기 시작했다. 누군가에게 이렇게 맞아본 적이 없는 하은은 굉장히 충격을 받았다.

오지랖퍼가 되어버린 기분이었다. 성민에게 이렇게 끌려오는 게 아니었다.

윙—

성민의 전화였다. 처음에는 무시를 했지만 연속해서 시끄럽게 오는 통에 하은은 전화를 받았다.

[여보세요?]

"살아 있었냐?"

[하은아, 미안해.]

"살아 있었다니 다행이다. 나에게 행운이란 게 아직 남아 있었네. 널 죽여 버릴 수 있는 기회가 남아 있으니 말이야."

하은은 이를 부드득 갈았다.

[미안해. 미나 씨가 이렇게 나올 줄 몰랐어.]

"미나 씨가 그러셨어? 너 어디야?"

[내일 잘 쉬고 모레 학교에서 보자.]

"모레 학교에서는 너의 사망 소식이 퍼져 있을 거야."

[하은아, 진짜 용서해 줘. 내가 무릎 꿇고 빌게.]

그때 전화기 너머로 여자의 목소리가 들렸다.

[네가 죽이기 전에 난 죽어 있을지도 몰라.]

"어디야?"

[호텔방.]

"미친놈. 몸으로 때우냐?"

[여튼 내가 만나서 다시 용서를 빌게.]

"죽어버려!"

하은이 열이 받아서 핸드폰을 끊어버렸다. 그리고는 순간 자신이 혼자가 아님을 빠르게 깨달았다. 정말로 현성민 이 자식을 찢어 죽여 버릴 것이다.

"아까 그 친굽니까?"

"그러니까…… 네."

맞아서 화끈거리던 얼굴이 이제는 부끄러움으로 화끈거리고 있었다.

"아주 친한 사인가 봅니다."

"친하긴요. 아주 웬수도 그런 웬수가 없어요."

"주로 친구들 일에 관심이 많으신가 봅니다."

"제가요?"

그가 고개를 끄덕였다. 하긴 그럴 수밖에 없는 상황이었다. 친구가 성폭행을 당하는 줄 알고 온몸을 날리질 않나, 거기다가 이제 친구의 선자리에 나와 애인 대역을 해서 맞지를 않나, 진짜 그녀가 생각해도 오지랖도 이런 오지랖이 없었다.

"뭐, 아니라고는 말하기 어려운 상황이네요."

하은은 얼굴을 돌렸다. 도심의 밤거리가 그녀의 눈에 들어왔다. 그리고 하은은 얼른 그의 재킷을 머리 위로 올렸다.

"꼴이 이렇다고 말씀이나 해주시지."

검은 차창이 마치 거울처럼 그녀의 얼굴을 비춰주었다. 포니테일로 묶여 있던 머리는 사자의 갈기처럼 사방으로 흩어져 있었고 신경 써서 한 메이크업은 아이라인과 마스카라의 절묘한 조화로 판다가 따로 없었다. 거기에 눈물로 화장이 얼굴 전체로 번져 있어서 정말로 쳐다볼 수 없는 몰골이었다.

"덮을 거 없어요. 다 봤으니까."

"그렇지만 진짜 말이라도 해주시지……."

"그럼 달라집니까?"

"아뇨, 여기에 이렇게 나란히 앉아 있지는 않았겠죠. 아마 집으로 갔을 겁니다."

"그럴 정신이 없던데."

그의 말이 틀린 건 아니었지만 지금 그녀의 상황은 최악이었다. 최소한의 배려가 있는 남자라면 그녀의 차에 태워주고는 사라져 줬을 것이다.

"집에 갈 수도 없었을 겁니다. 그렇게 손이 떨려서야……."

그녀의 손이 아직도 떨리고 있었다.

"진짜 애인 아닙니까?"

"보고도 모르세요?"

"진짜 애인 없습니까?"

"없어요. 있으면 제 옆에는 남자친구가 앉아 있을 거고 욕을 한 바가지 하고 있었겠죠."

"달래주는 게 아니라요?"

"현실엔 그런 남자는 없어요. 있다면 진짜 내 꺼로 만들어야죠."

"……."

남자는 말이 없었고 그때 차가 멈추었다. 그의 옷 속에서 나와 눈을 들어보니 지하 주차장이었다.

"내려요."

그가 차에서 내려 그녀의 차 문을 열어주었다.

"여긴……."

"내 스페어하우스요."

스페어타이어도 아니고 하우스란다. 재벌은 달라도 뭔가가 달랐다.

"지금 그 상태를 조금은 정돈해야 하지 않을까 해서요."

"아."

그의 배려에 감사한 마음이 들었다. 툴툴거려도 할 건 다 해주는 사람이었다. 도미노란 남자의 매력은 이런 데 있는 것 같았다.

그의 집은 스페어하우스라고 하기엔 상당히 컸고 비워진 집이라고 보기 어렵게 잘 정돈이 되어 있었다.

"이 집에 혼자 사세요?"

"아니요, 지금은 태민이가 쓰고 있죠."

"그럼 변호사님 집에 계시는 거예요?"

순간 하은의 몸이 경직되어 버렸다.

"아뇨, 주말엔 본가에 가고 없으니 걱정하지 말고 편하게 써요. 저쪽이 욕실이에요."

"네."

그가 안내해 준 욕실은 잘 정돈이 되어 있었다. 가방 안에 다행히 클렌징 티슈가 있어서 그녀는 엉망이 된 메이크업을 깨끗하게 지울 수 있었다. 다시 파우치 속에서 화장품을 꺼내려고 하다가 하은은 손을 멈추고는 거울 속의 자신을 바라보았다.

"후, 이게 다 뭐야?"

얼굴에 손자국이 선명하게 나 있었다. 거기에 살짝 붓기까지 했다. 그래서 체면이고 뭐고 간에 쌩얼로 나가기로 마음먹었다. 도미노에게 볼 거 못 볼 거 다 보였는데 이제 와서 가려봐야 소용이 없을 것 같았다.

옷을 정돈하고 머리를 깔끔하게 위로 올려 다시 하나로 묶었다. 이제 감사 인사를 하고 택시를 불러 호텔에 있는 자신의 차를 가지고 집으로 가면 되는 것이었다.

욕실에서 나가자 코끝을 감동시키는 커피향이 은은하게 퍼지고 있었다.

"완전 좋은 향인데요?"

"좋은 커피향이죠. 난 아무거나 마시는 편인데 태민이는 커피에 민감하죠. 바리스타 자격증도 있을 만큼 아주 마니압니다."

"네."

재킷을 벗고 넥타이를 하지 않은 편안한 모습인 그는 상당히 매력적이었다.

"앉아요."

"네."

커다란 가죽소파에 앉은 하은은 집 안을 구석구석 눈으로 살피고 있었다.

"이 건물을 도하건설이 지었죠."

"건축가의 집이라서 그런지 인테리어도 아주 멋져요."

그의 집은 가구가 거의 없었지만 아주 깔끔하게 배치가 되어 있었다. 온통 화이트 톤인 집 안은 전자제품들을 예술품처럼 보이게 배치를 해놓아서 그림이 없는 커다란 화랑 같았다.

"농담이 아니라 진짜 멋져요."

"커피 마셔요."

그가 하은의 옆에 앉았다. 소파가 일자로 되어 있어서 어쩔 수가 없었지만 조금은 묘한 느낌이 들었다.

"오늘 호텔엔 어떻게 오신 거예요?"

그녀의 질문에 그가 살짝 미소를 지었다.

"약속 때문에 갔습니다."

"혹시 선보러……."

"선보러 간 걸로 보였습니까?"

그가 웃으며 말했다. 그의 웃는 모습이 낯설기는 했지만 매력적이란 건 인정하지 않을 수가 없었다.

"화장을 안 하는 게 더 나은 것 같습니다."

커피를 한 모금 마시다가 입 밖으로 뿜어낼 뻔했다. 둘만 있는데 갑자기 달달해지는 건 반갑지 않았다.

"여기 맞은 겁니까?"

갑자기 그가 하은의 얼굴에 손을 대자 하은은 그야말로 초 경계 태세였다. 그가 만진 것 자체로 놀란 게 아니라 그녀의 얼굴에 닿은 그의 강인한 손의 느낌이 강렬했기 때문이었다. 남자와 키스를 안 해본 것도 아니고 그렇다고 스킨십을 안 한 것도 아닌데 지금 하은은 마치 모든 게 처음인 것처럼 떨렸다.

엄밀히 말해 키스도 아니고 스킨십도 아니었다. 그냥 괜찮은지 살펴본 것뿐이었는데 그녀의 온몸의 신경이 아주 민감하게 반응했다. 이게 그가 위험하다고 생각하는 이유였다. 아무것도 안 했는데 마치 전부를 한 느낌이었다.

"불쾌했나요?"

그가 그녀가 놀란 걸 느꼈는지 물었다.

"불쾌한 게 아니라 좀 예민하게 반응을 해서요."

"뭐가요? 그렇게 예민하게 만들었습니까?"

"그냥요."

"그냥이라……."

그의 목소리가 갈라지며 이상야릇하게 들리는 건 그녀만의 착각일 것이다.

"아팠겠군."

그의 손은 여전히 그녀의 얼굴에 가 있었다.

"자존심이 상한 거지 참을 만했어요."

"난 참기 어렵던데……."

"네?"

"……."

알 수 없는 말만 하고 있는 그였다. 이런 묘한 분위기는 사절이었다. 하은은 그에게서 얼굴을 돌렸지만 다시 그의 손에 의해 제자리로 돌아왔다. 그의 갑작스런 행동에 놀랐지만 이상하게 싫지는 않았다.

"얼굴에 상처가 났어."

"없어질 거예요."

"아니, 내 기억 속의 당신 얼굴 말이야."

그랬다. 오늘 그녀의 상처 난 얼굴을 그는 오래도록 기억할 것 같았다.

"기억하지 말아요."

"아니, 두고두고 기억할 거야. 아름다운 얼굴도 그리고 상처 난 얼굴도 모두."

"왜죠?"

"어려운 질문이군. 아직은 나도 그 답을 모르겠어. 내가 왜 이러는지……."

그의 입술이 그녀의 입술을 덮었다. 설마 설마 하던 일이 순간적으로 일어났다. 그녀의 입술 위로 그의 단단한 입술이 움직이고 있었다.

하은은 숨을 쉴 수가 없었다. 고개를 돌리면 그의 입술을 거부할 수가 있었지만 이상하게 그녀의 몸이 말을 듣지 않고 있었다. 왜 이 사람이 이러지라는 생각보다는 참 야릇하다는 생각이 먼저 들었다.

그가 입술을 떼더니 그녀의 흔들리는 눈을 바라보았다. 그의 눈이 영화 속의 뱀파이어처럼 깊고 짙은 눈동자로 변해가고 있었다. 욕망으로 인해 이렇게 짙어진 남자의 눈빛은 처음이었다. 숨이 막힐 것 같은 섹시함이 그에게서 풍겨져 나오고 있었다.

이래도 되는 건지 알 수 없었지만 이러지 않는다면 지금은 미칠 것 같았다. 뭔가 이 남자와 함께 있으면 자꾸만 두 가지 생각이 공존하게 되었다. 하지 말아야 한다와 하고 싶다는 생각이 말이다.

이성적이라고 생각했던 모든 게 지금은 무너지고 있었다. 그의 손이 그녀의 얼굴 전체를 감싸고 있었다. 그리고 그의 빨려들 것 같은 눈이 그녀를 뚫어지게 바라보았다. 하은의 시선이 그의 눈동자에서 조각 같은 코를 지나 섹시한 입술에 머물렀다.

말은 하고 있지 않았지만 키스해 달라는 눈빛을 그녀도 모르게 그에게 보내고 있었다. 드디어 그의 입술이 그녀의 입술을 덮었다. 서로의 입술이 이렇게 딱 맞게 맞아떨어지는 느낌은 상당히 자극적이었다.

"으으읍."

그가 갑자기 자제력을 잃은 듯 처음의 부드러운 입맞춤과는 정반대인 다급하고 거친 키스를 하기 시작했다. 그의 혀가 그녀의 입안으로 거칠게 밀고 들어오자 하은은 고개를 돌리려 했다.

싫어서가 아닌 두려움 때문이었다. 이렇게 그녀를 격하게 원하는 남자는 없었다. 모두가 점잖음을 가장한 서투름으로 그녀에게 다가왔지만 지금 그는 거의 키스의 장인처럼 아주 능수능란하게 그녀를 빨아들이고 있었다.

그의 혀가 입안에서 움직일 때마다 그녀의 아랫배가 움찔거리고 있었다. 키스할 때 이런 적은 한 번도 없었다. 부드러운 입맞춤이 키스라고 32년을 살며 생각했는데 오늘 완전히 그녀의 생각이 무너져 내리고 있었다.

그녀의 목뒤를 받치며 그의 입술이 적극적으로 그녀를 밀어붙이자 몸이 점점 소파 위로 내려가고 있었다. 하지만 이 위험스러운 입맞춤을 하은은 끝을 낼 수가 없었다.

기분이 좋은 건 둘째 치고 한 번도 한 적은 없었지만 섹스를 한다면 이런 느낌이겠구나라는 생각이 스쳤다. 키스만으로 이런 느낌이라면 섹스는 과연 어떨지 너무나 궁금했다.

이런 생각이 들자 온몸에 소름이 돋았다.

"으으음."

그의 혀가 그녀의 목젖까지 파고들었다. 그리고 위험스러운 움직임을 시작했다. 그녀의 혀를 감싸고 그녀의 입안 곳곳을 헤매며 하은을 몰아붙이고 있었다. 그의 손이 갑자기 그녀의 가슴을 움켜잡자 하은은 숨을 멈추었다.

당황스러웠다. 이렇게 그녀의 가슴을 잡은 남자는 처음이었다. 생소한 느낌이었지만 거부감은 없었다. 아까 차 안에서도 그가 그녀의 가슴을 잡는 실수를 했을 때도 마찬가지였었다. 뭔가 혼란스러웠다.

생각은 거기까지였다. 그가 다시 깊은 키스를 하자 그녀의 이성은 완벽하게 마비 상태였다. 그의 손이 그녀의 민소매 블라우스를 스커트 속에서 빼냈지만 하은은 키스를 하느라 알지 못했다.

순간 그의 손이 그녀의 옷 속으로 들어와 그녀의 맨가슴을 잡았다.

"으읍."

놀란 하은이 온몸을 굳히는데도 그의 손은 자유롭게 그녀의 가슴을 잡았다. 다른 사람이 자신의 가슴을 잡는다는 건 한 번도 상상해 보지 않은 일이었다. 스킨십을 할 때 물어보고 하는 남자는 정말 밥맛이겠지만 이렇게 무방비할 때 하는 건 또 다른 문제였다.

놀란 마음을 진정시킬 틈도 없이 그의 손이 그녀의 유두를 잡았다. 온몸에 소름이 돋았다. 이번에도 싫은 게 아니라 낯설고 강렬한 느낌을 어떻게 받아들여야 할지 몰라서 당황스러운 것이다. 생각해 보니 지금 자신의 상황이 웃겼다. 이상하다고 느끼면서도 몸은 아주 극도의 만족감을 느끼고 있었기 때문이었다.

"아름다워."

그가 입술을 떼며 이렇게 말했다. 남자와 이런 깊은 스킨십은 처음이었지만 확실한 건 짜릿하다는 것이었다.

"가슴이 이렇게 클 줄은 몰랐어."

"......"

"바람이 불면 날아갈 것 같은 몸인데 말이야."

그의 입술이 다시 그녀를 삼켰다. 이제 더 이상 아무것도 생각할 수가 없었다. 하은의 손이 저절로 움직여 그의 탄탄한 가슴을 더듬고 있었다. 분명히 가만히 있으라고 했는데 그녀의 손은 뇌의 명령에 불복종하고 있었다.

어쩌면 이렇게 탄탄한지 숨 쉬는 돌덩이를 만지고 있는 느낌이었다. 하은의 가는 손이 그의 가슴 위를 배회하자 그의 숨이 점점 더 거칠어졌다.

"마음에 드는가 보군."

"아주 많이요."

"하하하."

그가 웃자 그녀의 손아래 있는 그의 가슴이 흔들렸다. 그리고 그녀의 마음도 흔들렸다. 그의 입술이 그녀의 가슴을 습격하기 시작했다. 소파에 누워 있던 하은은 충격으로 몸을 일으키려 했지만 그의 힘을 당할 수가 없었다.

그의 입술이 그녀의 풍만한 가슴 위를 누빌 때마다 그녀의 여성은 촉촉하게 젖어들고 있었다. 정말 처음으로 느끼는 아주 은밀한 느낌이었다.

"아아앙."

자신도 모르게 신음이란 걸 내뱉은 하은은 자신의 입을 손으로 막았다. 그런 그녀를 보았는지 그의 몸이 웃음으로 들썩였다. 그리고 점점 더 강하게 그녀의 가슴을 빨아들였다.

"아아앙."

그럴 때마다 자신도 모르게 내뱉는 신음 소리가 더 커지고 있었다. 급기야 그가 그녀의 유두를 입안으로 넣자 하은은 두 눈을 감아버렸다. 짜릿하다는 걸로는 부족한 느낌이었다. 온몸이 불타 버릴 것 같았다.

"민감한데."

민감하다는 그의 말이 칭찬인 건지 어떤 건지 몰랐지만 진짜 그의 말대로 그녀의 온몸은 예민하게 그의 입술에 반응하고 있었다. 팬티가 벌써부터 흥건하게 젖어 있었다. 제발 이런 모습을 그가 눈치채지 않기를 바랄 뿐이었다.

하지만 그녀의 바람과는 달리 그의 손이 그녀의 스커트 안으로 들어와 팬티 위를 감싸고 있었다. 하은은 이제 모든 걸 놓아버린 상황이었다.

"촉촉하게 젖었어."

말이라도 하지 말지, 그는 일일이 하나하나 다 그녀에게 확인을 시켜주고 있었다. 그의 손이 급기야 그녀의 팬티를 한 번에 끌어내렸다. 지금 그녀의 몸에 걸쳐진 거라곤 하늘거리는 플레어스커트가 전부였다.

"너무 빠른 거 아니에요?"

"아니, 강 선생이 너무 늦게 물었어."

하긴 갈 때까지 다 가놓고 지금에 와서 이런 질문을 한 자신이 더 웃겼다.

"제가 자꾸 바보가 되어가나 봐요."

"아니, 아주 영악해."

그의 손가락이 그녀의 질 안으로 들어왔다. 처음 느끼는 이물감에 하은은 몸을 활처럼 휘었다.

"날 정신 못 차리게 만들고 있으니까."

그의 말을 모를 정도로 바보는 아니었다. 다만 이런 쪽으론 경험이 무지한 하은은 어떻게 반응을 해야 하는지 알 수가 없었다. 그게 두렵고 무서울 뿐이었다. 그의 애무가 점점 더 강해질수록 하은의 생각은 복잡해지고 있었다.

매끄러운 살에 그의 투박한 손이 닿을 때마다 미노는 미칠 것 같은 흥분을 느끼고 있었다. 그의 안에 있는 짐승의 본능이 강 선생을 통해 깨어나고 있는 것 같았다. 그의 손은 지금 강 선생의 질 안에서 요동치고 있었다.

빨래판 같은 질 벽이 주는 느낌은 그를 더 달아오르게 만들고 있었다.

"헉헉."

그의 입에서 거친 숨이 몰아치고 있었다. 그녀를 만지는 것 하나만으로도 그의 심장이 터져 버릴 것 같았다.

미우의 말을 듣고 난 후에 그는 잠을 이룰 수가 없었다. 강 선생이 애인이 없을 거라는 생각을 했던 자신에게 화가 났다. 그의 눈에 아름다우면 다른 사람의 눈에도 마찬가지일 것이다.

그 후로 고민을 하다가 그가 내린 결론은 그녀를 남자친구로부터 빼앗는 것이었다. 그런데 상황은 그가 예상하지 못한 뜻밖의 상황이 되어버렸고 지금 그녀의 뜨거운 육체는 그의 몸 아래 깔려 있었다.

마지막 플레어스커트가 그녀의 몸에 걸친 유일한 옷이었다. 그의 눈이 욕망에 들뜬 강 선생을 바라보고 있었다. 너무나 섹시한 여자였다. 그게 그동안 그가 그녀를 못마땅하게 여긴 이유였다.

자꾸만 보고 싶고 보고 있으면 만지고 싶고 그런 마음이 든다는 게 아주 많이 불편한 그였다. 그는 갑작스러운 게 싫었다. 계획적인 삶을 계속해서 살아왔던 그가 너무나 충동적이고 자유분방한 여자에게 마음이 가고 있었다.

물론 강 선생을 만날수록 다르다는 걸 알게 되었지만 말이다. 그가 마지막 남은 그녀의 플레어스커트를 벗겨냈다. 완벽한 비율의 여신이 그의 눈앞에 누워 있었다. 볼수록 빠져드는 여자였다.

여자를 자신의 집에 데려온 적도 없지만 이렇게 욕심을 채운 적도 없었다. 갖고 싶다는 강한 마음이 드는 여자를 처음 만난 미노는 스스로 생각해도 이상하다는 생각이 들 정도였다. 그녀의 미끈한 다리를 손으로 쓸자 다시 호흡이 거칠어졌다. 단순한 터치만으로도 그를 흥분시키는 여자였다.

미노는 몸을 숙여 강 선생의 입술을 거칠게 빼앗았다. 더 이상은 점잖게 키스를 할 수 없었다. 그녀의 달콤함을 알아버렸기 때문이었다. 너무나 좋아하는 맛을 가진 먹이가 그의 앞에 던져졌다.

그녀도 그를 거부하지는 않았다. 만약에 그녀가 조금이라도 거부의 의사를 보였다면 그는 강 선생을 놓아주었을 것이다. 미노는 너무나 강하게 끌리는 이 감정이 무엇인지 알고 싶었다.

강 선생의 부드러운 입안을 그의 사악한 혀가 점령을 하고 있었다. 모조리 남김없이 그녀의 타액을 빨아들이며 그는 키스만으로도 황홀했다. 그의 손에 차고도 넘치는 그녀의 가슴을 주무르며 그는 더 이상은 참기 힘들 정도로 부풀어 있는 페니스를 다른 손으로 바지 속에서 해방시켜 주었다.

그리고 잠시 그녀에게서 몸을 떼고는 빠르게 모든 옷을 벗어버렸다. 찢어지지 않은 게 다행일 정도로 그의 옷은 순식간에 그의 몸에서 사라졌다. 완벽한 나신이 된 그를 강 선생이 감탄 어린 시선으로 바라보고 있었다.

그리고 그의 커다란 페니스를 본 순간 감탄은 공포로 바뀌는 것 같았다. 대부분의 여자는 이렇게 커다란 페니스를 보면 아주 좋아하는데 강 선생의 다른 반응에 미노는 살짝 당황스러웠다.

마치 남자의 페니스를 처음 보는 여자의 반응과도 같았다. 물론 미노는 처녀와의 섹스는 경험이 없어서 몰랐지만 말이다.

그가 소파 위에 있는 강 선생을 안아 들었다.

"어머."

"소파에서 우리의 첫 섹스를 할 수는 없지."

놀란 강 선생을 안아 들고는 그의 방으로 향했다.

"여기는 이 변호사님 방 아니에요?"

"태민이 방은 맞은편이야."

확실히 혼자 쓰기엔 큰 공간이었다. 유학을 갈 동안 태민이 이곳을 썼고 지금도 그건 마찬가지였다.

그가 자신의 방에 여자를 들인 건 처음이었다. 아니, 이 집에 여자란 생물을 데리고 온 것 또한 처음이었다.

"여기에 여자를 데리고 온 건 처음이야."

"……."

그의 말에 강 선생의 눈이 커다래졌다. 그 모습이 그렇게 예쁠 수가 없었다. 이 정도면 진짜 중증이었다. 그의 페니스가 아플 정도로 그는 강 선생을 강렬하게 원하고 있었다. 그가 강 선생을 그의 침대에 눕혔다.

그리고 방금 전에 소파에서보다 강렬하게 그녀의 입술을 빨아들였다. 그의 가슴에 그녀의 부드러운 가슴이 눌려지고 있었다. 이렇게 세세히 모든 게 그를 자극하는 여자는 처음이었다. 다급했다. 빨리 그녀와 하나 되고 싶은 마음뿐이었다. 그는 그녀의 새하얀 다리를 벌리고는 자리를 잡았다.

"저기 잠깐만요."

그녀가 뭐라고 말을 하려 했지만 그는 기회를 주지 않았다. 어둠 속에서도 그녀의 검은 숲은 무성하게 드러나 있었다. 불을 켜야 그녀의 여성을 마음껏 볼 수 있는데 지금은 그럴 상황이 아니었다.

한시가 급했다. 그는 강 선생의 다리를 벌리고는 자신의 부풀 대로 부푼 페니스를 밀어 넣었다.

"으으윽."

그녀의 질 입구는 너무나 좁았다. 좁다는 얘기는 타이트하다는 말이었다. 그녀 안에 들어가면 미칠 것처럼 황홀할 것 같았다. 그는 빨리 들어가고 싶은 마음에 다시 한 번 힘을 주었다.

"아아악!"

그녀는 거의 비명을 지르고 있었다. 그의 페니스는 너무 컸고 그녀의 질은 작았다. 하지만 그렇다고 물러설 그가 아니었다. 그에겐 테크닉과 힘이 있었다. 그는 부드럽지만 힘있게 허리짓을 하기 시작했다.

"아파."

그녀의 입에서 아프다는 말이 나왔다. 아프기는 그도 마찬가지였다. 이렇게 타이트한 여자는 처음이었다. 하긴 그의 페니스도 그 어느 때보다도 부풀어 있었다.

"으으으윽!"

"아악!"

그녀의 비명 소리와 함께 그의 페니스가 그녀의 안으로 들어갔다. 아무리 타이트하다고 해도 이런 느낌은 처음이었다. 뭐라고 해야 하나 마치 처음인 것 같은 느낌이었다. 설마 그녀가 처녀일 리가 없었다.

세상의 남자들이 그녀를 그냥 둘 리가 없었다. 이렇게 아름답고 섹시하고 자극적인 여자를 말이다. 이상한 마음에 그는 고통스러워하는 그녀를 내려다보았다. 달빛만으로는 그녀의 표정을 정확하게 볼 수 없었다.

하지만 지금 그녀를 배려하기에는 그의 페니스가 느끼는 고통이 더 컸다. 그에게 움직이라는 명령을 강하게 하고 있었다. 그가 서서히 허리짓을 시작했다.

이토록 강렬한 섹스의 느낌은 처음이었다. 현란한 체위를 하지 않더라도 그는 완벽하게 만족스러운 정상 체위를 하고 있었다.

"아아, 아파요."

그녀가 그의 가슴을 밀어냈다.

"찢어질 것 같아요."

"조금만 참으면 괜찮아질 거야."

그는 그녀를 달래며 자신의 욕심을 채워갔다. 도저히 그의 페니스를 뺄 수가 없었다.

퍽퍽퍽!

음란한 소리가 그의 침실을 울리고 있었다.

"미칠 것 같아."

"아파요."

그녀는 계속해서 고통을 호소하고 있었다. 하지만 그 또한 멈출 수가 없었다. 그의 격한 허리짓이 반복되자 그녀의 숨 넘어가는 신음 소리도 계속되었다.

"아아아악!"

하지만 분명한 건 그녀의 신음 소리가 아까와는 사뭇 달라져 있었다. 그는 혼신의 힘을 다해 욕망의 끝을 향해 달리고 있었다. 그녀의 질은 그의 페니스를 꽉 잡고는 놓아줄 생각을 하지 않고 있었다.

퍽퍽퍽!

"이렇게 타이트한 여자는 처음이야."

"……."

"끊어질 것 같아."

그녀의 질이 그의 페니스를 잡고는 욕망을 쥐어 짜내고 있었다. 그는 지금 욕망의 끝을 경험하고 있었다.

"으으으윽."

그의 온몸이 땀으로 젖어들었다. 그의 땀방울이 가슴과 등을 타고 흘러내렸다. 땀으로 샤워를 하는 느낌이었다. 그의 얼굴에서 떨어진 땀방울이 그녀의 들썩이는 가슴으로 떨어졌다. 그리고는 에로틱하게 그녀의 가슴골로 반짝거리며 흘러내리고 있었다.

모든 게 너무나 환상적이었다. 그는 마지막을 향해 격하게 달렸다.

"헉헉헉."

심장이 튀어나올 것 같았다. 하지만 마지막은 심장 대신에 그의 분신들이 분수처럼 쏟아져 나와 그녀의 배 위에 뿌려졌다. 이렇게 그의 분신의 양이 많은 적은 없었다. 그리고 그녀의 옆에 그대로 쓰러져 버린 그였다.

이렇게 격한 섹스를 한 적이 없었다. 손가락 하나도 움직이기 힘들었다. 하지만 강 선생을 위해 그가 몸을 일으켰다. 그리고는 그녀 배 위의 그의 흔적들을 휴지로 닦아주었다. 그리고 강 선생을 조심스럽게 안아 욕실로 향했다. 이상하다 싶을 정도로 강 선생은 말이 없었다.

"왜 그러지?"

"……"

욕실에 불을 켜고 들어가 샤워부스에 그녀를 세워놓은 순간 그는 그 이유를 알았다. 그리고는 온몸에 소름이 돋았다. 그녀의 다리 사이에서 피가 흐르고 있었다. 그녀는 그가 처음이었다.

"믿어지지가 않는군."

"나도 믿어지지가 않아요."

그와의 섹스에 실망한 것일까 그녀의 표정이 허탈해 보였다. 하지만 그럴 리가 없었다. 그녀는 분명히 만족스러워했다.

"어째서……"

"별 의미 없어요."

강 선생은 애써 담담하게 말했지만 그녀의 목소리가 떨리고 있었다.

"내가 아프게 했어?"

"안 아팠다고 말할 수는 없어요. 하지만 이 얘기는 이제 그만해요."

그녀는 차갑게 말을 했지만 그는 느낄 수 있었다. 지금 그녀가 굉장히 생각이 많다는 걸 말이다. 하지만 미노는 속으로 아주 좋았다. 처녀의 경험은 처음이었지만 왠지 온전히 내 것 같은 느낌이 들었다.

샤워기를 틀자 그와 그녀의 몸으로 따뜻한 물이 흘러내렸다. 그는 비누를 들어 그녀의 몸에 비누칠을 해주었다.

"아니, 제가 해요."

"가만히 있어."

그는 비누를 다시 그녀의 몸에 칠하기 시작했다. 더 이상은 아무런 반항도 하지 않는 그녀였다. 힘이 없는 건지 그냥 그 자리에 서 있었다.

미안한 마음이 들긴 했지만 지금은 다시 일어서려는 짐승 같은 그의 페니스에 정신을 집중시키느라 정신이 없었다. 처음 하는 그녀와 다시 사랑을 나눌 수는 없었다. 지금도 그녀는 아주 고통스러울 게 분명했기 때문이었다.

그의 품 안에서 그녀는 아주 순한 양이 되어 있었다. 그는 정성을 다해 그녀를 씻기고는 커다란 수건에 그녀를 싸서는 욕실 밖으로 데리고 가 닦아주기까지 했다. 자신이 왜 이러는지 알 수는 없었지만 지금 그녀는 힘들어했고 그는 그런 그녀를 위해 줄 수밖에 없었다.

그와 만났던 과거의 여자들이 이 사실을 안다면 기절을 할 것 같았다. 그는 침대 위에 강 선생을 눕히고는 이불을 덮어주었다.

"가야 해요."

"조금만 자."

그는 이렇게 말을 하고는 에어컨을 틀었다. 그리고 그녀의 옆으로 가서 잠을 청했다. 그녀가 그의 품 안에 쏙 들어오자 그의 페니스가 다시 묵직해지기 시작했다.

"가야 해요."

"내가 깨워줄 테니까 자."

"하지만……."

"쉬."

그가 그녀의 정수리에 입을 맞추었다. 그리고는 따뜻한 그녀를 품에 안고 미노는 행복한 잠을 청했다.

6. 욕망에 사로잡히다

청담동에 위치한 도하아파트는 60평에서 100평대의 고급 아파트였다. 서울의 신흥부자들이 주로 입주한 이곳은 학군이 좋아서 재벌가의 2세들도 탐을 내는 곳이었다. 30층의 고층 아파트는 이렇게 강남의 명소가 되어 있었다.

이 건물은 미노가 유학을 가기 전에 설계를 한 첫 작품이었고 굉장히 파격적인 디자인으로 각종 디자인 상을 휩쓸었었다. 그래서인지 그에겐 아주 남다른 느낌이 있는 곳이기도 했다. 30층의 창가에서 그는 창밖을 바라보며 서 있었다.

그는 어젯밤에 밤새도록 잠을 설치며 보냈다. 옆에 누워 있는 강 선생 때문이었다. 첫 경험으로 인해 완전히 뻗어버린 여자를 다시 탐할 수는 없었기 때문이었다. 지금도 강 선생은 그의 침대 위에서 세상모르고 잠이 들어 있었다.

"으으음."

일어나며 기지개를 켜는 모양이었다. 미노의 시선이 침대에서 벌떡 일어나 앉아 있는 강 선생에게 향해 있었다.

"잘 잔 것 같아 다행이야."

"⋯⋯."

멍한 표정으로 소리가 나는 쪽을 바라보던 강 선생은 한참을 그를 보다가 침대 시트를 머리끝까지 덮고는 다시 침대 안으로 숨어 버렸다.

"부끄러워하기엔 너무 많은 걸 봤는데."

"⋯⋯."

"일어났으면 가운 입고 주방으로 와요."

그는 그녀가 씻고 나올 동안 간단히 아침준비를 했다. 생각보다 태민이 식재료를 많이 준비해 놓아서 손쉽게 음식을 준비할 수 있었다. 비록 계란프라이와 토스트가 전부였지만 말이다.

"저, 저기."

마지막으로 커피를 식탁에 가져다 놓고 있는데 깔끔하게 어제의 옷을 그대로 입고 나온 하은이 가방까지 들고는 그의 뒤에 서 있었다.

"와서 먹어."

그가 무뚝뚝하게 말했다. 그는 그녀의 옷차림이 아주 마음에 들지 않았다.

"가봐야 할 것 같아요. 외박은 처음이라서 걱정하실 것 같아서요."

"앉아. 혼이 나더라도 배가 부른 편이 나으니까."

"네?"

"혼이 나는데 배까지 고프면 서럽잖아."

언제부터 이렇게 여자를 챙겼다고 이렇게 말하는 자신이 낯설면서도 우습게 느껴지는 미노였다.

"감사한데 갈게요."

"차도 없잖아."

"택시 타면 돼요."

"내가 안 돼."

그는 이렇게 말을 하고는 하은의 손을 붙잡고는 식탁에 앉혔다.

"전투도 힘이 있어야 해. 그리고 할 말도 있고."

"말씀하세요."

커피 잔을 손에 쥐고 하은이 힘없이 말했다. 뭔가 다 포기한 얼굴이었다.

"어른들이 무서우신가 보군."

"뭐 무난하진 않으시죠."

"무난해도 딸이 외박을 했으니 화가 나지 않을 부모님은 없을 거야."

"……."

그녀의 얼굴이 창백했다.

"어서 먹어."

"하실 말씀이란 게 뭐죠?"

"내가 지난번에 고소 취하를 해주는 대가로 바라는 것."

"돈은 다 쓰고 죽지도 못할 만큼 많으시고 잘생긴 얼굴과 멋진 몸으로 여자들은 끝이 보이지 않을 정도로 줄을 서 있을 것이고 섹스는 어젯밤에 아주 훌륭하다고 증명을 하셨고, 저에게 바라는 게 없으실 것 같은데요."

"결혼."

"풋!"

그녀는 입안의 커피를 뿜어버리고 말았다.

"죄송해요. 고의가 아니에요. 그렇게 농담을 진담처럼 진지하게 하시니까."

그는 얼굴에 묻은 커피를 닦으며 말했다.

"진담 맞아."

"도미노 씨. 진짜 이러실 거예요? 어제 전 생판 처음 보는 여자에게 뺨을 맞았고 머리채도 잡혔어요. 그리고 32년 동안 고이 간직한 처녀성을 아주 쉽게 버려 버렸죠. 후회는 안 하지만 기분이 그리 좋은 상황은 아니에요."

"그래서 거절하는 건가?"

"제가 지금 농담할 기분 아니에요."

"나도 농담 같은 건 안 해. 난 한 번 한다고 마음먹은 건 끝까지 하는 사람이야. 유일하게 내가 마음먹고 못한 게 있다면 그건 강하은 씨를 고소하는 거였어."

하은이 멍하게 그를 바라보고 있었다.

"왜 그런 생각을 하신 거예요?"

"고소 취하? 아니면 결혼?"

"결혼이요."

이제 제법 진지하게 그에게 말을 건네는 강 선생이었다.

"내 나이 서른다섯이고 집에서도 자꾸 재촉을 하니까."

"그렇다고 아무하고나 해요?"

"아니, 난 나에게 순결을 바친 여자와 하는 거야."

그는 토스트에 잼을 바르며 말했다.

"전 결혼은 내가 아니면 안 되는 나를 사랑하는 사람과 하고 싶어요."

"현실적이지 못한 생각이야."

"네?"

그가 그녀에게 토스트를 건넸다.

"인생은 비즈니스고 우린 거래를 했어."

"무슨 거래요?"

"난 고소 취하를 했고 강 선생은 나에게 가치 있는 무언가를 해 주기로 했어."

"그렇지만 그게 평생을 걸 결혼은 아니죠."

"강 선생은 거짓말을 잘하는군. 난 강 선생의 평생 직장을 보장해 준 거야."

강 선생의 얼굴에 난감한 표정이 지어졌다.

"어서 먹어. 전투는 힘 있게 해야 하니까."

"잘 안 넘어가네요."

그가 벌떡 자리에서 일어나 강 선생을 안아 들고는 그의 무릎 위에 앉혔다.

"뭐 하시는 거예요?"

"가장 에로틱한 아침식사."

"도미노 씨."

그가 커피를 한 모금 마시고는 그녀의 입술에 입을 맞추었다. 그리고 혀를 밀어 넣어 그녀가 커피를 삼키게 만들었다.

"아주 고급 커피야."

"……."

놀란 그녀에게 이번에는 빵을 입에서 입으로 밀어 넣어주었다.

"이렇게 해야 먹을 건가? 아주 야해."

"도미노 씨 이건."

"난 더한 것도 원해. 어제 밤새도록 잠을 못 잤으니 내가 날카로워도 조금 이해해 줬으면 해."

"……."

그녀가 아름답고 섹시한 눈을 들어 그를 바라보았다.

"그렇게 보지 마."

"……."

그의 입술이 그녀의 목에 닿아 있었다.

"진짜 참기 어렵군."

그는 말만 이렇게 할 뿐 한 손은 벌써 그녀의 가슴을 만지고 있었다. 그녀의 말과는 달리 그녀의 단단한 유두가 그의 손바닥 안에 그대로 느껴지고 있었다.

"이러지 마세요."

말은 그렇게 하면서도 그녀는 그의 무릎에서 일어나지 않았다. 그녀의 풍만한 가슴이 그의 손안에 있었다. 그는 다시 커피를 한 모금 마시고는 강 선생의 입안에 입을 맞추었다. 짜릿함이 그의 온몸에 퍼지고 있었다.

어제저녁부터 참았던 게 지금 완전히 봇물 터지듯이 터져 버렸다. 미노는 강 선생의 목덜미를 잡고는 그 어떤 때보다 강한 입맞춤을 했다. 그의 혀가 그녀의 입안으로 들어가자 강 선생의 팔이 그의 목을 감았다. 그는 그대로 강 선생을 안고는 소파로 향했다.

어제 그녀를 안았던 곳이었다. 침대까지 갈 시간이 그에겐 없었다.

"으으음."

신음 소리가 들리자 그의 마음이 더 급해졌다. 그는 강 선생의 옷을 순식간에 모조리 벗겨 버리고 그의 가운도 벗어버렸다. 따가운 햇볕이 그들을 비추고 있었지만 지금은 그 무엇도 방해가 되지 않았다.

오로지 그녀를 가지고 싶은 마음뿐이었다. 그의 입술이 그녀의 목을 타고 내려왔다. 어두운 밤에 보았던 것과는 다르게 그녀의 눈부신 피부가 햇빛 아래에서 보석처럼 반짝이고 있었다. 이렇게 만지는 것이 죄악같이 느껴지는 미노였다. 그녀는 사람이 아니라 여신이었기 때문이었다.

그녀의 우윳빛 피부가 햇빛을 받아서 완전히 금빛으로 변해 있었다. 그는 자신의 눈을 의심하며 그녀의 가슴을 손으로 더듬었다. 그리고 무릎을 세워 다리를 벌리게 했다. 우윳빛 피부와 대조를 이루는 검은 숲은 그의 영혼을 빼앗아갈 만큼 아름다웠다.

그가 손으로 그곳을 가르자 그 안에는 처음으로 문을 열어준 핑크빛 여성이 수줍게 숨어 있었다.

그는 뭔가에 이끌린 듯 그녀의 여성을 입술 안에 머금었다.

"그만해요."

놀란 강 선생이 비명을 질렀지만 지금 그를 멈출 수 있는 사람은 없었다. 그녀가 오므리려는 다리를 양쪽으로 넓게 벌린 미노였다.

"부끄러워하지 마. 앞으로는 더한 즐거움이 우리를 기다리고 있으니까."

이렇게 말을 하며 그의 단단한 혀로 여성을 가르며 클리토리스를 찾았다. 그가 하는 모든 행위가 처음이라는 게 그를 더욱더 흥분시키고 있었다.

그녀의 향기가 그의 입안에 가득했다. 그리고 그를 더욱더 흥분하게 만드는 클리토리스의 부드러움이 그의 혀에 온전히 느껴지고 있었다.

"아아아앙."

그녀는 그의 머리카락을 움켜쥐며 쾌락의 신음 소리를 내질렀다.

"아흐."

그가 한 번 더 클리토리스를 핥아대자 강 선생의 신음 소리가 더 커졌다.

"미칠 것 같아요."

그녀의 말에 그는 더욱더 집요하게 그녀의 민감한 클리토리스를 자극하기 시작했다. 그녀의 여성은 이미 애액으로 흥건하게 젖어 있었다.

"미노 씨."

"어떻게 해줄까?"

"모르겠어요."

그녀는 섹스의 문을 이제 막 열고 들어온 사람이었다. 그런 그녀에게 뭘 원하는지를 묻는 그가 바보였다. 그는 혀로는 클리토리스를 자극하며 손가락은 질 안으로 밀어 넣었다. 그의 애무에 그녀는 몸을 활처럼 휘었고 그의 손가락을 끊어놓을 듯이 자극하고 있었다.

"아흐, 제발……."

자신이 무슨 말을 하는지 모르면서 그녀는 아무 말이나 뱉어내고 있었다. 쾌락에 취한 강 선생은 너무나 섹시했다. 단아한 이미지의 그녀는 순식간에 야릇한 여자로 바뀌어 있었다.

"아, 도미노 씨."

그녀의 몸이 땀으로 젖어들었다. 코에 송골송골 맺힌 땀도 그의 눈에는 섹시하게 비춰지고 있었다. 이제는 그의 몸이 땀으로 젖을 차례였다. 그가 그녀의 다리 사이에 무릎을 꿇고 앉아 그의 페니스를 그녀의 질 입구에 가져다 댔다.

"오늘은 어제하고 다를 거야."

그는 이렇게 말을 하며 그녀의 질 안으로 자신의 페니스를 집어넣었다.

"아악!"

처음은 어제와 같았다. 그도 들어가기가 힘이 들었고 그녀 또한 힘들어했다. 하지만 일단 그의 페니스가 들어가자 어제와는 다르게 그녀가 고통보다는 욕망에 허덕이고 있었다. 그의 목에 매달려 떨어질 줄을 몰랐다.

그리고 본능적으로 그의 허리에 다리를 감고는 더 깊이 그를 받아들이기 시작했다.

퍽퍽퍽!

그의 허리짓이 더욱더 격해지고 있었다.

"아아아앙."

그를 더욱 흥분시키는 그녀의 신음 소리가 점점 더 커지고 있었다. 그의 페니스를 조이는 그녀의 질이 너무나 타이트했다.

"으윽."

그는 그녀의 몸 안에 자신의 분신을 쏟아내고 말았다. 결혼을 한다고 말했으니 이젠 빼도 박도 못하게 만들어야 했다. 아버지의 결혼 성화를 견디지 못하는 건 아니었지만 이번에 그는 결혼을 해야겠다는 마음이 들었다.

하은이 다른 남자와 있는 것 자체도 싫었다. 이런 마음이 들다니 놀라운 일이었다. 하은이 다른 사람에게 가는 게 싫다면 방법은 하나였다. 결혼뿐이었다. 하은도 어린 나이가 아니고 그도 마찬가지였다.

이왕 누구라도 상관이 없는 상황이라면 어느 정도 끌림이 있는 하은이라면 좋겠다는 생각이든 미노였다.

"안에 사정한 거예요?"

그녀가 놀라서 물었다. 사정을 한 이유도 결혼을 할 거라면 굳이 체외사정을 할 필요가 없다는 생각 때문이었다. 결혼에 대한 생각을 안 한 것도 아니고 이왕이면 모든 조건이 맞았을 때 하는 게 좋을 것 같았다.

급하게 결론을 내리는 스타일도 아니었지만 한번 마음먹은 건 불도저처럼 밀어 붙이는 성격의 그였다. 지금이 가장 그다운 모습을 보여주고 있는 때였다.

"이제 아기도 가져야지."

"뭐라고요?"

"난 진지해."

"······."

그의 말에 그녀는 입을 다물고 멍하게 있었다.

"다 이렇게 시작하는 거야."

"급작스러워요."

그는 그녀의 이마에 붙은 머리카락을 손으로 다정하게 떼어냈다. 하지만 여전히 그의 페니스는 그녀의 몸 안에 있었다.

"도미노 씨, 우리……."

"결혼해요."

그가 그녀의 말을 가로채서 말을 하고는 몸을 일으켰다. 그가 결혼을 한다고 결정을 했고 그녀는 따라오면 그만이었다.

"다시 샤워하고 같이 가자."

그는 그녀와 함께 욕실로 향했다. 강 선생은 아무런 말을 하지 않았지만 걱정이 되기는 한 모양이었다.

"다시 한 번 생각해 봐요."

"뭘?"

"결혼이요. 이건 너무 급해요."

"생각만 하다 보면 아무것도 못해."

그의 지론이었다. 생각만 하다 보면 아무것도 이룰 수가 없었다. 시작이 반이라는 말도 있지 않은가? 미노는 결혼도 마찬가지라고 생각했다. 어차피 누구를 만나도 처음부터 완벽하게 맞지는 않을 것이다. 다 맞춰가며 사는 것이었다.

그녀의 아름다운 몸이 그의 앞에 있자 다시금 그의 온몸이 그녀를 원하고 있었다. 이건 정말 미친 게 분명했다. 이렇게 곁에 있는 여자에게 맥을 못 추다니 그답지 않았다.

"우린 진짜 인연인 것 같아."

"……."

"녀석이 다시 섰어."

"뭐라고요?"

하은이 얼굴을 붉히며 그의 가슴을 쳤다.

"우리 행복할 거야."

그는 이렇게 말을 하고는 그녀와 야릇한 샤워를 즐겼다.

준비를 마친 그들은 그의 차를 타고 서울호텔로 향했다. 그리고 그녀의 차를 가지고 다시 그녀의 집으로 향했다. 중간에 백화점에 들러 그녀의 아버지가 좋아하신다는 양주와 그녀의 어머니가 좋아하신다는 명품 스카프와 그녀의 동생을 위한 명품 지갑도 샀다.

그리고 가는 길에 꽃집에 들러 꽃바구니까지 사다 보니 시간이 점심을 가리키고 있었다. 강 선생이 가는 길에 전화를 한다고 했는데 아마도 반응이 그닥 좋지 않을 게 뻔했다. 그의 딸이 이렇게 외박을 한다면 그도 가만히 있지는 않을 것이기 때문이었다.

하지만 처음으로 미노는 두려운 마음이 생겼다. 허락을 안 해주시면 어쩌나 하는 마음에서였다. 누군가에게 거절을 당해본 경험이 거의 없는 그였다. 지금 도미노 인생 처음으로 두려움을 느끼고 있었다.

"후~"

깊은 한숨을 쉬며 그는 그녀의 차를 뒤따랐다.

"잘할 수 있어."

그는 언제나 자기 최면을 걸었고 대부분은 통했다. 마음을 단단히 먹고 부딪치면 못할 일이 없다고 생각했다. 심호흡을 한 번 더한 그는 하은의 차만 보고 운전을 했다. 그에겐 더 이상의 두려움은 없었다.

수전증이 있는 것도 아닌데 하은의 손이 겁이 나게 떨리고 있었다. 오전에 하랑이에게 문자를 보내긴 했는데 어쩐 일인지 답이 없었다.

"괜찮겠지?"

외박은 처음인 하은은 아빠보다 엄마의 손에 죽을 것 같았다. 거기다가 어젯밤을 보낸 남자와 같이 집으로 가다니 이건 진짜로 자살 행위였다.

"하나님, 부처님, 신령님, 제발 고통 없이 죽게 해주세요."

진짜 아픈 건 이제 그만하고 싶었다. 따귀를 맞아보니 두 번 다시 맞을 게 아니란 걸 알았다.

심호흡을 한 번 하고 나서 하은은 집으로 전화를 걸었다.

"여보세요?"

[누구세요?]

목소리가 싸늘해진 엄마였다.

"엄마, 어제는 사정이 있어서……."

[그래서 예솔이네서 잤다고?]

"아니."

[예솔이네서 잤다고 뻥친 걸 들켰다는 걸 알았어?]

엄마가 예솔이네 전화를 한 모양이었다. 확인 사살을 하지 않으면 엄마가 아니었다. 주도면밀한 사람 같으니. 이럴 땐 진실을 말하는 게 상책이었다.

"지금 가고 있어."

[올 것 없어.]

"엄마."

[이제 다 컸으니 독립하겠다는 거 아니야?]

"아니야."

[그럼 뭐야? 너 바람이라도 난 거야?]

"내가 결혼했어? 바람이 나게."

[어쩜 그렇게 당당해? 일단은 들어와서 얘기하자. 말로 먹고사는 사람에게 내가 말싸움에서 이길 리가 없지.]

엄마가 단단히 화가 난 모양이었다. 이럴 땐 어떻게 해야 하는지 문제 학생들을 지도 편달하고 있는 선생님의 입장에선 확실하게 알았다. 무조건 비는 게 상책이었다.

"엄마, 그게 아니라."

[엄마고 뭐고 일단 들어와. 내가 네 엄마를 계속할지 아니면 호적에서 파버릴지 생각 중이니까.]

"엄마."

[부를 수 있을 때 많이 불러둬.]

엄마가 전화를 끊어버렸다. 용서를 빌 시간조차 주지 않았다.

"아니, 뒷말은 들어야 할 것 아니냐고 지금 혼자 가는 것도 아닌데."

하은의 속이 타들어갔다. 하은은 급한 마음에 하랑에게 전화를 했다.

"여보세요?"

[왜?]

언니가 집에 안 들어갔는데 왜란다?

"넌 왜라는 소리가 나오니?"

[그럼 집 나간 언니를 두고 뭐라고 말을 할까? 다 늦게 사춘기도 아니고 가출이 뭐냐?]

"야, 가출이 아니고 외박이거든?"

[가출이나 외박이나 그게 그거지.]

"왜 이렇게 삐딱선이야?"

[몰라, 언니 너 도와주다가 아주 코가 꿰었다.]

"뭐?"

[그런 게 있어. 왜 전화했는데. 빨리 들어오기나 할 일이지.]

"나 누구랑 같이 가."

[누구? 외박한 사람?]

"응."

[언니, 현 선생이랑 잤어?]

"아니."

[어제 현 선생 만난다고 했잖아?]

그 자식 때문에 이 사단이 난 것이었다. 그녀에겐 진짜 목표가
생겼다. 올해 안에 현성민의 목을 따버릴 것이다.

"짜증나니까 그 자식 말도 꺼내지 마라."

[나한테 짜증 내지 마. 나도 내 코가 지금 석 자니까. 그런데 누
구랑 오는데?]

"도미노."

[대박, 내가 아는 그 도미노? 그 깐깐한 돌아이 도미노? 도하그
룹 아들? 그런데 왜?]

궁금한 게 많은 것 같았다.

"결혼하재."

[누가? 누구하고?]

"도미노가 나랑."

[대박! 그러니까 그 도미노가 언니 너랑 결혼한데? 미쳤구나.]

"그런 것 같아."

[팩트야?]

"응."

[엄마!]

하랑이 엄마를 부르고 있었다. 도하그룹 아들이 언니하고 온다고 소리를 지르고 난리였다. 언니 인생의 최고의 낚시를 했다고 말이다. 대어를 낚았다나 뭐라나.

"거의 다 도착했으니까 엄마, 아빠한테 말씀드려."

[엄마! 언니 사고 쳤어!]

하랑은 그녀의 말은 더 이상 듣지도 않고 소리치기 시작했다. 전화를 끊은 하은은 깊은 한숨을 쉬었다.

"이게 지금 꿈이냐고?"

머리가 어지러울 지경이었다. 백미러로 보니 그의 차가 열심히 그녀의 뒤를 따르고 있었다. 하은은 이게 좋아할 일인지 나쁜 일인지 알 수가 없었다. 요즘 그녀의 일상이 범상치 않았기 때문이었다.

거기다가 그의 결혼 결정은 너무나 급작스러운 일이었다. 한 번의 잠자리로 결혼까지 결심한 그가 솔직히 이해가 가지 않았고 그를 집까지 데리고 온 자신도 이해가 가지 않았다. 하지만 뭐에 홀린 듯이 하은은 그의 말을 따르고 있었다.

아파트 지하 주차장에 차를 세운 하은은 바리바리 선물보따리를 든 그와 함께 엘리베이터에 올랐다.

띵!

오늘은 일요일이었고 모두가 집에 있는 날이었다.

"어머, 강 선생! 어디 다녀와?"

"네."

우려는 언제나 현실로 이루어졌다. 윗층 아주머니였다. 입 싸기로는 동네에서 일등인 아줌마였다. 아주머니의 눈이 그녀의 옆에 서 있는 잘생긴 미노에게 향했다.

"누구?"

"누구요?"

하은은 놀란 눈으로 아줌마를 쳐다보았다. 그러자 아줌마가 호기심이 가득한 눈으로 그를 힐끗 쳐다보았다.

"아, 그게……."

그가 고개를 숙여 인사를 하는 바람에 아줌마의 궁금증이 2배는 증폭이 되었다.

"강 선생과 결혼할 사람입니다."

"어머, 강 선생 축하해. 어디서 이렇게 멋진 사람을 만났어?"

아주머니의 눈에 궁금함이 가득했다.

"뭐 하시는 분이야?"

"……."

"진짜 멋있다. 지금 인사 가는 거야?"

"네."

"동대표님은 좋으시겠다. 이렇게 멋진 사위를 맞이해서……."

그때 마침 엘리베이터가 멈추었다.

"저희 먼저 내릴게요."

하은은 서둘러 인사를 하고는 엘리베이터에서 내렸다.

"여긴 사람들에게 관심이 많아요. 고로 말도 많죠."

"그래? 좋아 보이시던데."

"아직 도미노 씨가 몰라서 그래요. 몇 번 당하면 피해 다닐걸요."

그가 어깨를 으쓱여 보였다.

"그것보다 어머님, 아버님에 대해 더 신경 써야 하는 거 아냐?"

"알고 있다고요."

하은은 집 앞에서 문을 열지 못하고 있었다.

"긴장해서 비번이라도 까먹었어?"

"가만히 좀 계세요."

"네."

디리릭.

비번을 잊고 싶었지만 10년을 넘게 써온 비번을 습관적으로 손가락이 기억을 하고 있었다.

철컥!

문을 열자 하은은 그 자리에 그대로 주저앉을 뻔했다. 다크써클이 무릎까지 내려온 엄마와 아빠가 그녀를 노려보고 있었고 하랑도 컨디션이 좋아 보이지 않았다.

"엄마."

엄마의 최대한 참는 모습이 안쓰러울 정도였다.

"여기는 도미노 씨."

"안녕하십니까?"

그가 인사를 하며 들어서자 엄마의 얼굴에서 다크서클이 사라지고 있었다. 역시 사람은 잘생기고 볼 일이었다. 지금 같은 위기 상황에 아주 쓸모가 있는 외모였다.

"어서 들어와요."

잡아먹을 것 같았던 방금 전과는 확연히 다른 모습이었다.

"네."

그가 꽃바구니를 엄마에게 건네자 엄마의 표정이 아주 밝아졌다. 게임 끝이었다. 엄마가 잘생긴 남자에게 약하단 걸 깜박했었다. 하긴 하은네 여자들은 잘생긴 남자에게 아주 약했다. 등짝이 화끈거리고 물건들이 날아올 줄 알았는데 다행히 현재 엄마의 날씨는 맑음 상태를 유지하고 있었다.

아빠는 조금 달랐지만 말이다.

"차 마셔요."

엄마가 아끼는 찻잔에 차를 담아 소파 테이블 올려놓았다. 아주 귀한 손님이 아니면 꺼내놓는 물건이 아니었다.

"어디서 본 적이 있나? 아주 낯이 익어."

"이렇게 잘생긴 얼굴을 우리가 기억 못할 리가 없죠."

아빠의 말에 엄마가 끼어들었다.

"제가 아버지를 많이 닮아서 아마 그러실 겁니다. 저희 아버지께서 도하건설의 회장님이시라 가끔 매체에 얼굴을 비치시죠."

"도, 도하건설 회장님."

"그 도하건설 회장님?"

"네, 전 아직 도하건설의 본부장입니다."

그의 잘생긴 얼굴에 재벌이기까지 하니 엄마의 입이 귀에 걸렸다.

"그래서 오늘은 어쩐 일로 오셨나?"

아빠가 그에게 물었다. 아빠의 눈이 그를 무섭게 보고 있었다.

딸이 남자를 처음으로 집에 데리고 오니 아빠도 기분이 이상한 것 같았다. 더욱이 딸이 외박을 하고 들어왔으니 더욱더 배신감을 느낄 게 뻔했다.

"난 우리 하은이가 외박까지 하고 그다음 날에 남자를 데리고 오리라고는 상상도 못했어."

"죄송합니다."

"죄송은, 내가 딸을 잘못 키운 탓이지."

"아빠."

"넌 조용히 있어."

아빠는 아주 엄하게 말했다. 평소 같지 않은 아빠의 모습에 엄마까지 당황한 것 같았다.

"죄송합니다. 따님을 가볍게 여겨서 그런 건 아닙니다. 먼저 찾아뵙고 허락을 받았어야 하는데 죄송합니다."

"……."

아빠의 인상은 펴질 줄을 몰랐다.

"따님을 제게 주십시오."

마치 마지막 준비한 비장의 카드처럼 그가 이렇게 말을 하며 아빠 앞에 무릎을 꿇었다.

"난 당장이라도 보내고 싶어 하지만은 어제 집에 들어오지 않고 외박까지 한 딸을 시어른들께서 좋아하지 않으실 것 같아."

"걱정하지 마십시오. 어제의 일은 정말 잘못했지만 저희는 이제 결혼할 사이니 저희 집 어른들도 이해해 주실 겁니다."

"난 좀 솔직히 부담스럽네."

"뭐가 부담스러워요."

엄마가 아빠의 팔을 툭 쳤다. 엄마는 그들이 오기 전에 하랑에게 브리핑을 들은 상황인 듯했다. 재벌가 후계자가 집으로 인사를 드리러 온다고 말이다.

"우리 하은이가 좀 남의 일에 관심이 많아서 그렇지 다른 건 결격 사유가 없어요. 예쁘고 착하지 거기다가 학교 선생님이니 인성 하나는 보장이 된 거죠."

"네."

그가 엄마의 말에 대답을 하며 의심 어린 시선으로 그녀를 보았다.

"점심인데 식사는 했어요?"

"아직 안 했습니다."

"이를 어쩌지 준비된 게 없는데……."

"외국생활을 오래해서 그런지 국하고 김치만 있으면 밥 잘 먹습니다."

"아니에요. 여보, 우리 나가서 밥 먹을까요?"

"진짜 아닙니다. 외식은 별로 좋아하지 않습니다. 그리고 이제

식군데 편하게 대하십시오."

엄마의 얼굴은 그녀가 태어나서 처음 보는 아주 밝은 표정으로 가득했다. 엄마도 여자는 여자니까 이렇게 잘생긴 사람이 서글서글하기까지 하니 아주 마음에 들었던 것이다.

그렇다고 딸이 외박을 했는데 이렇게 무난하게 넘어가는 것도 하은의 입장에선 서운했다.

"차라리 혼을 내지."

"뭐?"

이때는 귀가 밝은 엄마였다.

"아니야."

"언니, 잠깐 나 좀 봐."

하랑이 그녀를 데리고 자신의 방으로 갔다.

"왜?"

"진짜 결혼이라도 할 거야?"

"어쩔 수가 없다."

"사고라도 친 거야?"

"……."

하은은 선뜻 아니라고 말을 할 수가 없었다.

"잤어?"

"……."

"언니도 어른이니까 그건 알겠는데 고소다 뭐다 해서 죽일 듯이 그럴 때는 언제고 결혼이라니 이게 말이 돼? 저 사람 겉보기엔 멀쩡해도 뭐 하자 있어?"

"하자?"

"겉은 멀쩡한데 고개 숙인 남자라던가? 아니면 어디 숨겨놓은 애가 있다던가?"

"막장 드라마 아니야. 그리고 난 뭐 재벌하고 결혼하면 안 돼?"

동생의 반응에 약간은 서운한 마음이 들었다.

"언니는 평민 중에선 완벽하게 퀸카지. 하지만 저 사람은 평민이 아니야. 얼굴 예쁜 사람을 찾으면 연예인을 데려올 수 있고 머리 좋은 사람을 찾으면 박사들이 줄을 설 테고 돈 많은 사람을 찾으면 비슷한 재벌가의 여자들이 많은데 왜 하필 평민 퀸카냐고?"

동생의 말에 할 말이 없었다. 사실이니까 말이다.

"나도 이유를 알고 싶어."

하은도 그가 왜 갑자기 이러는지 이유를 알고 싶었다. 하지만 그의 머릿속에 들어가지 않는 이상 그의 말을 믿을 수밖에 없었다.

"이유도 모르고 결혼할 거야?"

"지금 내 처지가 그렇다."

"하루 잤다고 결혼하나?"

"잤다고 결혼을 결심한 게 아니야. 저 사람이 고집을 피우는 거지."

"언니가 허락을 했으니까 같이 온 거 아냐?"

"……."

할 말이 없었다. 무언의 허락과도 같은 것이었다. 두 번의 섹스 때문에 흔들린 건지 아니면 도미노의 알 수 없는 매력에 홀린 건지 지금도 알 수가 없었다. 진짜 뭐에 홀린 기분이었다.

"진짜로 결혼할 거야?"

그 질문에 정확한 답이 떠오르지 않았다.

"넌 어떻게 생각해."

"난 언니가 사랑하는 사람하고 했으면 좋겠어. 이렇게 급하게 말고."

"도미노 씨가 별로구나."

"아니, 사실은 너무 멋진 사람이라고 생각해."

"그런데?"

"그런데 나도 좀 복잡한 일이 있어서……."

말끝을 흐릴 하랑이 아니었다.

"뭐야?"

"나 이태민 변호사랑 만나."

"진짜? 잘된 거 아니야? 사람 좋아 보이던데."

"사실 나도 언니처럼 이상하게 끌려가는 기분이 들어. 이게 맞는 건지 어쩐 건지 모르겠어."

"그 사람 좋아하는구나?"

"아니라고는 말 못해. 그런데 언니도 도미노 씨하고 결혼할 마음이 그렇게 빨리 생긴 거 보면 도미노 씨에 대한 감정이 좋은 거 아냐?"

"나도 아니라고는 못하겠다."

감정이 아예 없는데 섹스를 하고 좋아하지도 않는데 그가 말한다고 결혼을 결정하지는 않을 것이다. 하은은 분명히 그를 마음에 두고 있었다. 그래서 약간은 부담스럽지만 그가 하는 대로 내버려 두는 것이었다.

그리고 그녀도 이제 서른둘이었다. 이왕지사 결혼을 하려면 그처럼 백마 탄 왕자와 하는 게 맞았다.

두 자매가 방에서 안 나오자 엄마가 그녀들을 불렀다.

"뭐 하고 있어?"

"나갑니다."

"일단은 결혼은 승낙하지 말고 도미노 씨를 찬찬히 살펴봐."

"그럴 시간을 줄지 모르겠다."

"하긴."

밖으로 나가자 아빠와 도미노 씨는 벌써 술판을 벌이고 있었다.

엄마는 있는 찬 없는 찬을 다 내놓고 잔칫상을 빠르게 준비 중이
었다.

"하은이는 도 서방 옆에서 과일 좀 깎고 하랑이는 엄마 좀 도와
줘."

"엄마가 도 서방이래."

하랑이 하은의 귀에 속삭였다. 미노는 엄마에게 벌써 도 서방이
되어 있었다.

"빨리."

"네."

하은은 미노의 옆에 앉아서 사과를 깎기 시작했다. 술은 아빠가
그렇게 아끼는 산삼주가 나와 있었다.

"한잔 받게."

"네, 장인어른."

장인어른 소리가 자연스럽게 나오는 걸 보니 한두 번 불러본 솜
씨가 아니었다. 하랑의 말대로 하자가 있는 건 아닌가 싶었다. 예
를 들어 이혼남이라던가 뭐 그런 하자 말이다.

"장인어른도 한잔 받으십시오."

"우리 하은이 어디가 그렇게 좋던가?"

할 말이 없을 것이다. 만난 지 얼마 되지 않았으니 말이다.

"이런 말 들으시면 웃으실지 모르겠지만 화끈한 점이 좋았습

니다."

"화끈해?"

"네, 불의를 보면 참지 못하고 또 성격도 외모도 다 화끈해서 좋
습니다."

성격이 화끈한 건 알겠지만 외모가 화끈하다는 게 뭔 말인지 알
수가 없었다.

"하하하, 우리 하은이가 어릴 때부터 운동을 오래해서 좀 그런
면이 있지."

"어쩐지 한 대 맞아봤는데 아프긴 했습니다."

"하하하, 맞아도 봤어?"

"그런 일이 있었습니다."

"자네가 여자 봐줄 줄 아는고만. 한잔하세."

그래도 아빠는 딸을 보내는 서운함이 있을 줄 알았는데 하랑이
의 방에 들어갔다 온 사이에 아주 전세가 역전되어 있었다. 아빠
역시 엄마처럼 미노에게 홀릭되어 가고 있었다. 이렇게 껌값에 팔
려가야 하는 건지 하은은 서운한 마음이 들었다.

"이렇게 예쁜데 남자친구 하나 없었어."

벌써 취기가 올라온 아빠가 안 해도 될 말들을 쏟아내기 시작했
다.

"남자아이들이 무서워서 못 온 거잖아요."

엄마가 요리를 하다 말고 끼어들었다.

"왜요?"

"태권도 유단자거든. 아주 잘해."

미노가 그녀를 보며 대놓고 웃었다. 이렇게 점심식사를 하는 내내 그녀는 반찬이자 안주였다. 겉으로는 웃고 있었지만 하은의 머리가 점점 더 복잡해지고 있었다.

7. 사람의 마음이란

언니와 도미노의 연애행각으로 숨 가쁘던 여름이 가고 추석이
지나자 날씨가 제법 쌀쌀해졌다. 연수원 생활 중인 하랑은 오늘
아주 특별한 곳에 오게 되었다. 생애 처음으로 시체를 보게 되는
날이었다.

원룸 안에는 사방에 피가 튀어 있어 그야말로 아수라장이었다.
데이트 폭력 사건이었다. 남자가 헤어지자는 여자의 집으로 찾아
와 칼로 찌른 것이었다.

피해자의 사체는 국과수 요원들이 사진을 찍고 있었고 하랑과
동기 몇 명이 조 검사의 뒤를 따르며 현장을 보고 있었다.

"욱!"

하랑의 동기 중에 유빈이 사체의 참혹한 모습을 보고는 구토를 하기 시작했다.

"쟤 나가라고 해."

까칠하기로 소문이 난 조 검사가 소리를 질렀다.

"아닙니다. 죄송합니다."

연수원생들이 이렇게 현장에 올 일이 거의 없었지만 조 검사가 배정이 된 연수원생들은 조금 상황이 달랐다. 조 검사는 다른 검사들과는 달리 강력 사건만을 고집했고 현장을 답사하는 걸로도 유명했기 때문이었다.

사건 현장에서 다시 검찰청으로 가는 길에 동기들이 방금 전에 있었던 생각하기도 싫은 상황을 다시 이야기했다.

"난 칼에 찔린 사람은 처음 봤어. 이래서 의사가 안 되려고 법대로 간 건데 차라리 의사를 하는 게 나을 뻔했어."

현장에서 구토를 했던 유빈이 구시렁거렸다.

"우리 조금 있으면 점심 먹어야 돼."

하랑이 말하자 다시 유빈이 헛구역질을 했다.

"그렇게 비위가 약해서 어떻게 해?"

"이렇게 매번 와야 하는 거야?"

동기 중의 하나가 불만을 토로하고 있었다.

"그건 아니겠지."

검찰청에 도착해서 검문대를 통과하려는 그때 누군가 갑자기 하랑의 팔을 잡았다. 눈을 들어보니 태민이었다.

"안녕하세요?"

하랑의 동기들은 태민이 누군지 아는지 인사를 구십도로 했다. 태민도 그들에게 고개를 숙였다.

"잠깐 얘기 좀 해."

"……."

태민의 말에 동기들은 하랑을 두고는 먼저 들어갔다.

"내 전화 안 받을 거야?"

"받을 이유가 없지 않나요?"

하랑은 태민의 전화를 받지 않았다. 언니는 도미노 씨와 아직 만나고 있었지만 그녀는 태민과 그렇지 못했다.

"우린 몇 번 안 본 사이예요."

"그럼 이렇게 끝내는 건가? 내 얘기도 들어보지 않고?"

"그날의 일이 충분히 답을 얘기해 준 것 아닌가요?"

"무슨 답?"

"양다리요."

그때의 일을 생각하면 하랑은 눈물이 나올 것 같았다. 까칠한 하랑의 인생에 처음으로 마음을 연 남자가 태민이었다. 언니에게도 말하지 못했지만 하랑은 태민이 좋았다. 이상하게 끌려 다니게 된다고 말했지만 그가 좋아서 끌려 다닌 것이었다.

언니 때문에 알게 되고 만난 것이었지만 이상하게 태민은 처음부터 남달랐다. 언제나 강한 하랑이었지만 태민 앞에선 얌전한 고양이가 되었다. 그래서 태민이 만나자면 만났고 그가 하자는 대로 했다.

저녁도 먹고 영화도 보고 술도 마시고 남들이 말하는 데이트를 무난하게 즐기고 있었다. 아무래도 나이 차이가 워낙 나다 보니 그의 말에 따라 하랑이 움직이기는 했지만 그래도 태민이 그녀를 편하게 대해주었다.

그런 관계에 하랑은 점점 젖어 들어가서 본인도 어느 순간에 그들이 사귀고 있다는 걸 인정하지 않을 수 없게 되어버렸다.

하지만 그의 사무실에 약속 없이 찾아갔던 날 그녀는 아무도 없는 사무실에서 여자와 키스를 하고 있는 그를 보고 말았다. 그리고 그와 키스를 하던 여자가 우리나라의 가장 톱스타라는 것도 말이다.

그 후로 그녀는 태민의 전화를 받지 않았다. 아니, 그의 모든 것을 삭제해 버렸다.

"오해야."

"변호사님, 여긴 검찰청입니다. 보는 눈이 많으니 그만하시죠."

하랑이 차갑게 말하며 그의 손을 밀어냈다.

"이따가 집으로 가지."

"누구 집이요?"

"8시까지 갈 거니까 준비하고 있어."

"오지 마세요."

"아니, 갈 거야. 하랑이 안 만나주면 어른들이라도 만날 거니까 그런 줄 알아."

그는 이렇게 말을 하고는 하랑을 두고 검찰청을 빠져나갔다. 한 번 한다면 하는 사람이었다. 오늘 8시에 그를 만나고 그가 변명을 한다면 하랑은 흔들릴 것 같았다.

"이건 불공평해."

하랑은 마음이 불안해지기 시작했다.

"흔들리면 안 돼."

하랑은 이렇게 마음을 다잡으며 조 검사의 사무실로 향했다.

정확하게 8시 5분 전에 하랑은 집 밖으로 나갔다. 삼선 트레이닝 복에 양말도 신지 않고 두꺼운 뿔테 안경에 머리는 아무렇게나 묶은 사시생의 패션으로 그녀는 팔짱을 끼고 아파트 정문을 지키고 있었다.

정확하게 8시에 태민의 검은색 아우디가 그녀의 아파트 앞에 도착했다.

"타."

"여기서 말해요."

"내가 내리면 집으로 들어가야 해."

그의 말이 끝나기 무섭게 그녀는 조수석에 앉았다.

"말씀하세요."

하랑의 목소리가 아주 차가웠다.

"날 일방적으로 좋아하는 여자야."

하랑의 목소리에 영향을 받지 않은 태민은 아주 당당하게 말을
했다.

"하! 우주스타 장미가요?"

"그래."

"그럼 얼씨구나 좋다 하고 그 사랑을 받아줘야죠."

"그러고 싶지 않아."

"왜요?"

"사랑하는 여자가 따로 있으니까."

우주스타 장미에 이어 이제는 사랑하는 여자까지 있다고 말하
는 것이다. 순간 울컥한 하랑이었다.

"사랑하는 여자? 아주 여자들에게 인기가 많으셔서 좋으시겠어
요."

속이 상한 하랑은 잔뜩 비아냥거리는 말투로 말했다.

"아니, 그런데 어떻게 저 같은 인간에게 관심을 두셨나요? 제가

아주 깜빡 속았네요."

"질투해?"

"질투? 하! 지나가던 개가 웃겠어요. 질투가 뭔가요?"

"하하하."

"이런 말 하려고 불러내신 거라면 그만 들어가 볼게요."

그녀가 차에서 내리려고 하자 그가 그녀의 팔을 당겨 그의 품에
안았다.

"뭐 하는 거예요?"

"아직 아무것도 안 했어."

"읍!"

그의 말이 끝이 나기도 전에 그녀의 입술은 그의 차지가 되어
있었다. 아무리 빼려고 발버둥을 쳐도 그의 힘을 당해낼 수가 없
었다.

"으으읍."

그의 혀가 하랑의 입안으로 들어오자 더 이상의 저항이 힘이 들
었다.

"헉헉, 내가 사랑하는 사람이 누구라고 생각하지?"

그의 말에 뜨거웠던 열기가 확 사라졌다.

"알고 싶지 않아요."

"내가 사랑하는 여자는 아주 차가워."

"……."

"그리고 애교라고는 하나도 없지. 눈치도 없고."

"……."

그의 손가락이 그녀의 턱 끝을 잡았다.

"쓸데없는 오해나 하고 말이지. 우주스타 장미는 자기의 마음을 알아주지 않는다고 한 거고. 난 장미가 그렇게 동작이 빠른 줄 몰랐고."

"……."

하랑은 아직 멍한 상태였다.

똑똑!

누군가 그들의 분위기를 깨고 있었다. 차 밖으로 언니의 모습이 보였다.

"뭐 해?"

"언니!"

"눈치가 없는 양반이 또 있었군."

그가 이렇게 말을 하며 차 문을 열고 밖으로 나갔다. 언니도 그녀와 비슷한 차림이었다. 언니는 태민에게 고개 숙여 인사를 했다.

"엄마가 빨리 데리고 들어오라고 해서요."

하은이 태민을 보고 이렇게 말했다.

"조금 있다가 들어갈게."

"아닙니다. 데리고 들어가십시오. 안 그러면 사고 칠 것 같아서요."

그의 말뜻을 이해한 하랑이 얼굴을 붉혔다. 그리고는 태민은 자신의 차에 올랐다. 하은은 둘을 번갈아 쳐다보고 있었다. 태민의 차가 어느 정도 사라지자 하은이 조심스럽게 물었다.

"이 변호사하고 헤어진 것 아니었어?"

"아닌가 봐."

"기면 기고 아니면 아니지 아닌가 봐는 뭐야?"

"몰라."

"마음의 정리를 한다고 할 때는 언제고 그새 홀딱 넘어갔어?"

"언니 너는 왜 나왔어? 엄마 때문에 나온 것 같지는 않고."

"미우가 온다고 해서."

"미노가 아니고?"

"그래."

언니의 말에 하랑이 고개를 갸우뚱했다.

"둘은 언제 결혼해?"

"잠정적 보류."

"하면 하고 말면 마는 거지 잠정적 보류란 또 뭐야?"

"나중에 말하자."

언니의 말이 끝이 남과 동시에 저 멀리서 아주 잘생긴 꽃미남이 걸어오는 것이 보였다.

"미우야?"

"응."

"집안이 인물 하나는 끝내주는데?"

"침 흘리지 말고 들어가라. 난 상담의 연장이다."

"미래의 시동생하고?"

"그래."

언니는 선생님으로서는 완벽한 사람이었다. 진짜 아이들을 가슴으로 사랑할 줄 아는 사람이었다. 하랑은 그런 언니를 뒤로하고 집으로 향했다. 오늘따라 발걸음이 가벼웠다. 태민이 그녀를 사랑한다고 말했다.

몇 주간 마음고생한 게 완벽하게 보상이 된 날이었다. 하랑은 자신의 입술을 손으로 만졌다. 아직 태민의 촉감이 그대로 남아 있었다.

"언니만 안 나왔어도……."

그 생각을 하자 아쉬움이 남았다. 태민은 페로몬을 풀풀 풍기는 남자였다. 언제나 여자들이 많았고 그게 사실 하랑은 신경이 쓰였다. 이번과 같은 일이 또 있지 말라는 법은 없었다.

하지만 그녀는 태민의 단호한 답을 듣고는 태민을 믿을 수 있었다. 그는 절대로 그녀를 배신할 남자가 아니었다. 하랑의 얼굴에 미소가 걸렸다.

가을은 남자의 계절이라고 하더니 조그만 녀석에게서도 남자의 쓸쓸한 매력이 묻어나고 있었다. 오늘 무슨 일인지 미우가 하은에게 전화를 걸어 만나자고 말했다. 요즘 수능이 얼마 남지 않아서 학원에 가는 아이들은 자율학습을 하지 않고 있었다.

"미우야."

그녀가 손을 격하게 흔들며 힘없이 걸어오는 미우를 맞이했다. 고3이라는 무거운 짐이 미우의 어깨 위로 그대로 드러나 보여 안쓰러운 마음이 들었다. 미우는 대답 대신에 고개만 끄덕였다.

"어쩐 일이셔?"

일부러 업 된 목소리로 하은이 미우에게 물었다.

"드릴 말씀이 있어서요."

"그래? 추운데 우리 요 근처 치킨 집으로 갈까?"

"아뇨, 금방 갈 거예요."

추웠지만 참는 수밖에 없었다. 젊은 놈이 서른 넘은 스승이 이제는 추위를 느낄 나이라는 걸 알 리가 없었다.

"그래, 그럼 우리 오랜만에 그네나 타자."

하은은 미우를 데리고 아파트 단지 안의 놀이터로 갔다.

"무슨 고민 있어?"

"네."

이렇게 순순히 나오다니 큰 고민이긴 한 것 같았다.

"뭔데?"

"쌤은 꼭 우리 형하고 결혼하셔야 해요?"

"어?"

전혀 예상 밖의 말이었다. 미우는 그녀를 지지해 줄 줄 알았다. 그래서 미우에겐 그들의 관계를 말했는데 일이 이상하게 되어버렸다.

"왜 그러는데?"

"조금만 참으시면 안 되는 거예요?"

"참아? 언제까지?"

아이들이 말도 안 되는 말을 한다고 해도 그녀는 한 번도 쉽게 생각한 적이 없었다.

"제가 어른이 될 때까지요."

"뭐?"

"저는 선생님이 우리 형이랑 결혼하는 거 반대예요. 전 우리 형이 저의 라이벌이 될 거란 생각은 하지 못했거든요."

미우의 솔직한 말에 하은이 당황했다.

"미우야."

"어리다고만 생각하지 마세요. 어려도 생각이란 건 있으니까."

당황스럽기도 하고 우습기도 했다. 하지만 지금 미우는 아주 진지했다.

"네가 크면 나는 안 늙어?"

"……."

"쌤은 여자가 금값일 때 시집을 가야 한다고 생각해. 그리고 그때 가서 네가 변심을 하면 난 진짜 손해 아니니?"

"전 그럴 리가 없어요."

"세상에 변하지 않는 건 아무것도 없어."

"전 안 변해요."

미우가 화난 목소리로 말했다. 솔직히 말해서 미우의 마음을 몰랐던 건 아니었다. 하지만 이런 줄은 꿈에도 상상하지 못했다. 지금 미우는 굉장히 진지했다.

지금 그녀에게 진지해야 하는 건 미우가 아니라 미노였다. 미노의 끈질김에 결혼을 결정하기는 했지만 지금 미노는 유럽 출장 중이라 3주째 그의 얼굴을 못 보고 있었다. 사람이 유럽에 갔으면 전화라도 해야 하는데 그는 아무런 연락도 하지 않았다.

그렇다고 그녀가 연락을 먼저 할 수도 없었다. 유럽에 가 있는 동안 전화를 하지 말아달라고 그가 부탁을 했기 때문이었다. 아니, 결혼할 사람인데 전화 한 통이 없다니 이상한 일이었다.

"미우야, 난 형하고 결혼할 사람이고……."

"형이랑 꼭 결혼하셔야 해요?"

"……."

미우는 진지했다. 어른여자를 향한 동경을 사랑으로 착각을 하고 있는 아이였다.

"난 너의 마음이 고마워. 하지만 내가 선생이 아닌 여자로서 말하는데 난 연하는 아무리 너처럼 잘생겼어도 사양이다."

"왜요?"

"내가 너무 늙어 보이잖아."

"……."

솔직히 그녀의 취향은 연하가 아니었다.

"우리는 다음 생에 만나야겠다."

미우의 어깨를 툭툭 치며 벤치에서 일어나려 하자 미우가 그녀의 손을 잡았다.

"쌤, 전 농담이 아니에요."

"미우야, 나도 농담이 아니야. 난 한 번도 학생들에게 농담을 한 적이 없고 지금도 나름 진지한 거야. 마음에 안 드는 남자에게 좋다고 말할 수는 없지 않니?"

"죄송해요."

"알아, 네 마음. 사람들이 서로 좋아하는 일은 드문 거야. 안 그러면 매일같이 사랑에 빠질 거고 그러면 가슴 아픈 사랑도 첫사랑의 추억도 없을 거고 나중에 진짜 사랑이 다가온다고 해도 귀하게 여길 줄 모를 거야. 사랑을 많이 경험할수록 단단한 어른이 되는 거지."

"네."

"가라."

어깨가 축 처진 미우를 보내고 하은은 놀이터 그네에 앉아 하늘을 바라보았다.

"이게 뭐 하는 짓이냐고."

"하은아."

듣기도 싫은 성민의 목소리였다. 다들 같은 동네에 사니 이렇게 우연히 부딪치는 일이 많았다. 하지만 오늘은 다행히 그 옆에 예솔이가 있었다. 술이 떡이 된 채로.

"하은아, 사랑한다."

"쟨 또 왜 저래?"

하은이 그녀의 옆에 앉은 채로 성민에게 물었다.

"실연의 아픔을 술로 이기시고 계시는 중이다."

"무슨 실연?"

"건축가 양반하고 헤어지셨다고 저 난리야."

"예솔아."

"헤헤헤, 하은아. 가슴이 찢어지게 아프다."

"알았어. 성민이 네가 예솔이 좀 데려다줘."

예솔이하고 도환이 잘되어가는 줄 알았는데 저쪽도 잘 안 되는 모양이었다.

"하은아, 남자들 다 필요 없어."

예솔의 술주정은 국가대표 급이었다.

"알았어. 김도환이랑 도미노랑 여자들이랑 아주 즐겁게 놀고 있더라."

"미노 씨 지금 유럽 출장 중이야."

"아닌데……."

"뭐?"

"나 어제 도미노 봤어."

술이 취해도 아주 많이 취한 것 같았다.

"성민아, 데리고 가."

"알았어. 춥다 너도 빨리 들어가."

성민이 낑낑거리며 예솔이를 데리고 하은의 앞동 예솔이의 집으로 향했다.

"뭐지?"

술 취해 한 말이지만 자꾸만 머릿속에 맴돌았다. 설마 그가 한국에 있을 리가 없었다.

어두운 창가에 서서 위스키 잔을 기울이는 남자의 옆으로 실오라기 하나 걸치지 않은 여자가 다가오고 있었다. 검은 유리창에 여인의 실루엣이 비쳤다. 눈처럼 하얀 피부에 금발을 길게 드리운 여자는 신화 속에 나오는 비너스 같았다.

미노는 눈을 감았다. 지금 그에게로 다가오는 프랑스의 금발미녀는 미인대회 출신의 톱모델이었다. 그리고 그의 클라이언트의 부인이기도 했다. 오십이 넘은 자신의 남편보다는 젊은 그에게 완전히 꽂힌 여자는 지금 앞뒤 구분도 못하고 서울 한복판에서 그를 유혹하고 있었다.

그가 서울에 온 지 3일째 되는 날이었다. 아직 회사에는 출근을 하지 않고 도하건설에서 추진 중인 사업의 글로벌 동반자인 프랑스의 건설사 회장과 임원들을 지금 극진하게 대접하는 중이었다.

미노는 요즘 도하건설의 큰 사업인 이번 프로젝트에 온 신경을 쓰고 있었다. 회장 아들의 첫 세계 진출이었다. 보는 눈들이 많았다.

하지만 자꾸 그에게 치근덕거리는 회장 부인 때문에 그는 요 며칠 아주 미칠 것 같았다. 머릿속에는 온통 하은에 대한 생각뿐인데 아무리 거부를 해도 지칠 줄 모르고 그에게 덤비는 회장 부인 때문에 그는 힘이 들었다.

그녀의 손이 그의 어깨 위를 스치고 지나갔다.

「미노.」

탁!

그가 그녀의 손을 매몰차게 쳐냈다.

「마리, 이건 아닙니다.」

「내가 싫은 거예요? 내가 아름답지 않아요?」

「당신은 충분히 아름답고 회장님도 당신을 사랑하고 계십니다.」

「지금 알랭은 한국 여자 둘과 함께 스위트룸에서 구르고 있어요.」

알랭은 스위트룸을 2개 잡았다. 왜 그랬는지 솔직하게 이유를 몰랐는데 이런 이유였다니 믿어지지가 않았다.

「알랭과 잠자리를 안 한 지 너무 오래됐어요. 우린 쇼윈도 부부예요. 흑흑흑.」

갑자기 여자가 울음을 터트리자 미노는 짜증이 나기 시작했다. 하지만 함부로 대할 상황도 아니었다. 여자는 그의 품에 안겨왔고 미노는 그대로 서 있었다.

「마리, 이제 그만하시죠.」

「내가 부담스러운가요?」

그녀의 손이 그의 가슴을 더듬기 시작했다. 하지만 그는 아무런 동요도 느낄 수가 없었다. 3주간의 고통스러운 금욕의 생활에도 그가 이 모양인 건 그의 몸은 하은에게만 반응을 하기 때문이었다.

「미노.」

더 이상은 참기 어려운 미노가 그녀를 자신의 품에서 떼어냈다.

「도환이 올 시간입니다.」

며칠 동안 도환과 한방을 쓰고 있었다. 오늘 도환은 회사에 들러 내일 마무리 체결을 할 서류를 준비 중이었다. 늦은 귀가가 되겠지만 일단은 도환을 팔기로 했다. 그는 바닥에 떨어진 그녀의 버버리 코트를 몸에 걸쳐 주었다. 그리고는 문가에 서서 그녀가 옷을 입고 나가기를 기다렸다.

「미노, 이건 나에게 무례한 거예요.」

「전 마리를 무례하게 대하지 않았습니다. 안녕히 가십시오.」

조금 전과는 달리 마리에게 차가운 바람이 쌩하고 불었다. 하지만 마음에도 없는 여자를 굳이 안고 싶지는 않았다. 하루만 더 견딘다면 그는 꿈에도 그리던 하은을 볼 수 있기 때문이었다.

그가 문을 열자 그녀가 쌩하고는 밖으로 나갔다. 진짜 버거운 여자였다. 3일간 남편이 있는데도 그의 옆에 붙어서 떨어질 줄을 몰랐다. 내일 계약서에 사인만 하면 끝이었다. 구두계약은 이미 끝이 났지만 그래도 완벽하게 끝이 나야 끝맺는 것이었다. 그녀가 돌아가고 혼자 남은 미노는 한숨을 지었다.

　다음날 아침, 밤새 뒤척이며 잠을 이루지 못한 탓에 미노는 컨디션이 그리 좋지 않았다. 커튼 사이로 들어오는 가을 햇살도 그에겐 그저 그의 눈을 부시게 하는 귀찮은 존재로 느껴지고 있었다.

　"미노야!"

　아침 댓바람부터 도환이 소리를 지르며 들어왔다.

　"뭐야?"

　"이거."

　도환이 태블릿PC를 그의 눈앞에 가져다 댔다.

　"뭐냐니까?"

　햇빛에 모니터가 잘 보이지 않았다. 하지만 잠시 후 미노는 인상을 쓰고 있었다.

　"어제 마리랑 잤어? 네가 제정신이야?"

　"이게 잔 걸로 보여?"

　"응."

　여자가 호텔방에서 나가니 당연히 그런 오해를 받을 법한 내용이었다.

　"누가 찍은 거야?"

"이쪽에선 제보자가 있다고 했어."

벌써 알아본 모양이었다.

"알랭은?"

"자기도 여러 여자를 만나니 뭐라고 반응은 없는데 화가 많이 난 모양인지 아직 반응이 없어."

"뭔가 엮인 느낌인데? 계약은?"

"계약을 안 할 수 있는 상황이 아니지. 자기들이 필요한 거니까. 우리에겐 시간이 좀 더 걸려서 그렇지 여러 가지 차선책이 있으니 손해 볼 일은 없어. 하지만……."

"하지만?"

"아무래도 기업 내의 네 이미지가 안 좋아지겠지."

"누구 짓인지 알아봐. 난 알랭을 만나러 가볼게."

"괜찮겠어?"

"설마 죽이기야 하겠어? 그리고 진짜 아무 일도 없었어."

그때였다. 갑자기 알랭이 방 안으로 들어오더니 침대에서 일어나려는 미노의 얼굴을 치려고 했다. 하지만 동작이 빠른 미노였다. 뭔가가 이상했다.

「회장님, 오해십니다.」

도환이 옆에서 서투른 프랑스어로 열심히 알랭에게 말했다. 하지만 지금 미노에 의해 침대에 처박혀 있는 알랭의 기분이 좋을 리가 없었다.

「이거 안 놔?」

「무슨 수작이지?」

「수작?」

「뭔가가 이상해. 그리고 난 네 아내에게 관심도 없어.」

화가 머리끝까지 난 미노는 회장의 팔을 뒤로 꺾은 채로 말을 계속해서 이어갔다.

「난 당신이 우리와 친구라고 생각했어.」

「사업관계에 친구라니 아직 애송이군.」

그가 미노를 비웃었다.

「아니, 사업은 믿음이야. 당신처럼 아내까지 이용해서 사업을 하면 우리말로 양아치지.」

「양아치?」

그가 양아치의 뜻을 알 리가 없었다.

「그리고 솔직하게 이런 식으로 뒤통수를 쳤다는 소문이 업계에 돈다면 당신도 좋을 건 없지. 아마도 이번 수주가 마지막이 될지도 몰라. 그렇게 내가 반드시 만들 거니까.」

알랭의 표정이 흔들리기 시작했다. 이럴 땐 강력한 한 방이 필요했다.

「이번 계약은 없었던 걸로 해.」

미노가 계약이 무효라고 말을 하자 그가 꼬리를 내렸다.

「이런 일을 제안한 사람이 누구죠? 난 알랭은 그럴 사람이 아니라고 봅니다.」

알랭은 쉽게 입을 열지 않았다.

「제가 도하그룹 후계자고 이제부터 큰 계약은 제가 나설 겁니다.」

알랭의 눈빛이 흔들렸다.

「저와 같이 큰 사업을 하시죠.」

「박 사장이 시켰어. 이렇게 하면 우리에게 이윤을 더 주겠다고 말이야.」

지난번 아들의 일로 삐딱선을 타더니 이제는 경영권 다툼을 박 사장과 하고 있었다. 박 사장도 밀리지 않기 위해 이런 양아치 같은 일을 뒤에서 벌이고 있었다.

"이러면 양아치 대접밖에 못해주지."

"박 사장이 꾸민 짓이라는 거야?"

옆에 있던 도환이 어이가 없다는 반응을 보였다.

"뭐 때문에?"

"이번 일은 내가 처음으로 하는 큰 프로젝트니까. 어떻게 해서든지 방해를 하고 싶었겠지. 그리고 개인적인 원한도 있고."

"원한?"

"그런 게 있어."

박 사장의 아들 문제로 부딪친 이후에 박 사장은 미노를 못 잡아먹어서 안달이었다. 그런 데다가 미노가 실력까지 있으니 박 사장은 지금 애가 타고 있는 것이었다. 언제까지 2인자로 있을 수는 없으니까 말이다.

그래도 이번 일은 완벽하게 아마추어 수준이었다.

「알랭, 나를 도와준다면 이번 일은 없었던 걸로 하고 앞으로의 거래도 계속하는 걸로 하지.」

「뭔데?」

미노가 알랭에게 앞으로 어떻게 해야 할지를 설명해 주었다. 박 사장의 코를 이번 기회에 아주 납작하게 만들 절묘한 계획이었다.

"아주 벼르고 있었어."

옆에서 그의 말을 듣고 있던 도환이 말했다.

똑똑!

노크를 하는 둥 마는 둥 하고는 방 안으로 미노의 비서인 유 실장이 들어왔다.

"아침의 인터넷 뉴스는 모두 내렸습니다. 그래도 아직까지 떠돌고 있는 뉴스에 대해서는 지금 아주 신속하게 처리 중이지만 시간이 좀 걸릴 것 같습니다."

"알았어. 일단은 그 기사를 낸 기자를 찾아서 제보자를 조사하고 박 사장이 얼마나 관련되어 있는지 알아봐."

"네."

"그리고 박 사장에 관한 일이 정돈될 때까지 하루 이틀 계약서에 사인하는 걸 미루고."

박 사장이 어떻게 나올지가 아주 궁금했다. 그리고 임원회의에서 혼이 쏙 빠질 박 사장의 얼굴이 떠오르자 미노의 얼굴에 사악한 미소가 걸렸다.

역시 오늘도 한 가지 배웠다. 술은 절대로 섞어 마시면 안 된다는 것을 말이다. 머리가 흔들려서 일어나는 일이 지옥 같았다. 오늘은 1교시 수업이 있는데 큰일이었다. 사람이 생각이 없어도 이렇게 없을 수는 없었다.

"언니, 일어나."

하랑이의 목소리가 쨍쨍하게 방 안을 울리고 있었다.

"못 일어나겠어."

"그러게 이기지도 못할 술을 그렇게 마시고 난리야."

"넌 괜찮아?"

어제 뒤늦게 하랑이 합류했었다.

"난 젊잖아."

"맞다."

술은 30년이 넘으면 가치를 인정받는데 사람은 30년이 넘으니 여기저기서 퇴물 취급을 받았다.

"밖에 성민랑 예솔이 와서 기다린대. 전화 좀 받아라."

"알았어."

아침부터 엄마의 목소리가 집 안을 울리고 있었다.

"도 서방은 너 안 데리고 간데?"

"몰라!"

엄마가 그녀의 속을 긁어대고 있었다.

"빨리 출근 준비하고 나가. 같이 가려는 모양인데."

"너까지 잔소리하지 마."

"알았어. 얼른 씻어. 내가 성민 오빠한테 전화할 테니까."

원래 학교에 갈 때는 화장을 잘 하지 않는 하은는 10분 만에 모든 준비를 마치고 친구들의 차에 올랐다.

"빨리 가자."

뒷좌석에는 예솔이 뻗어 있어서 그녀는 앞좌석에 앉았다.

"예솔아, 무사하냐?"

"아니, 난 양호실로 직진할란다."

"나도 죽을 맛인데 오늘 1교시부터 풀이다."

"네가 왜?"

"어제 술을 좀 마셨다."

그렇게 말을 하며 핸드폰을 꺼낸 하은은 인터넷을 보다가 그만 핸드폰을 떨어뜨렸다.

"아참 귀찮게 너까지 왜 그래? 수전증이야?"

성민이 뭐라고 말을 하기는 했지만 그녀의 귀에 들어오지 않았다.

"야, 강하은!"

"……."

하은의 눈에 눈물이 고였다.

"예솔아, 도환 씨가 여자하고 있는 거 봤어?"

"응, 그것도 서양 것들이랑 놀더라. 진짜 짜증이야. 며칠 연락이 없더니 겨우 하는 짓이 바람피우는 거더라. 남자 다 필요 없다."

"……."

"아참, 거기서 미노 씨도 봤어."

"도대체 넌 어디를 간 거야?"

성민이 둘의 대화에 끼어들었다.

"그게 우리 친척 중에 잘나가는 사업가랑 결혼한 애가 있는데 그 애 아들이 돌이었거든. 서울호텔에서 했는데 저녁 먹고 내려오다가 호텔 나이트로 가는 도환 씨를 본 거야. 완전히 여자들에게 둘러싸여서 말이야. 그래서 나도 쫓아 들어갔지."

"혼자?"

"아니, 사촌 동생이랑 같이."

"너는 남자가 나이트에 갈 수도 있지 그걸 쫓아가냐? 무섭게."

성민이 한소리를 했지만 이미 하은의 귀에는 들어오지 않았다.

"왜 그래?"

"이 여자야?"

핸드폰을 주워 예솔에게 보여주자 예솔이 고개를 끄덕였다.

"그러니까 내가 잘못 본 걸 수도 있고……."

예솔과 하은은 입장이 달랐다. 예솔은 사귀는 사람이었고 하은
은 결혼할 사람이었다.

"괜찮아, 나도 도미노 씨와 인연이 아닌가 보지."

"사업을 하다 보면 접대를 하니까 그럴 수도 있지. 너희들 너무
민감한 거 아니야?"

성민이 남자라고 미노의 편을 들었다.

"닥쳐!"

"알았다."

이건 그냥 넘길 일은 아니었다. 차를 타고 출근을 하는 내내 하
은의 머리가 복잡해지기 시작했다.

8. 당신이란 남자

늦은 저녁 가로등 불빛 아래 노랗게 물든 단풍잎이 하나둘 떨어져 거리에 노란 융단을 만들기 시작하고 있었다. 미노는 가로등 불 아래에 서서 하은의 아파트 입구를 바라보았다.

3주 동안 전화 연락을 하지 않았다. 그 이유는 하은을 생각하면 오로지 섹스만을 생각하는 자신 때문이었다. 그렇게 섹스를 밝히는 남자는 아니었는데 하은과 만난 이후에 미노는 달라진 자신을 느끼기 시작했다. 진짜 웃기는 일이었다.

3주간은 자신이 하은을 섹스 상대로만 생각하는 건지 아니면 다른 감정이 있는 건지 충분하게 생각할 시간을 갖기 위해서였다.

쌀쌀한 가을 날씨였다. 그는 버버리 코트의 깃을 세우고 담배

한 대를 입에 물었다. 고독한 남자 흉내를 내고자 한 것이 아니라 지금 그는 마음이 복잡했다. 확실한 건 그가 다른 여자들과는 다르게 하은을 생각한다는 것이었다.

나이가 들고 혼기가 꽉 차서 결혼 독촉을 받는 입장에서 하은은 정말 좋은 신붓감이었다. 어른들은 아직도 여교사에 대한 선망이 있었다. 착하고 예의 바르고 또 자식을 나으면 잘 가르치겠다는 믿음 때문일 것이다.

하지만 그가 하은에게 결혼을 말한 것은 온전하게 사랑해서가 아니라 그녀에 대한 그의 강한 성욕 때문이었다. 그래서 그의 곁에 잡아두기 위한 마음에서 급하게 말을 했지만 곁에서 본 하은은 그렇게 함부로 대할 사람이 아니었다.

그래서 그는 자신의 마음을 알기 위해 일부러 시간을 가진 것이었다. 하은에게는 연락하지 말라고 말을 하고 그도 하지 않았다. 하지만 그가 계산에 넣지 못했던 건 하은에 대한 그의 욕구가 생각보다 강하다는 것이었다.

멀리서 하은의 차가 들어오는 게 보였다. 똑같은 차종이 그렇게 많은데 어떻게 하은의 차는 단번에 알아볼 수가 있는 것일까? 속으로 신기한 생각이 들었다. 담배는 피우지도 못하고 다시 담배케이스 안으로 들어갔다.

그는 주차장으로 걸음을 옮겼다. 차에서는 하은만 내린 게 아니었다. 예솔이라는 친구도 차에서 함께 내렸다. 뭐가 그렇게 심각한지 둘은 차에서 내려서 한참이나 대화를 나누고 있었다. 미노는 먼저 다가가지 못하고 둘이 헤어지기만을 기다렸다.

마침내 하은이 집으로 들어갔다. 그는 빠르게 걸어 하은의 손을 잡는 데 성공했다.

"어머!"

놀란 하은이 그의 손을 뿌리치려 했지만 그가 단단히 잡았다.

"미노 씨⋯⋯."

"그래, 나야."

한참을 그를 보더니 눈물이 차오르고 있었다. 이 여자가 이렇게나 예뻤구나라는 생각을 미노는 했다. 순간 하은이 그의 팔을 또다시 뿌리쳤다. 이번에는 그의 손에서 벗어났고 엘리베이터로 달리기 시작했다.

하지만 그가 더 빨랐고 그녀의 손을 잡고는 그의 차로 향했다.

"이거 놔요."

"⋯⋯."

"안 놓으면 소리쳐요."

"그렇게 하지 않길 바라."

"⋯⋯."

그의 차에 그녀를 태우고 그는 운전을 하기 시작했다. 그리고 태민에게 전화를 걸었다.

"여보세요? 지금 집이지? 당장 나와 오늘은 들어오지 마라."

"뭐 하는 짓이에요?"

"우리 얘기 좀 해."

"차에서 해요."

"피곤해."

"저도 피곤해요. 그리고 얘기할 기분 아니에요."

하은이 목소리는 차갑기 그지없었다.

"오해야."

"뭐가요? 3주 동안 연락하지 말라고 한 거요? 아니면 유럽에 있는 줄 알았는데 한국에 있었던 거요? 아니면 여자와 호텔방을 나서는 거요? 뭐요?"

하은의 목소리가 격해져 있었다.

"설명할게."

"아뇨, 모든 게 충분하게 설명이 되었어요. 당신이 준 3주란 시간 동안 나도 많은 걸 생각했어요. 왜 갑자기 재벌가의 남자가 날 택한 걸까?"

하은의 목소리가 떨리고 있었다.

"보잘것없는 평민인데 하고 말이에요. 우리 집에는 인사를 하고 몇 개월이 지났는데 난 아직 당신 부모님도 뵙지 못했어요. 그래서 생각했죠. 아, 이 사람이 날 너무 쉽게 생각하는구나."

"아니야."

"쉬웠던 잠자리만큼이나 나라는 인간이 쉬웠구나. 그래서 드라마에서처럼 재벌 남편이 여자들에게 둘러싸여 있어도 참아야 하는 허수아비를 원했구나라는 생각이 들었어요."

"……."

아무 말도 할 수가 없었다. 미노는 그처럼 하은도 고민이 참 많았구나라는 생각이 들었다.

"그래서 진짜 유럽에 가긴 한 거예요?"

"응."

"거짓말, 예솔이가 당신이 서울호텔에서 외국인 여자들과 있는 거 봤다고 하더라고요."

"……."

"당황할 것까지는 없어요. 서울에 눈은 많으니까 그리고 아쉽게도 당신은 너무 눈에 띄는 사람이에요."

그가 고민을 한 시간을 가진 걸 지금 미노는 후회하고 있었다. 하은은 그저 욕망의 대상이 아니었다. 다시 보니 그런 생각이 확고해졌다. 하지만 지금은 하은의 마음이 그의 마음과는 다르게 돌아서 있었다.

왜 그녀가 그를 기다릴 거라고 생각했을까? 지나친 자신감이었다.

"오해를 하게 만든 건 미안해."

"아니오, 사과가 틀렸어요. 오해를 하게 만든 게 미안한 게 아니라 다른 여자와 만난 걸 사과해야 하는 거예요. 이젠 소용없는 일이지만……."

"하은아."

"그렇게 피해자 같은 표정으로 날 보지 마요. 피해자는 나니까."

버버리 코트를 커플로 입고 차 안에 가까이 앉아 있었지만 그녀와 그의 거리는 상당히 멀게 느껴졌다.

"어떻게 하길 바라?"

"우리가 뭘 하긴 했나요? 그냥 각자의 삶으로 돌아가면 그뿐이에요. 당신은 당신의 일로 나는 학교로 그렇게 서로 몰랐던 그때처럼 그렇게 살아요."

"하은아."

"시작이 있으면 끝이 있는데 우리는 시작도 안 했으니 그냥 마음 편하게 살아요."

차가웠다. 그 차가움에 그의 온몸이 얼어붙는 것 같았다. 어떻게 해야 할지 몰랐다. 그래서 그는 한 가지 실수를 더 하고 말았다. 하지 말았어야 할 일이었다. 아무리 그녀를 강하게 원한다 해도 말이다.

차는 자신의 아파트에 도착을 했고 그는 싫다는 하은을 자신의 집으로 데리고 갔다. 집 안에는 다행히 태민이 없었다. 금방 나갔는지 집 안의 불이 다 켜져 있었다.

"이거 놔줘요."

"……."

"도미노 씨."

탕!

현관의 신발장에 그녀를 밀어붙였다.

"뭐 하는 거예요?"

"이대로 보낼 수 없어."

"왜요?"

"내가 생각이 짧았어."

"지난 일이에요."

"시간이 필요했어. 이게 섹스가 좋아서 하는 결혼인지 강하은이라는 여자가 좋아서 하는 결혼인지 아니면 아버지의 성화에 못 이겨 하는 결혼인지 생각을 정리할 시간이 필요했다고."

"……."

"그래서 유럽에 있을 때 전화를 하지 말라고 한 거야."

전화로 그녀의 목소리라도 들으면 생각이 정리가 안 될 것 같아서였다. 그녀의 목소리만으로도 그의 몸에 반응이 올 것 같았기 때문이었다.

"정리는 다 된 것 같은데요."

"그리고 난 삼일 전에 왔고 그 사람들은 프랑스에서 온 클라이언트야."

"하!"

"마리가 날 유혹하려 했고 돌려보내던 게 찍힌 거야."

"파파라치까지 붙을 정도로 유명 인사는 내가 좀 부담스럽죠."

"난 맹세코 바람 따위는 피운 적 없어."

"이제 상관없어……."

그의 입술이 그녀의 입술을 삼켜 버렸다. 신발장과 그에 갇혀 있는 그녀가 몸부림을 쳤지만 아무런 소용이 없었다. 그녀가 몸부림을 칠수록 그의 욕망에 기름을 붓는 꼴이었다.

그녀의 꼭 다문 입술을 벌리고 들어간 그의 혀는 사정없이 그녀를 점령해 갔다. 거의 한 달을 그리워하던 그녀였다. 입술의 달콤함은 말할 것도 없고 그녀의 모든 게 너무나 좋았다. 그녀의 향기 그리고 그녀의 부드러운 피부 뭐 하나 그립지 않은 게 없었다.

도대체 왜 그렇게 망설였는지 도무지 알 수가 없었다. 처음에 그녀를 보고 어이없이 빠져 들었던 것처럼 그는 지금 강하은이라는 여자의 모든 걸 원하고 있었다.

"으으읍."

하은의 저항이 컸다. 하지만 지금 그의 욕망에 비하면 아무것도 아니었다. 그의 손이 그녀의 코트 안으로 들어가 풍만한 가슴을 쥐었다. 진정 부드러움의 끝이었다.

"악!"

그녀가 그의 발등을 하이힐로 찍고는 그의 남성을 무릎으로 찼다. 숨을 쉴 수 없는 고통이 밀려왔다.

"우린 여기까지예요."

그녀는 이렇게 매몰차게 말을 하고는 바닥으로 구르고 있는 그를 두고는 집 밖으로 유유히 사라졌다.

집 안에는 태민과 하랑이 있었다. 둘은 방 안의 문을 잠그고 바깥의 상황을 예의 주시하고 있었다.

"뭐예요?"

하랑이 태민을 보며 눈을 동그랗게 뜨고 있었다. 처음엔 받지 않으려고 하다가 전화를 받았는데 집을 비우라는 내용이었다. 어찌나 황당한지 이건 완벽하게 세입자의 설움이었다. 집을 구해서 나가든지 해야지 이건 진짜 아니었다.

그래서 하랑과 나가려던 찰나에 미노가 들어오는 소리가 들려서 둘은 그의 방에 갇히는 신세가 되었다.

"언니하고 싸우나 봐요."

문에 귀를 대고 듣던 하랑이 말했다.

"애인끼리 싸울 만한 내용이 인터넷에 터졌으니까."

"진짜 아니죠?"

"아니야, 도환이의 말로는 사업상의 이유로 여자가 미노를 일 방적으로 유혹한 거고 미노가 쫓아냈다고 하더라고."

"그거야 모르죠. 남녀간의 문젠데 안 그래요?"

"믿어야지. 그리고 미노는 여자에게 관심 없어. 지금 상대에게 가장 관심을 가지고 있지. 이런 적은 처음이야. 저 녀석이 이 집에 여자를 다 데리고 오고 말이야. 또 결혼까지 생각하고 있으니까. 하은 씨가 미노에겐 특별한 여자는 맞아."

"우리 언니의 눈에 눈물을 뽑게 하다니 나도 용서가 안 돼요. 도 미노 씨는 처음부터 언니를 너무 힘들게 했어요."

"덕분에 우리도 만났잖아."

"그건 태민 씨가 날 억지로 엮은 거죠."

태민이 하랑을 뒤에서 안았다.

"그래서 싫은 거야?"

"싫다기보다는 그렇다는 얘기죠."

"여자들의 마음은 진짜 알 수가 없어."

"여자의 마음을 알 수 없는 게 아니라 이번에는 도미노 씨나 김

도환 씨가 오해를 살 만한 짓을 한 거죠."

"예솔 씨랑 도환이는 그래서 헤어진 거야?"

"아마도."

"진짜 여기저기 시끄럽군."

그의 손이 하랑의 가슴을 움켜잡았다.

"뭐 하는 거예요?"

"틈새 공략."

"어이없는 거 알죠?"

"오늘 자고 가면 안 돼?"

"안 돼요."

아직 그는 하랑과 섹스를 하지 않았다. 스킨십의 경계선을 넘기는 했지만 아직 완벽하게 하랑을 가지진 못했다. 태민은 원했고 하랑은 아주 자연스럽게 그런 상황에서 미꾸라지처럼 빠져나갔다.

그의 입술이 하랑의 목을 타고 내려가고 있었다. 그의 혀가 하랑의 가는 목을 쓸었다.

"으으음."

"그거 알아? 아주 섹시하다는 거?"

"아뇨."

"날 미치게 만드는 유일한 여자가 하랑이야."

"감사해야 하나요?"

"응, 내가 처음으로 이런 감정을 느끼니까."

"여자들이 아주 많았나 봐요?"

"없었다고는 할 수 없지."

그의 연애 이력을 안다면 하랑은 도망가고도 남을 것이다. 그는 여자들이 좋아하는 모든 조건을 갖춘 남자였다. 자신에게 여자가 없다면 그게 더 이상한 일이었다. 한 번도 여자가 곁에 없었던 적은 없었다.

한 번에 둘 이상을 만난 적도 많았다. 하지만 진짜 맹세코 지금처럼 몸이 달았던 적은 없었다. 그의 입술이 그녀의 목에 키스마크를 남길 정도로 강하게 빨았다. 오늘은 다른 때보다도 더 큰 욕망을 느끼고 있었다.

"내가 변태인 줄 오늘에서야 깨달았어."

"으음, 왜요?"

"밖에 미노 커플이 있으니까 더 하랑을 갖고 싶어."

"진짜 변태가 맞네요."

탕!

밖에서 뭔가 사단이 일어난 것 같았다.

"진짜 나가봐야 하는 거 아니에요?"

뭔가 낌새가 좋지 않았다. 그래서 아쉬움을 뒤로하고 태민이 밖으로 나갔다.

"미노야!"

미노가 신발장 앞에서 뒹굴고 있었다.

"괜찮아?"

그의 소리에 하랑도 방에서 뛰어나왔다.

"괜찮으세요?"

미노가 하랑을 보더니 고개를 숙였다.

"일어날 수 있어?"

"네가 여기 왜 있어?"

"너 구하려고. 또 맞은 거야? 하은 씨는 너 확실하게 책임져야
겠다. 애를 자꾸 남자 구실 못하게 만들고 말이야."

"풋!"

하랑이 웃음을 터트렸다.

"맞을 짓을 하신 것 같네요. 우리 언니는 아무 때나 이러진 않거
든요."

미노의 입술에 하은의 립스틱이 잔뜩 묻어 있었다.

"야, 너도 인마 인터넷에 그런 기사가 났는데 키스를 하면 되
냐? 어떤 여자가 좋아하겠어?"

"닥쳐!"

미노가 그의 도움을 받아 몸을 일으켰다.

"또 고소할까?"

"미친놈."

그의 부축을 받고 억지로 거실까지 간 미노였다.

"거기 맞으면 그렇게 아파요?"

"응."

"신기하네."

하랑은 미노를 놀리고 있었다.

"고소하면 어떻게 되지?"

"도미노 씨가 불리하죠. 성폭행 미수라고 언니가 주장할 거예요. 아니면 데이트 폭력에서의 정당방위?"

태민의 말을 하랑이 받아쳤다.

"둘 다 그만하고 나가."

"여긴 내 집이기도 하고 하랑이는 내 손님이거든."

"그럼 나 쉴 동안 방 안에 있어줄래?"

"그건 환자를 두고 할 일이 아니지."

"그럼 입이라도 닥치고 있던지."

미노가 짜증을 내고 있었다.

"그리고 처제는 왜 날 형부라고 안 부르지?"

"아직 형부도 아니고 될지도 모르겠고."

하랑이 까칠하게 말해도 지금 미노는 아무 말을 할 수가 없었다.

"도대체 언니는 왜 그렇게 간 거예요?"

"오해하고 있으니까."

"오해를 할 만하지 않아요? 나 같았으면 당장에 죽여 버렸을지도 몰라요."

"왜 나를 쳐다봐. 난 바람둥이가 아니야."

태민이 말을 하자 미노가 피식 웃었다. 그 모습을 의심의 눈초리로 보는 하랑이었다.

"방에 가서 좀 누워."

"병원 가야 되는 거 아니에요?"

"하랑이가 남자에 대해 뭘 알겠어?"

태민은 이렇게 말하며 미노를 부축해서 미노의 방 침대에 데리고 갔다. 고통스러움이 오래가는 걸 보니 아주 야무지게 때린 것 같았다.

"넌 하은 씨 말 잘 들어야겠다."

"너나 잘해. 처제도 더하면 더했지 덜하진 않을 것 같아. 그리고 넌 법적으로도 못 이겨."

미노의 말을 듣고 보니 그럴듯했다. 태민은 애써 웃으며 그를 놓고는 하랑이 있는 거실로 갔다.

눈물이 앞을 가려 제대로 걸을 수가 없었다. 인터넷 내용을 보고도 담담했던 하은이었다. 예솔과 성민이 어떻게 하냐며 그녀를 위로할 때도 하은은 담담했다.

믿어지지 않아서 그리고 자신의 현실을 알게 되어서 하은은 머리가 복잡해서 슬퍼하거나 화를 낼 겨를이 없었다.

예솔이가 술이 떡이 되고 그리고 그녀도 술을 마시며 뒤늦은 후회를 할 때도 이렇게 마음이 아프지 않았다. 하지만 그를 만나고 하은은 깨달았다. 그녀가 생각했던 것보다 많이 도미노라는 인간을 좋아했다는 것을 말이다.

처음엔 적극적인 그에게 무작정 끌려 다녔다. 싫었다면 그렇게 끌려 다니지 않았겠지만 그녀도 그가 좋았기 때문에 그냥 그가 하는 대로 내버려 둔 것이었다.

거리에 온통 물이 찬 것처럼 그녀의 눈 안에 눈물이 가득했다. 하은은 택시를 타고 집으로 향했다.

"흑흑흑."

"괜찮으세요?"

걱정이 되었는지 운전사가 그녀에게 물었다. 운전하시는 분이 여자였다.

"네, 흑흑흑."

"뭔 일인지 몰라도 부처도 돌아선다는 바람만 아니면 그냥 이해해요."

바람이라는 말에 그녀는 설움이 더 북받쳤다.

"우리 신랑이 바람이 나서 나도 이혼……."

"으으으."

이제는 더 이상 숨김도 없이 울음을 터트렸다.

"아이고, 내가 주책을 떨었네. 그냥 헤어져요. 바람피우는 것들은 매번 용서를 빌고 또 그런다니까. 봐주면 안 돼요. 이렇게 예쁜데 새 출발 하면 되지."

"흑흑흑."

전혀 위로가 되지 않았다. 속상했다. 아파트에 내린 하은은 집으로 들어가지 않고 집 근처 포장마차로 향했다. 그리고 전화를 걸어 성민과 예솔을 불러냈다. 그냥은 도저히 집으로 들어갈 수가 없었다.

"뭐냐?"

성민이 먼저 왔다.

"또 왜 그래? 나도 좀 집에 오면 쉬어야 하지 않겠니?"

"닥치고 술이나 마셔."

"그래."

그녀의 상태를 보고는 성민이 바로 꼬리를 내렸다. 성민이 물티슈를 들더니 하은의 얼굴을 닦아주었다.

"그만 울고 다녀라, 판다야."

화장이 번진 모양이었다. 오늘 기분이 좀 그래서 평소에 안 하던 화장을 했는데 하는 게 아니었다.

"으구 우리 하은이 어른 되기 힘들어서 어쩌냐?"

"너나 잘해."

"나도 죽겠다. 날아라 꽃돼지가 아직도 안 떨어져 나간다."

요즘 그 문제로 성민이 머리 아파하고 있었다.

"남자보다 힘이 센 여자랑 어떻게 만나나?"

"그러게."

"도미노 때문에 속상한 건 아침에 끝내야 하는 것 아니야. 한참 뒤에 이렇게 하면 너무 종잡을 수 없지."

"미안하다."

하은이 술잔을 비웠다.

"천천히 마셔라. 너 내일 1교시 수업 있다."

"모르겠다."

"고3 담임이 이러면 너무 무책임한 거지."

"그런가?"

"그래."

술잔을 주거니 받거니 하는데 예솔이가 뒤늦게 들어왔다.

"어?"

예솔이의 뒤에는 도환이 따라 들어왔다.

"뭐냐?"

"헤어진 것 아니었냐?"

성민이 예솔이가 얄미웠는지 그렇게 말했다.

"그렇게 됐다. 그날 내가 본 거 잘못된 거래. 그리고 음모가 있었다고 하네."

"지랄."

성민과 예솔의 격의 없는 대화에 도환의 표정이 굳어 있었다.

"우리는 목욕탕 동기들이라 어쩔 수가 없어요."

하은이 도환을 보며 말했다.

"목욕탕 동기요?"

"동네에서 같이 자랐거든요."

"아."

"얘는 남자 아니에요. 친구지."

"알겠습니다. 처음 뵙겠습니다. 김도환입니다."

"안녕하세요. 물리 가르치는 현성민입니다."

"선생님이셨군요."

"저희가 다 도하고등학교에서 일합니다."

"전 도하건설 본부장입니다."

"높은 분이시네."

성민이 사람 좋게 말하며 도환에게 술을 따라주었다.

"미노가 본의 아니게 하은 씨에게 실수를 했습니다. 미노는 진짜 하은 씨가 생각하는 그런 일 없었습니다. 그건 제가 보증합니다."

"제가 상관할 일이 아닙니다."

하은이 차갑게 말을 했다. 미노와 연관된 일은 더 이상 신경 쓰고 싶지 않았다.

"하은 씨."

"예솔이가 도환 씨를 이해해 준 것과는 다른 문제이니 신경 쓰지 말아주세요."

그 후로 아무도 하은에게 미노의 이야기를 하지 않았다. 술이 많이 취한 하은을 성민이 집까지 데려다주었다. 하은은 아무 생각 없이 모처럼 깊은 잠에 빠져들었다. 꿈도 꾸지 않고 말이다. 하지만 잠자리에 든 하은의 눈에는 끊임없이 눈물이 흘러내리고 있었다. 무의식적으로도 그녀는 미노에게 받은 상처를 그대로 느끼고 있었던 것이었다. 그렇게 하은에겐 시련의 밤이 지나고 있었다.

9. 미치게 원하다

왜 그렇게 수능일은 매번 추운 건지 알 수가 없었다. 아이들을 응원하기 위해 도하고 3인방이 근처 시험장에 떴다.

"이거, 시험 잘 봐."

핫팩과 엿 그리고 찹쌀떡이 담긴 작은 쇼핑백을 건네며 하은이 말했다. 아이들이 가장 많이 시험을 치르는 곳에 뜬 것이었다. 수시다 뭐다 해서 그녀도 정신없는 시간을 보내고 있었지만 오늘만큼은 그동안 고생한 아이들을 위해 하은이 나름 준비한 것이었다.

"콧물이 앞을 가린다."

"춥지, 이상하게 수능일엔 추운 것 같아. 그래도 작년보다는 나은 것 같아."

"그러게."

예솔이 여전히 콧물을 훌쩍거리며 아이들에게 작은 선물을 나눠 주었다. 아이들이 무사히 시험장에 다 들어가고 새벽부터 선배들 응원하기 위해 나와 그녀와 함께 응원을 해준 아이들을 데리고 근처의 떡볶이 집으로 향한 하은은 아이들에게 크게 한턱을 냈다.

"오늘 완전 수고했다. 내년에는 너희들 응원하러 오마."

"네."

"추우니까 오뎅 국물부터 마시고 대학에 합격하면 맥주 마시자."

작년에도 재작년에도 응원하러 온 아이들에게 이렇게 말을 했었다.

"쌤도 드세요."

"그래."

"쌤, 질문이 있는데요. 예솔 쌤이나 쌤은 예쁘신데 아니, 그냥 기준을 넘어 예쁘신데 왜 결혼을 안 하세요?"

"독신주의야."

"에이, 그건 아닌 것 같은데요?"

"왜? 쫓아다니는 남자들이 한둘이 아니시던데."

"어?"

아이들은 다 안다는 듯이 말을 하고 있었다.

"누가 쫓아다녀 봤으면 좋겠다."

하은은 피식 웃었다.

"떡볶이나 먹어."

"쌤, 어떤 남자가 쌤 기다리던데요?"

"어?"

"쌤 언제 끝나냐고 물어보고 좀 이상하죠?"

누가 쫓아온 기억은 없었다.

"아니야, 너희들이 잘못 안 거야."

예솔이 뭔가를 아는 것처럼 아이들의 말을 잘랐다.

"내일부터는 너희들이 고3이다."

"쌤!"

이번엔 성민도 아이들의 관심을 다른 곳으로 돌리고 있었다. 아이들을 돌려보내고 성민의 차에 오른 하은은 옆자리에 앉은 예솔에게 물었다.

"뭐야?"

"뭐가?"

"아이들이 하는 말?"

"신경 쓰지 마."

"성민이도 아는 것 같은데 이상하잖아. 누가 나를 미행하는 거야? 난 쫓아다니는 놈이 있으면 내가 알겠지만 난 모르거든. 나 모르게 스토커라도 생긴 거야 뭐야?"

"모르는 척해."

"뭘 모르는 척해?"

말을 하면 할수록 기분이 좋지가 않았다. 다 아는데 그녀만 모르는 것 같았다.

"진짜 짜증나."

"저기……."

예솔이 그녀의 눈치를 보며 말을 했다.

"왜? 너 뭔가 알지?"

"도환 씨가 그러는데 도 회장님이 사람들을 보내 너에 대해 알아보시는 중이래."

"어?"

"이유는 도환 씨도 모르나 보던데? 아참, 미노 씨도 모른대. 알았다가는 난리가 날 상황이잖아."

마지막으로 그의 집에서 도망쳐 나온 이후로 그들은 아직 한 번도 만나지 않았다. 얼굴도 못 본 지 한 달이 넘었다. 이제 마음을 다잡고 있는데 이런 일로 다시 이름을 들으니 기분이 좋지 않았다.

"확실한 거야?"

"아니, 도환 씨도 나 만나러 왔다가 예전에 회장님 경호원이었다가 지금은 개인경호를 하시는 분을 만났나 보더라고. 그분이 못 본 척해달라고 부탁했대. 누군지는 몰라도 의뢰받은 일이 있다고 하면서 말이야."

"그럼 확실한 거 아냐?"

"아니지. 그 사람이 널 감시하는 건지, 다른 사람을 감시하는 건지는 모를 일이니까."

그건 그랬다. 정확한 증거 없이 덤빌 수는 없었다.

"알았어."

"아이들의 말이니까 너무 신경 쓰지 마. 그리고 우리하고 카풀하는데 뭘 걱정이야? 혼자 다니는 것도 아니고."

"하긴."

집으로 돌아온 하은은 미노와 헤어졌다는 말을 한 후로 엄마와 말을 하지 않고 있었다. 엄마는 굴러온 복덩이를 찼다고 난리였다. 하은은 마음이 복잡했지만 그렇다고 해결할 방법이 없었다.

다음날부터 하은은 괜히 주변을 둘러보는 습관이 생겼다. 뭔가 그녀를 미행하는 기분이 들었기 때문이었다. 하지만 어딜 봐도 수상한 사람은 찾을 수가 없었다. 그렇게 일주일이 흐르고 예솔의 생일이 다가왔다.

하은과 성민 그리고 하랑은 예솔을 위한 화끈한 파티를 준비했다. 생일 당일은 남친과 보낼 테니 그들은 이틀 앞선 토요일에 홍

대 클럽에서 화려한 생일 파티를 준비했다. 예솔은 직업은 선생님이었지만 술 좋아하고 놀기 좋아하는 날라리 선생이었다.

예솔이 주인공이니만큼 그에 걸맞은 화끈한 파티를 준비한 하은과 성민이었다. 의상은 물론이고 지금은 헤어숍까지 들러 화려한 밤에 어울리게 준비 중이었다.

"오늘의 콘셉트는 퇴폐다."

"좋지."

그녀의 말에 성민이 열렬한 환호를 보냈다. 성민은 생물학적인 남자였지 하는 걸 보면 완전히 놀기 좋아하는 언니였다.

"오빠, 오빠는 남친들 없어?"

하랑이 성민을 보며 한심했는지 이렇게 물었다.

"잘 노는 놈들은 있지."

"거짓말! 맨날 언니들하고 놀면서."

"우리는 직장 동료니까 평일, 친구들은 밤문화 동료니까 주말에."

"말이나 못하면."

"그리고 이번 주말은 예솔이를 위해 희생하는 거지."

성민은 이렇게 말을 하며 예솔이를 위해 하은과 하랑이 산 퇴폐적인 의상을 음흉하게 쳐다보고 있었다.

"이건 옷이 아냐?"

"그럼?"

"이건 죄악이야."

"옷이 무슨 죄야."

"이 옷은 남자들로 하여금 죄를 짓게 만드는 옷이지. 특히나 너희처럼 발육 상태가 완전 최고 등급이면 더하지."

짝!

하은이 성민의 등짝을 날렸다.

"아파."

"아프라고 때린 거야."

"너희들은 진짜 못된 거라고. 남자들 탓할 필요가 없어. 사악한 것들."

하은은 초미니 가죽 스커트에 흰 탑을 입고 머리는 풍성한 웨이브를 연출했고 하랑도 같은 의상에 머리만 포니테일로 묶었다.

"둘이 무슨 플레이보이의 바니 걸 같아."

"그런데 예솔이가 이 의상 입으면 조명발은 끝내주겠다."

"뭔데?"

주인공은 나중에 온다고 했나? 예솔이 헤어숍에 늦게 도착했다.

"왜 이렇게 늦었어?"

"미안, 그런데 오늘 하은이 하랑이 왜 이렇게 예쁜 거야? 질투

나게."

"화끈한 밤을 위한 준비지."

"좋지. 언니, 나도 예쁘게 해줘요."

헤어 디자이너에게 특별하게 부탁을 하는 예솔이었다.

"오늘 주인공이니까 잘해주세요."

하은 역시 특별 부탁을 했다.

"오늘은 그간의 스트레스를 날려 버리자고."

"암요."

성민이도 꾸며놓으니 꽤 날티가 나 보였다. 여자들깨나 울리고 다니는 녀석이라서 그런지 본인이 어떻게 하면 멋져 보이는지 잘 알았다.

"자, 출발합시다. 오늘은 난 술을 안 마시는 걸로. 우리 퇴폐마녀들 잘 모셔야 하니까."

"모처럼 옳은 소리를 하네."

"출발합시다."

홍대에서도 가장 물 좋기로 유명한 곳에 간 그들이었다. 길게 늘어선 줄의 사람들 중에서도 그들은 단연 돋보였다. 클럽 안으로 들어가기도 전에 하랑과 하은, 그리고 예솔에게 접근하는 사람들이 많았다.

"오늘은 즐기자. 아무 생각 하지 말고."

하은의 말에 모두가 고개를 끄덕였다.

클럽에 들어서자 광기 어린 DJ의 음악에 모두가 정신 줄을 놓은 듯이 일사불란하게 춤을 추고 있었다. 레이저 빛이 눈이 부시게 쏟아졌다. 한 번도 이렇게 클럽의 분위기에 취해본 적이 없는 하은은 오늘은 정신 줄을 놓고 열심히 음악에 몸을 흔들었다.

그러는 사이에 남자들이 몰려들어 하은, 하랑, 예솔은 각자 흩어진 꼴이 되었다. 그녀의 환상적인 바디라인이 고스란히 드러난 옷 때문에 늑대들이 침을 흘리며 달려들 태세였다.

그때 누군가 그녀의 손목을 잡고는 강하게 끌어당겼다.

"아!"

"……."

눈을 들어 그 손의 주인공을 확인한 하은은 입을 다물었다. 지금 그녀의 손목을 부러트릴 듯이 잡고 있는 손의 주인공은 바로 미노였다.

"이거 놔요."

"……."

이번엔 그녀가 말했지만 그는 아무 말도 하지 않고 그녀를 끌어내고 있었다.

"왜 이래요?"

"몰라서 묻나?"

그의 손에 이끌려 주차장까지 나온 하은은 추위에 덜덜 떨고 있었다. 그는 그런 하은을 자신의 품에 끌어당겼다.

"뭐 하는 거예요?"

그의 코트 안은 어떤 곳보다 따뜻했다.

"이렇게 입을 거면 차라리 벗고 다녀."

그의 낮은 저음이 코트 안에서 듣기 좋게 울렸다.

"어떻게 알았어요?"

"도환이."

"지금 예솔이도 이런 상태예요?"

"아니, 예솔 씨 생일이니까. 도환이랑 태민이는 같이 놀기로 한 모양이야."

그렇게 말을 하고는 그녀를 데리고 자신의 차에 타게 한 미노였다.

"어딜 가려고요?"

"……."

"정말 자꾸 이럴 거예요?"

"얘기 좀 해."

"싫어요."

"오늘도 이상한 호신술을 쓴다면 그땐 정말 가만히 있지 않을 거야."

그가 경고를 했다.

"어쩔 건데요?"

"……."

그의 차가 큰 엔진 소리를 내며 주차장을 빠져나가고 있었다. 하은은 한숨이 나왔다. 한 달이란 시간은 아무런 소용이 없었던 것이었다. 두근거리는 심장 때문에 미칠 것 같았다.

그의 옆에 앉아 있는 하은 때문에 그는 머리의 뚜껑이 열려 버렸다. 뭐? 퇴폐적인 날이라고? 이 말을 도환에게 듣고 난 후부터 그는 정신이 하나도 없었다. 한 달 동안 그는 많은 생각을 했다. 그리고 하은을 놓아주기로 마음먹은 상황이었었다.

하지만 깨끗하게 잊을 수 있다고 자만했던 그는 하은을 본 순간 그건 자신의 지나친 자신감이었다는 걸 알았다. 그는 아직 하은을 잊지 못한 게 분명했다.

운전대를 잡은 그의 손에 힘이 들어갔다. 그의 시선이 자꾸만 하얗게 드러난 그녀의 허벅지로 향했기 때문이었다. 그가 모르는 한 달 동안 하은은 얼마나 많이 이곳을 이런 헐벗은 모습으로 찾았을까, 라는 생각이 들자 눈이 뒤집히는 심정이었다.

한 달…….

그에게는 10년은 더 된 것 같은 시간이었다. 하은을 잊기 위해 그는 안 그래도 워커홀릭이었는데 더 일에만 몰두하고 있었다. 도환이 걱정할 정도였다. 그 덕분에 그는 박 사장을 완벽하게 회사 내에서 힘을 잃게 하는 데 성공했다.

프랑스의 알랭과 뒤에서 모의를 해서 그를 궁지로 몰아넣은 사건은 박 사장에게 정보를 받고 사진을 찍은 기자가 경찰 조사를 받게 되면서 세상에 밝혀졌고 박 사장의 이미지는 땅으로 떨어졌다.

프랑스 건설사 회장인 알랭과의 글로벌 프로젝트를 성공적으로 계약하고 알랭의 소개로 사우디 갑부를 만나 두바이에 세계에서 가장 높은 호텔을 건설하는 일을 추진하게 되었다. 물론 알랭의 회사와 합작 프로젝트였지만 말이다. 박 사장은 자신의 줄어든 입지를 지금은 뼈저리게 느낄 터였다.

하지만 이 와중에도 그를 화나게 했던 건 아버지 도 회장이었다. 얼마 전에 아버지가 갑자기 그를 회장실로 호출한 적이 있었다.

"앉아."

건설사의 회장실답게 어마어마한 스케일을 자랑하는 회장실은 건축과 인테리어의 조합이 완벽하게 이루어진 곳이었다. 첨단 장비들이 다 총동원되어 있는 미래형 사무공간이었다.

"두 번 말하게 하지 말고 앉아."

아버지는 아주 얼굴빛이 안 좋아 보이셨다.

"무슨 일 있으세요?"

탁!

소파 테이블 위로 여러 장의 종이들이 던져졌다.

"봐."

아무런 영문도 모르고 그는 테이블 위의 종이를 집어 들었다. 그리고 그것이 청첩장들임을 알았다.

"이번 주만 해도 여섯 곳이다."

"……."

"이젠 기다려 줄 대로 기다려 준 거 아니야?"

"아직 좀 더 기다려 주십시오."

"지난번에 데려온다는 아가씨는 왜 소식이 없는 거야?"

"끝났습니다."

"끝나?"

"그리고 재벌가의 아가씨도 아닙니다. 괜히 실망하실 겁니다."

"내가 재벌가의 딸하고 결혼하라고 말한 적 있어?"

"아니요."

"그런데?"

"말씀하신 적은 없지만 그게 아버지의 뜻이라고 생각했습니다."

"그럼 재벌가의 딸하고 결혼할 거냐?"

아버지의 압박이 점점 더 강해지고 있었다.

"아버지, 시간을 주십시오."

"아니, 이제는 줄 만큼 줬어. 너도 양심이란 게 있으면 최소한 우리 집의 장손으로서 해야 할 일은 해야지."

"……."

"대를 이어야 할 것 아니야?"

아버지가 이렇게 결혼에 매달리는 이유는 충분히 알겠지만 지금 그의 마음은 공허했다. 지금은 여자라는 존재를 만나고 싶지 않았다.

"노력해 보겠습니다."

탁!

서류 하나가 그의 앞에 던져졌다.

"봐."

이번에는 청첩장이 아닌 여자들의 프로필이었다.

"아주 유명한 중매쟁이가 엄선을 한 아가씨들이다. 10명이니까 그중에 하나는 마음에 들지 않겠니?"

그는 서류를 열어보았다. 대단한 스펙의 여자들부터 알 만한 재벌가의 딸들이 다 들어가 있었다.

"이번에 최 회장 아들이 장가를 가면 우리 모임에서 너만 장가를 안 간 거야. 어디 하자가 있는 것도 아니고."

"……."

"너 남자 좋아하냐?"

"아버지!"

"그럼 뭐야? 문제 될 게 아무것도 없는데."

"결혼을 안 하겠다는 게 아니라 시간을 조금만 달라는 겁니다."

"왜?"

"회사에 아직 적응하려면 시간도 걸리고……."

"지금 정도면 충분해. 이번 주말부터 거기에 있는 아가씨들과 차례로 선봐."

아버지가 마음을 단단히 먹은 모양이었다.

"사람도 만나야 정이 생기고 그래야 짝을 빨리 찾을 수 있는 거다. 난 네 엄마를 보고 첫눈에 반했어. 얼마나 눈이 부시던지……."

아버지의 말이 신기하게 하은과 겹쳐지고 있었다. 그의 눈에 하은은 눈이 부셨다. 아버지가 어머니를 볼 때 느낀 걸 그도 느꼈던 것이었다.

"빨리 내 여자로 만들고 싶었다. 내 말 듣고 있냐?"

"네."

답은 했지만 그의 귀에는 아버지의 말이 제대로 들리지 않았다.

"난 말이다. 네가 여자문제로 속을 썩일 줄은 알았지만 이렇게 전혀 예상 밖의 일로 내가 속을 썩을 줄은 꿈에도 생각을 못했구나. 바람둥이가 될 줄 알았는데 이렇게 목석이 되어버렸으니 말이다."

한바탕 아버지에게 잔소리를 들은 후에야 회장실에서 나올 수가 있었다. 하은에 대한 생각으로 머리가 복잡해졌다. 하은을 위한 길은 그녀가 원하는 대로 놓아주는 일뿐이었다.

그리고 그날 저녁 그는 도환과 태민을 불러냈다. 미친 듯이 일에만 매달리다가 모처럼 술이라도 한잔하고 싶었기 때문이었다. 하지만 도환과 태민은 각자의 애인들과 약속이 있다며 그를 매몰차게 거절했다. 술친구가 필요한 날 그에겐 아무도 없었다.

"본부장님."

"왜?"

친구들에게 거절당하고 퇴근 준비를 하는 그에게 유 실장이 말을 건넸다.

"오늘 술 한잔하시겠습니까?"

듣던 중 반가운 소리였다.

"이심전심이군."

"사실 얼마 전에 친구가 술집을 오픈했는데 오늘 가보려고요."

"그래?"

"그렇게 비싼 곳은 아니니까 너무 기대는 마시고 오늘은 제가 한턱 쏘겠습니다."

"좋지. 그런데 왜 하필 난가?"

"계속해서 쉬는 날도 없이 일만 하셔서요. 아무리 막강한 멘탈을 가지고 있어도 지칠 때가 아닙니까."

유 실장의 배려에 그는 살짝 미소를 지었다.

"역시 최고의 비서야. 내 멘탈까지 챙기는 걸 보면 말이야."

그들은 퇴근 후에 잠실에 있는 양꼬치 집으로 향했다.

"양꼬치 좋아하십니까?"

"가끔 즐기지. 이건 김 본부장이 좋아하지. 맛있으면 다음에 김 본부장하고 여기서 회식하면 좋겠어."

"감사합니다."

건축물 먹는 사람치고 술을 못 마시는 사람이 없어서 술자리가 진짜 잦았다. 맛 좋고 서비스가 좋으면 그 집에 가서 거의 매일 술을 마실 사람들이었다.

양꼬치 집은 생각보다 괜찮았다.

"여깁니다."

"좋은데?"

"그렇게 봐주시니 감사합니다."

그들은 양꼬치를 시키고 술도 주문했다. 술은 소주가 최고였다.

미국에 있을 때 가장 그리웠던 것 중에 하나였다. 술을 못 사 마셔서가 아니라 한국에서 친구들과 마시던 게 그리웠기 때문이었다.

꼬치가 익어가는 동안 유 실장과 이런저런 얘기를 나누었다. 주로 일에 관한 이야기였다. 박 사장이 요즘 코너에 몰린 이야기부터 아버지 도 회장의 이야기까지 평소에 업무를 보느라 듣지 못했던 이야기를 유 실장이 해주고 있었다.

"여기 자주 오게 될 것 같아."

"맛이 괜찮으신지?"

"내 입맛엔 딱이야. 김도환 본부장도……."

그의 눈에 도환과 예솔이 들어오는 게 보였다. 아는 체를 하려고 했는데 예솔의 옆에 하은이 있었고 그 뒤에 훤칠하게 생긴 남자가 있었다.

"김 본부장님이……."

"모른 체해."

"네?"

홀에서 먹으면 어쩌나라는 생각이 들었는데 마침 그들은 룸으로 안내가 되었다.

"가서 인사라도……."

"손님들하고 온 것 같은데 그냥 둬."

"네."

그의 눈에 하은이 빠르게 스캔이 되었다. 차분한 치마정장에 깔끔하게 올린 머리를 하고 남자가 안내하는 곳으로 웃으며 들어가는 하은이었다. 그녀에겐 이제 그가 존재하지 않는 것 같았다.

"빨리도 잊는군."

"네?"

"아니야."

그다음부터 그는 거의 말없이 술만 마시다가 양꼬치 집을 나왔다. 집으로 돌아와서도 잠을 쉽게 이룰 수가 없었다. 그는 다음날 출근하자마자 도환을 찾아갔다.

"모닝커피?"

"난 에스프레소."

"난 이거 쓰던데."

도환과 친구들은 커피 마니아로 비서에게 시키지 않고 직접 커피를 내려 마셨다.

"아무리 커피가 좋아도 이건 좀 써."

도환이 그에게 에스프레소 잔을 내밀었다.

"뭐야?"

"뭐가?"

"아침부터 득달같이 온 이유?"

"나 어제 양꼬치 집에 갔었다."

"그래? 나도 갔었는데 예솔 씨랑. 우리는 음식도 잘 맞아. 예솔 씨도 양꼬치를 좋아하더라고."

도환은 진짜 아무렇지 않게 말하고 있었다.

"어제 너 들어오는 거 봤어."

"……."

"누구야?"

"하은 씨 소개시켜 주려고 만든 자리였어. 덕분에 난 양꼬치도 먹고."

"어떻게 그래?"

"뭐가? 너희 둘은 헤어졌고 하은 씨가 너무 외로워하는 것 같아서 내가 후배 놈 소개시켜 줬다. 잘못된 건 아니지 않아?"

"그래도 하지 말았어야 했어."

미노가 화를 억누르며 말했다.

"아니, 그럴 이유 없어. 어제 보니 둘이 잘 어울리더라. 그렇게 싫었으면 어제 말렸어야지."

그건 도환이의 말이 맞았다.

"네 말도 맞지만 일부러 소개팅까지 주선할 필요는 없었어. 네가 내 친구라면."

"너 아직 하은 씨 마음에 두고 있어?"

"아니."

그는 단호하게 말을 하고는 도환의 사무실에서 나왔다.

"친구도 아니야."

너무나 열이 받은 미노는 자신의 사무실로 향했다. 그리고 그날 저녁에 태민의 전화를 받은 미노는 태민과 술 약속을 잡았다. 태민은 어제 술을 못 마신 게 마음에 걸린 모양이었다.

"집에서 마실까?"

[아니, 우리 변호사 사무실 앞에서 보자. 사건이 하나 있어서 그거 처리하고. 거기까지 못 움직여.]

"알았어. 내가 서초동으로 갈게."

[응.]

퇴근 후에 미노는 태민의 사무실이 있는 검찰청 앞으로 갔다. 그리고 태민이 말한 고급 바에 들어섰다. 이곳은 검찰청 근처라서 그런지 바의 분위기도 상당히 무거웠다. 그리고 그는 바에 앉아서 바텐더가 주는 위스키를 마시며 태민을 기다렸다.

"미노야."

10분쯤 후에 태민이 도착해서 그의 옆자리에 앉았다.

"오래 기다렸지?"

"아니, 10분쯤?"

"나도 같은 걸로."

태민이 웨이터에게 위스키를 시켰다.

"밥을 먹을 걸 그랬나?"

"아니, 밥 생각도 없다."

"왜?"

"그게……."

"잠깐만. 여보세요?"

태민이 어디론가 전화를 하고 있었다.

"하랑아, 집에 들어갔어?"

하은이 동생 하랑이와 사귀는 태민이었다. 완전 영계를 물어서 요즘 깨를 볶고 있는 중이었다.

"언니가 아직 집에 안 들어왔어? 왜?"

하은의 이야기에 미노는 자신도 모르게 귀를 쫑긋 세웠다.

"잘돼가는 모양이네. 알았어. 오늘은 보고 싶어도 참고 잘 자."

잘되어가는 모양이라니, 어제 그놈과 잘된다는 이야기인 것 같았다.

"어제는 왜 술 마시자고 했어? 무슨 일 있는 건 아니지?"

"응."

"아버지가 전화 오셨더라."

"우리 아버지?"

"응, 너 장가보내야 한다고 난리셔."

"안 그래도 토요일부터 스케줄 잡혀 있다."

"진짜 선볼 거야?"

"어떡해 그럼. 가정의 평화를 위해 이 한 몸 희생해야지."

미노는 위스키를 단번에 털어 넣고는 웨이터에게 한 잔 더 달라고 했다.

"빈속인데 이렇게 마셔도 돼?"

"괜찮아."

"속상하기는 한가 보네."

"아니야, 아버지 입장에서는 당연히 하실 수 있는 말이니까."

미노는 끊임없이 술을 부어 넣었다. 자신이 왜 이렇게 술을 마시는지 자신도 알 수가 없었다. 참고는 있지만 자꾸 하은에 대한 이야기가 들리는 게 싫었다.

그리고 며칠 잠잠하더니 어제저녁에 태민과 도환이 예솔의 생일에 대한 이야기를 하더니 오늘은 하루 종일 아침부터 중계방송을 시작했다.

자신들의 연애사를 이야기하지 않는 녀석들인데 도환은 그의 사무실에 일부러 찾아와서는 오늘 예솔의 생일 파티를 서프라이즈하게 해준다고 말을 하며 예솔이 섹시한 분위기를 좋아해서 하랑과 하은이 아주 야한 생일 파티를 준비한다는 이야기를 묻지도 않았는데 떠벌였고, 태민은 오후에 일찍 퇴근해서는 자신과 같이 예솔의 생일 선물을 사러 가자며 성인용품 가게에서 바이브레이

터와 초콜릿 맛이 나는 콘돔을 샀다. 물론 자신의 것도 사고 말이다.

거기다가 하랑과 통화를 하며 실시간으로 무슨 일을 벌이고 있는지 말하는 통에 미노는 아주 뚜껑이 열리다 못해서 날아가 버렸다. 그래서 클럽으로 쫓아왔고 온통 남자들에게 둘러싸여 있는 하은을 끌고 나온 것이었다.

그의 옆에 씩씩거리며 앉아 있는 하은을 미노는 힐끔거렸다.

"옷은 언제나 그렇게 입고 다녀?"

"아닌 거 알잖아요."

"그럼 지금은?"

"놀 때는 화끈하게 놀아야죠."

"하!"

"그리고 지금은 도미노 씨가 상관할 일이 아니에요."

"상관있어."

미노는 이 여자를 어쩌나 하는 생각이 들었다.

"늑대 같은 놈들이 그렇게 달려드는 게 좋아?"

"인기가 없는 것보단 나아요."

"그래서 지난번 같은 일이 생겼고?"

"그건 운이 없었던 거죠. 누가 그런 변태 같은 자식이 있는 줄 알았나요?"

"옷을 그렇게……."

"옷은 단정히 입어도 재수가 없으면 그런 놈 만나는 거예요. 왜 그렇게 보수적이에요?"

"……."

하은은 그에게 밀리지 않게 말을 조곤조곤 받아치고 있었다. 지금은 그가 이성적인 상태가 아니어서 그녀의 말발을 당할 수가 없었다.

"왜 말을 안 해요?"

"오늘은 내가 무조건 지니까."

그가 한참을 말을 하지 않자 그녀가 물었다.

"왜요?"

"내가 이성적인 생각을 할 수가 없어."

"이해가 안 가네요. 우리 진짜 어디로 가는 거예요?"

하은이 짜증이 섞인 투로 물었다.

"별장."

"별장이라뇨?"

"가족들이 휴가 때마다 묵는 곳이 있어."

"거기가 어디예요?"

"강릉."

"너무 멀어요."

"내일 쉬잖아."

그가 차의 속도를 높이자 그녀도 더 이상 말을 하지 않았다. 지금 그는 아무런 생각이 없었다. 요즘처럼 하은을 미치게 원한 적이 없었다. 여자 때문에 매일 밤 찬물로 샤워를 하는 일을 그가 할 줄은 몰랐었다.

"강릉은 이야기하러 가기엔 너무 멀어요. 차 돌려요."

"아니, 우리는 아주 많은 대화를 나눌 거야."

"도미노 씨, 이렇게 고집쟁이였어요?"

"입 다물어."

"뭐라고요?"

진짜로 하은이 화가 났다.

"안 그러면 덮칠지도 몰라."

"……."

그의 솔직한 마음은 차를 길가에 세우고라도 그녀를 안고 싶었다. 미쳤다고 생각할지 모르겠지만 지금 그는 진짜 참을 수 없는 끝없는 욕망을 느끼고 있었다.

"도미노 씨, 이건 아니에요."

"아니, 이제 그만 자극했으면 해."

"제가 뭘요?"

"하은을 다시 보면서부터 미칠 것 같았어."

봉긋한 가슴이 음악 소리에 맞춰 출렁이고 그 주위로 수많은 늑대들이 그녀에게 침을 흘리는 걸 그의 눈으로 확인하고부터 그의 페니스는 단단해지고 있었다. 그리고 그녀를 차에 태우는 순간 그는 또 한 번의 강한 자극을 받았다.

그녀의 향기가 차 안을 가득 메웠기 때문이었다. 안전벨트에 눌린 그녀의 가슴과 훤히 드러나 있는 미끈한 다리 또한 그를 흥분시키기에 충분했다.

태어나서 여자와 싸워본 적이 없었다. 싸울 일도 없었지만 두 번 이상 여자와 만나지 않았다. 오래 만난 여자는 강하은뿐이었다. 또 보고 싶은 마음이 드는 유일한 여자였다. 거기다 여자한테 맞은 것도 강하은이 처음이었다.

그리고 강하은도 그가 처음이었다. 그에게 순결을 준 여자였다. 여러모로 그를 힘들게 만드는 여자였다.

"진짜 강원도에 갈 거예요?"

"……"

그녀는 핸드폰을 들어 부모님께 전화를 드렸다. 예솔이 생일을 핑계로 오늘은 밤새 논다는 말이었고 핸드폰 너머로 엄마의 고성이 들리고 있었다. 온갖 욕이 난무하고 있었지만 결국 허락해 주었다.

"거짓말도 잘하는군."

"죽는 것보단 나으니까요."

그리고 하랑에게 문자를 보내는 것 같았다. 입은 맞추어야 하니까 말이다.

"그래요, 우리 밤새 얘기란 걸 한번 해보죠."

하은이 화를 내며 눈을 감아버렸다. 그리고 별장에 도착할 때까지 한마디도 하지 않았다.

10. 탐닉하다

강릉의 바닷가 쪽에 한적하게 자리 잡은 별장은 철저하게 프라이버시를 지킬 수 있는 곳이었다. 본관과 별관 그리고 수영장에 미니골프장까지 갖춘 작은 리조트였다. 아버지는 가끔 이곳에서 손님들을 접대하시곤 했다.

깜깜한 밤이라서 그런지 더 넓게 느껴졌다. 차를 세우자 관리원이 놀라서 달려와 그들을 별장으로 안내했다.

"하루만 묵을 거예요. 다른 건 필요 없고 아침 식사만 준비해 주세요."

"네, 도련님."

그리고는 하은을 힐끔 쳐다보았다. 그의 코트를 입혔기에 망정이지 그녀의 끝내주는 몸매를 다른 남자가 본다는 생각을 하자 미노는 욱한 마음이 들었다.

디리릭!

문이 열리고 컴컴한 내부가 보이자 하은이 그의 팔을 잡았다. 무서웠던 모양이었다. 관리원이 불을 켜고 쌀쌀한 날씨에 보일러까지 올렸다.

"오신다고 말씀하셨으면 미리 온도를 올려놓았을 텐데요."

"괜찮습니다."

나이가 육십이 넘은 관리원에게 미노는 괜찮다는 말을 했지만 그는 어쩔 줄을 몰라 했다.

"제가 다녀갔다는 말은 하지 말아주십시오. 오늘 절 찾느라 정신이 없으실 겁니다."

"네."

"왜 어른들이 찾으세요?"

"오늘 선보기로 했는데 안 갔거든."

"……."

하은의 얼굴이 굳어버렸다.

윙—

때마침 아버지로부터 전화가 왔다. 더 이상 전화를 안 받았다가는 호적에서 파내 내쳐질 지경이었다.

"여보세요?"

[야!]

귀청이 떨어져 나갈 것 같았다.

"네, 듣고 있어요."

[오늘 그 자리가 어떤 자린데 안 나가, 안 나가길…….]

옆에서 어머니의 목소리가 들렸다. 어머니도 화가 단단히 나신 모양이었다.

[김 회장에게 네가 아파서 그런 거라고 내가 얼마나 미안하다고 사과한 줄 알아?]

"죄송합니다."

[죄송하다면 다야? 어디야?]

"잠깐 일이 있어서……."

[무슨 일? 지금 이 일보다 더 바쁜 일 있어?]

아버지는 거의 소리를 지르는 수준으로 크게 말을 하고 계셨다.

"제가 내일 집에 가서 말씀드릴게요."

[거기다가 외박까지. 야, 이 미친놈아.]

아버지가 아주 흥분 상태셨다.

"제가 내일 결혼할 여자 데리고 가면 됩니까?"

미노는 아버지에게 그렇게 말을 했지만 아버진 그가 자신을 놀리고 있다고 생각하신 모양이었다.

[지금 그게 말이야 막걸리야. 어? 하루 사이에 없던 여자가 나타나?]

"아버지, 농담이 아니라 진담이에요. 진짜 내일 데리고 갈 겁니다."

[너 내일 결혼할 여자든 뭐든 안 데리고 오면 그땐 죽을 줄 알아. 알았어?]

"네."

전화를 끊고 옆에 서 있는 하은을 본 그는 위험을 느꼈다.

"여자가 있어요? 여자가?"

그가 고개를 끄덕였다.

"그런데 날 여기 데리고 온 거고? 왜요? 자랑하려고요? 이건 아니지 않아요?"

하은은 다른 여자를 생각하고 있는 모양이었다. 어떻게 이 상황에서 다른 여자를 생각할 수 있는지 참 신기한 노릇이었다.

"다 잊었는데 왜 이렇게 사람이 못되게 굴어요. 내가 거기 찼다고 복수하는 거예요?"

"책임은 져야지."

"뭘 책임져요? 아무 이상도 없이 아주 튼실하더만."

"뭐가?"

"그거요!"

하은이 손가락으로 그의 남성을 가리키고 있었다. 웃기는 상황이었지만 지금 하은은 울고 있었다.

"그렇게 울면 판다 돼."

"상관 말아요."

그가 그녀에게 휴지를 건넸다.

"됐어요. 욕실이나 알려줘요."

"왜?"

"화장 좀 지우고 택시 부르려고요."

"요금이 많이 나올 텐데?"

"상관 마요."

그가 손으로 욕실을 가리켰다. 하은은 그가 가리키는 곳으로 갔다. 아무런 의심도 없이 말이다. 하은이 욕실로 들어가고 그는 욕실 밖에서 하은을 기다렸다. 그리고 아주 음흉한 미소를 짓고는 욕실 안으로 들어섰다.

"어머, 뭐 하는 거예요?"

그가 갑자기 그녀의 앞에 섰다.

"내가 결혼할 여자 앞에 서 있는 게 문젠가?"

"누가 누구하고 결혼을 해요?"

"내가 하은이랑."

"……."

"내가 말한 사람은 하은이야."

"누구 맘대로."

하은이 갑자기 울음을 멈추더니 그에게 말했다. 얼굴 전체에 화장은 깨끗이 지운 상태였다. 손님용으로 준비한 폼 클렌징을 이용한 모양이었다.

"하은이는 맨얼굴이 예뻐."

"진짜 사람 정신 못 차리게 뭐 하는 거예요?"

"정신은 지금 내가 못 차리고 있어."

그가 하은에게 한 발짝 다가섰다.

"도미노 씨!"

"지금 난 도미노처럼 쓰러지고 있는지도 모르겠군. 마지막을 향해 멈출 수도 없이 말이야."

자신이 무슨 말을 하는지도 몰랐다.

"그래, 질문 하나 하지."

"뭐요?"

"도환이 후배는 잘 만났나?"

"아, 김우진 씨요?"

이름을 들으니 더 열이 받았다. 그가 하은의 앞을 가로막자 하은은 세면대와 그 사이에 꼼짝 없이 갇혔다.

"이런 자세를 좋아하시나 봐요?"

"말 돌리지 마. 김우진이랑은 지금도 만나고 있어?"

"상관할 일이 아니에요."

"아니, 상관할 일이야."

"김우진 씨하고는 그날 밥 먹은 것밖에 없어요. 도환 씨가 갑자기 데리고 와서 저도 당황했지만 밥 먹은 게 다예요."

도환이에게 완벽하게 낚인 기분이 들었다. 아니, 태민도 이 일에 일조를 한 것 같았다.

"왜 김우진 씨 이야기를 묻죠?"

"……."

"설마 내가 김우진 씨하고 만난다고 생각한 거예요? 미쳤어요? 결혼 얘기까지 오간 사람하고 헤어진 지 한 달도 되지 않은 상황에서 다른 남자를 만나고 다닌다고 생각한 거예요?"

"응."

"왜요?"

"지금 하은이 하고 있는 걸 보면 그래."

"뭐예요?"

하은이 그의 정강이를 차려고 했지만 이번에는 미노의 동작이 빨랐다. 하은의 다리를 피하자마자 그녀의 허리를 안아서 세면대 위로 들어 올려 앉혔다. 그리고는 다리 사이로 들어가 더 이상 그의 남성을 차는 일이 없도록 했다.

"아주 못된 버릇을 가지고 있어."

"못된 버릇이 아니라 무조건반사라고 하죠."

"난 이걸 무조건반사라고 하지."

그가 그녀의 목을 잡고는 입술을 삼켰다. 그녀가 목을 틀며 입술을 빼려고 했지만 그의 힘에는 당해내지 못하고 있었다.

"오늘은 폭력 그만 쓰지."

"……."

그녀는 말을 하지 못했다. 그가 그녀의 입술을 다시 삼켰기 때문이었다. 갈증의 끝에서 오아시스를 만난 기분이었다. 그녀를 이토록 원하는 자신이 이해가 가지 않았지만 이렇게 키스만으로도 그는 미칠 것 같았다. 그녀의 입안에 그의 혀가 들어가 온통 헤집어놓고 있었다. 그녀의 입안을, 아니, 그녀의 모든 것을 빨아들이고 싶은 심정이었다.

"으음, 미칠 것 같아."

그의 페니스는 벌써 부풀어 있었고 그의 심장은 미친 듯이 거칠게 뛰고 있었다.

쫙!

"어머!"

참을 수가 없는 미노는 하은의 탑을 찢어버렸다. 그리고 위험스레 브래지어에 감싸인 가슴을 자유롭게 해방시켜 주었다. 그의 눈앞에서 출렁이는 가슴을 그는 거칠게 입술로 머금었다.

"으으음."

하은의 입에서 신음 소리가 나왔다. 그는 하은의 가슴을 양손으로 감싸 모아 쥐고는 유두를 세차게 빨기 시작했다.

"아흐."

역시 이번에도 하은의 신음 소리가 들리기 시작했다. 미노는 하은의 신음 소리에 더욱더 흥분을 했다. 그녀의 유두가 단단히 서서 그를 유혹하고 있었다. 그녀의 몸은 모든 게 그를 달아오르게 만들었다.

"하은아."

그는 저도 모르게 그녀의 이름을 불렀다. 미치게 부드러운 그녀의 가슴을 여전히 주무르는 채로 말이다. 그녀의 유두를 힘 있게 빨자 하은의 허리가 활처럼 휘었다. 그는 하은의 유두를 빨면서 손은 그녀의 치마 속으로 넣었다.

쫘악!

이번에도 그녀의 레이스 팬티는 그의 손에 의해 사라져 버렸다. 그녀의 까칠한 검은 숲이 그의 손안에 꽉 찼다. 다리를 본능적으로 오므리는 그녀의 다리를 벌리고 그는 자신의 손가락을 안으로 밀어 넣었다.

그의 손가락은 그녀의 질 안을 휘젓고 그의 혀는 그녀의 입안을 휘젓고 있었다. 그동안 어떻게 참을 수 있었나 하는 생각이 들 정도였다.

그는 마지막 남은 하은의 치마를 벗기고는 하은을 안아 들었다.

"더 이상은 참기 힘들어."

하은을 안아 든 그는 침실로 향했다. 욕실 옆에 붙어 있는 침실은 2층의 그의 침실이 아닌 게스트 룸이었다. 하지만 지금은 너무 급한 상황이었다.

쾅!

그는 발로 방문을 열고는 침대 위에 그녀를 던지듯이 올려놓았다. 그리고 자신의 옷을 빛의 속도로 벗기 시작했다. 하은은 그런 그를 멍하게 바라볼 뿐 말은 하지 않았다. 그가 침대 위에 오르자 매트가 그의 무게로 인해 내려앉았다. 하은은 침대 시트로 몸을 가리려 했다.

"이미 늦었어."

그는 이렇게 말을 하며 그녀의 몸에서 시트를 치웠다.

"정말 아름다워."

여자에게 이런 찬사를 보낸 건 처음이었지만 지금 하은은 눈이 부실 만큼 아름다웠다. 불이 꺼진 침실은 달빛이 유일한 빛이었지만 그녀의 눈부신 피부를 어둠조차 가리지 못하고 있었다.

"그리웠어."

그건 그의 진심이었다. 섹스가 그리웠는지 그녀가 그리웠다는 건지 조금 애매하게 들릴 수 있었지만 그리웠다는 게 그의 솔직한 마음이었다.

더 이상은 애무만으로 만족할 수 없는 상태에 이른 미노였다. 그녀의 다리를 벌리고 무릎을 세운 후에 그는 자신의 터질 것 같은 페니스를 그녀의 촉촉하게 젖은 질 안으로 밀어 넣었다.

"아악!"

여전히 그녀의 질은 타이트해서 들어가기가 너무나 힘이 들었다. 하지만 지금 그는 기분이 좋았다. 그녀도 그동안 다른 남자는 없었던 게 분명했다.

"으윽."

그의 입에서도 신음 소리가 터져 나왔다. 그녀의 타이트한 질이 그의 페니스를 조이고 있었다. 너무 좋았다. 미칠 것 같다는 표현으로는 모자란 환상적인 느낌이었다. 다른 여자에게선 한 번도 느끼지 못한 알 수 없는 만족감이었다.

퍽퍽퍽!

그의 엉덩이에 힘이 들어가자 그의 움직임이 더 강해졌다. 그의 거대한 페니스가 그녀의 좁디좁은 구멍 안으로 들어가기 위해선 그도 모든 힘을 쏟아부어야만 했다. 진짜 사람을 미치게 만드는 그녀의 질이었다.

부드럽지만 굉장한 힘을 가져서 그의 힘이 뚫고 들어가기가 버거운 곳이었다. 하지만 한번 들어가면 사람을 아주 미치게 만드는 요물이었다.

"아파요."

"나도 미치겠어."

"아아아앙."

"헉헉."

그도 호흡이 점점 더 거칠어지고 있었다. 격한 쾌락을 느끼려면 이 정도의 고통은 따르기 마련이었다.

"하은아."

그의 잇 사이로 그녀의 이름이 흘러나왔다.

"아, 미노 씨."

그녀가 섹스를 하면서 처음으로 그의 이름을 불렀다. 그의 이름을 부르며 그녀는 고통을 참기 위해 그의 등에 손가락을 세우고 있었다.

"아흐."

그가 움직일수록 그녀의 신음 소리가 달라지고 있었다. 처음에는 고통이 느껴졌다면 지금은 그녀도 쾌감을 느끼는 신음 소리였다. 그녀가 허리를 움직이며 그를 더 깊게 받아들이고 있었다. 그런 그녀를 보니 그의 흥분지수도 높아졌다.

미노는 하은의 허리를 잡고는 더 격하게 움직이기 시작했다. 그의 온몸이 감각들이 풀가동되는 순간이었다.

"아아흐."

그의 이마에 송골송골 맺힌 땀에 답을 하듯이 하은이 연이어 환희에 찬 신음 소리를 내뱉고 있었다. 하은이 그의 가슴에 손을 댔다. 그리고 욕망으로 인해 풀린 눈으로 그를 보았다. 그 모습이 어찌나 자극적인지 그의 페니스가 그녀 안에서 움찔거리고 있었다.

"못 참겠어."

미노는 이렇게 말을 하며 마지막을 향해 격하게 움직였다. 그의 허리가 그녀의 위에서 요동치고 있었다.

"하은아."

"아아아앙."

그와 그녀의 신음 소리가 동시에 터지며 그녀의 배 위로 그의 분신들이 쏟아지기 시작했다. 이렇게 며칠을 보내면 심장 마비로 죽을 것만 같았다. 그는 몸을 일으켜 그녀의 배 위의 분신들을 닦아내고 다시 그녀의 옆에 누웠다.

하은의 머리에 팔베개를 한 채 그는 침대에 누워 천장을 바라보았다.

"꿈만 같아."

"뭐가요?"

하은의 목소리가 아직 잠겨 있었다.

"이렇게 같이 있다는 거."

"어떻게 올 생각을 했어요?"

"질투에 눈이 멀었거든."

"김우진 씨 일을 오해한 거예요?"

녀석들이 그를 오해하게 만들었다. 아니, 그래 줘서 고마운 마음이 지금은 들었다. 며칠 있다가 술이라도 사야 할 것 같았다.

"지금도 그래요?"

"뭐가?"

"김우진 씨요."

"자꾸 그 인간 이름 말하지 마. 이 시간 이후로 하은이는 남자 이름은 도미노만 불러."

"그럼 미우는요."

"걔는 남자가 아니라 학생이고."

"아."

이렇게 편하게 이야기할 줄은 몰랐다. 그는 자신도 모르게 한 손으로 하은의 가슴을 만지고 있었다.

"아파요."

"어디가?"

그가 몸을 옆으로 돌려 하은을 바라보았다.

"아까 미노 씨가 너무 유두를 빨아서⋯⋯."

하은은 뒷말을 흐렸다. 아마도 부끄러운 모양이었다. 그가 다시 그녀의 유두를 혀로 핥기 시작했다.

"하지 마요."

"이러면 괜찮아질 거야."

"거짓말."

그는 열심히 그녀의 유두를 핥아주었다. 그러는 사이에 그의 남성이 단단해지기 시작했다.

"큰일이군."

"아흐, 뭐가요?"

"녀석이 다시 하은을 가지라고 조르고 있어."

하은은 시트로 몸을 가리려고 했다.

"힘들어?"

"그건 아니지만⋯⋯."

"그럼 됐어."

그녀의 허락과도 같은 말에 그는 다시금 짐승이 되어버렸다. 그녀를 침대에 누이고는 다시 한 번 온몸에 키스하기 시작했다.

"그동안은 어떻게 참았는지 내 자신이 신기할 지경이야."

그녀의 입에 키스를 하며 손은 그녀의 여성을 감싸 안았다.

"아주 부드러워."

"진짜 너무 밝히는 거 아니에요?"

"이건 다 하은이 때문이야."

"아니에요. 원래 섹스를 아주 좋아하는 것 같아요. 나야 모를 문제지만."

"선생님이 그렇게 부정적이면 안 되지. 벌을 받아야겠어."

그가 하은의 다리를 벌리고 그녀의 여성이 드러나게 만들었다.

"뭐 하려고요?"

"다 먹어 치우려고."

"어떻게 그런 말을 해요?"

"이젠 말로 안 해."

그리고는 그녀의 붉게 상기가 되어 있는 핑크빛 여성을 입안에 가득 물었다.

"아아아, 이상해요. 하지 마요."

"츠읍츠읍."

그는 그녀의 항의에도 불구하고 미친 듯이 그녀의 여성을 빨기 시작했다. 이렇게 음란한 행위가 그를 흥분하게 만들었다. 한 번도 상대 여자의 여성을 빨아준 적이 없는 그였다. 하지만 이상하게 그는 하은에게만은 쾌락을 선물해 주고 싶었다.

그래서 달뜬 그녀가 그를 흥분시키길 바라면서 말이다. 그녀의 질에서 애액이 흘러넘치고 있었다. 민감한 몸을 가진 하은이었다.

그만이 이 몸을 누리고 있었다. 아무도 그녀의 이런 모습을 보지 못했고 앞으로도 보지 못할 것이다.

그녀는 자신만의 것이었다.

"아아앙, 그만해요."

허리를 흔들어대면서도 그녀는 마음과는 반대로 이야기를 하고 있었다. 충분히 그녀의 몸을 핥아준 그는 다시 한 번 자신의 페니스를 그녀의 질 안에 넣었다.

"아아아앙."

이전과는 달리 그녀도 고통스러워하는 게 줄어들었다. 그녀와 살이 닿자 그는 더욱더 달아올랐다. 그의 허리짓은 더욱더 격해지고 있었고 그의 아래에 있던 하은은 쾌락에 들떠 그의 목에 팔을 감고 더욱더 매달렸다.

퍽퍽퍽!

그들의 야릇한 소리가 방 안을 요란스럽게 울리고 있었다. 미노는 마지막으로 격하게 허리를 움직였고 다시 한 번 그녀의 배 위에 그의 분신들을 뿌렸다.

"아아아윽."

그는 신음을 내뱉으며 쾌감의 절정을 맛보았다. 그는 거의 기절을 한 하은을 욕실로 안고 가서는 별장에서 가장 호화로운 욕조에 내려놓았다.

"금이에요?"

"진짜는 아니고."

"진짜 같아요."

그가 하은의 반응에 웃으며 따뜻한 물을 욕조에 받기 시작했다. 그리고 그녀의 뒤로 들어와서 그녀를 뒤에서 안았다.

"아주 멋진 시간이었어."

"저도요."

그녀의 가슴을 손으로 감싸며 부드럽게 어루만졌다. 그녀의 가슴은 강한 중독성을 가지고 있었다. 한번 만지면 손을 놓을 수가 없었다.

"미안했어."

"뭐가요?"

"내 생각만 했던 것 같아."

그가 한숨을 쉬었지만 여전히 그의 손에는 그녀의 가슴이 있었다.

"처음부터 혼자서 고민하지 말았어야 했어. 나도 결혼은 처음이라서 말이야."

"결혼을 어떻게 생각해요?"

그가 생각했던 결혼관을 그녀에게 말할 수가 없었다. 그걸 말하는 순간 그녀가 뛰쳐나갈 게 불 보듯 뻔했기 때문이었다.

"내가 생각하는 결혼은 아이들이 있고 집에 들어가면 부인이 있는 그냥 그런 평범함이 있는 게 결혼이라고 생각해."

"저도요. 미노 씨에 대해서 제가 잘못 생각했나 봐요."

그녀가 미소를 지었다.

사실 그가 원하는 결혼은 돈을 벌어다 주면 그저 아이들이나 키우고 자신이 하고 싶은 취미생활이나 하며 그가 일을 하든 뭘 하든 신경을 쓰지 않는 그런 각자의 삶을 사는 게 결혼이라고 생각했다.

왜냐면 그는 가정보다는 일이 좋았고 가정은 그가 도하건설을 이끌어 나가기 위한 하나의 장식 같은 것이었다. 아버지와 어머니가 바라는 것이기도 하고 말이다.

하지만 지금은 생각이 달라졌다. 아버지의 성화에 못 이겨 하는 결혼이라기보다는 하은과 살면 꽤 즐거울 것 같다는 생각이 들었다. 어쩌면 아버지나 어머니처럼 따뜻한 가정을 이룰 수 있겠다는 생각이 들었기 때문이었다.

"남자, 여자가 결혼하는 데는 사랑이 필요하다고 생각했어요. 평생을 사는데 사랑하지 않으면 좀 힘들지 않겠어요?"

"그렇군."

그는 더 이상의 말은 하지 않았다. 아직 사랑에 대해선 잘 모르는 그였다. 굳이 그런 말까지 하며 그녀를 속이고 싶지는 않았다.

그가 사랑을 깨닫기엔 그의 뇌구조는 지극히 이성적이었다.

그는 하은의 정수리에 입을 맞추었다. 하지만 그가 단언할 수 있는 건 진짜로 기가 막히게도 하은과의 섹스는 최고라는 것이었다. 그의 남성이 또 부풀기 시작했다. 아마도 이놈이 진짜 제정신이 아닌 것 같았다.

쏟아지는 햇볕과 시끄러운 핸드폰 벨소리가 그녀를 미친 듯이 깨우고 있었다.

"1분만⋯⋯."

매일 아침 그녀에게 필요한 시간은 3분이었다. 1분만을 세 번 말하고서야 일어났기 때문이었다.

Rrrrrrrr —

"1분만⋯⋯."

"더 자."

하지만 오늘 아침은 엄마의 등짝 스매싱 대신에 이상하리만치 섹시한 목소리가 그녀의 정신을 번쩍 들게 만들었다. 그랬다. 이곳은 그녀의 방이 아니었다. 어제 3번의 섹스로 인해 그녀는 거의 기절하듯 잠을 이루었다.

그녀의 아침을 깨우고 있는 쓸데없이 섹시한 목소리의 남자는 도미노였다. 목소리만 쓸데없는 게 아니라 그의 정력은 진짜 쓸데없이 강했다. 아주 사람 죽일 체력의 소유자이자 섹스머신이었다.

하은은 자신이 밤새 그의 품에 안겨 잤다는 게 신기했다. 어제까지는 분명히 끝난 사이였는데 어젯밤에 극적인 반전을 이룬 것이었다.

"좀 더 자."

"지금 8시예요."

"우린 어제 새벽에 잠이 들었고 오늘은 일요일이야."

"서울에 올라가야죠."

"1시간만 더 자고."

"피곤하면 운전은 내가 할게요."

그가 그녀의 가슴을 꽉 잡았다.

"어머."

"조금만 더."

그가 뒤에서 그녀를 안고 있었고 그의 손은 그녀의 가슴을 감싸고 있었다. 처음이었다. 이렇게 야한 아침을 맞이한 게 말이다. 그리고 무엇보다 지금 아주 곤란한 건 그의 페니스가 그녀의 엉덩이를 찌르고 있다는 것이었다.

"자꾸 그렇게 움직이면 아침에도 뜨거운 섹스를 해야 할지도 몰라."

그녀가 순간적으로 몸을 경직시켰다.

"하하하, 그렇게 섹스가 싫은가?"

"……."

하여튼 그녀를 곤란하게 하는 데는 선수인 사람이었다. 그리고 그는 언제 그랬냐는 듯이 금방 잠이 들어버렸다. 그의 규칙적인 숨소리가 그녀의 등 뒤에서 그대로 느껴지고 있었다. 어젯밤 그들의 격정적인 섹스로 인해 많이 피곤한 것 같았다. 하은도 자꾸만 잠이 쏟아지고 있었다.

윙—

핸드폰의 진동 소리가 요란하게 울리고 있었다. 깜박 잠이 든 것이 시간이 오래된 모양이었다. 그녀의 등 뒤에 있어야 할 사람이 보이지 않았다. 하은은 얼른 자신의 핸드폰을 받았다. 하랑이었다.

"여보세요."

[언니, 어디야?]

"강원도."

[뭐?]

"그렇게 됐다. 엄마, 아빠는 뭐라셔?"

[예솔이 언니네 있는 줄 아셔. 예솔이 언니한테 고맙다고 해. 아침에 엄마가 전화를 걸어서 예솔이 언니가 둘러댔으니까.]

"알았어."

303

[도미노 씨랑 있어?]

"응."

[내일 출근하는데 빨리 와. 그리고 옷은 어떻게 할 거야?]

"가다가 사 입어야 해."

[왜? 도미노 씨가 야성적으로 찢기라도 했어?]

"……."

눈치가 아주 빠른 녀석이었다.

[대박! 도미노 씨가 아주 멋있어 보이기 시작하는데?]

"쓸데없는 소리 말고 엄마한테 들키지 않게 잘해."

[알았어.]

전화를 끊고 나자 샤워를 마친 미노가 실오라기 하나 걸치지 않은 채로 그녀 앞에 서 있었다.

"뭘 들키지 말라는 거야?"

"엄마한테 말 잘하라고요. 우리도 얼른 가요."

"갈 땐 가더라도 밥이나 먹고 가자고. 일단은 씻고 나와."

그의 말에 하은이 시트로 몸을 감고는 일어났다.

"다 봤는데 뭐."

"난 남자가 아니거든요."

하은이 샤워를 하고 나오자 그가 침실로 아침식사를 가져왔다.

"이거 다 준비한 거예요?"

"아주머니가."

"아, 그럼 그렇지. 이렇게 진수성찬을 미노 씨가 할 리가 없죠."

침대 옆에 있는 작은 테이블에 그가 음식 쟁반을 놓았다. 크림 수프와 토스트 그리고 커피가 있었다.

"진짜 맛있겠다."

"많이 먹어. 바로 출발해야 하니까."

체력 소모가 심했는지 하은은 게 눈 감추듯이 빨리 음식을 해치웠다.

"옷은 어떻게 하죠?"

목욕 가운을 걸친 채로 그녀가 그에게 물었다.

"어머니의 옷방이 있으니까 거기서 골라 입어."

"나중에 돌려 드릴게요."

"무슨 옷이 사라진지도 모르실 거야."

이침식사를 마치고 그와 함께 어머니의 드레스 룸으로 향했다. 별장이라서 옷이 몇 벌 없을 줄 알았는데 큰 드레스 룸 안에 옷이며 신발 가방까지 가득했다. 그녀는 편하게 입을 수 있는 골프웨어를 골랐다.

옷을 다 입고 나가려는데 그가 드레스 룸으로 들어왔다.

"예쁘군."

"어머니의 옷은 돌려 드릴게요. 지금 입고 있는 이 옷은 제 한 달 월급보다 비싼 옷이에요."

"옷에 대해 많이 아는군."

"아뇨, 아무것도 모르는 내가 알 정도니 이 옷이 그만큼 유명한 거죠."

"어쨌든 너무 잘 어울려."

그가 이렇게 말하고 그녀를 자신의 품 안에 가두었다.

"주말에 우리 집에 먼저 인사드리고 다음엔 진짜 정식으로 인사드리러 갈게."

"알았어요."

그가 그녀의 정수리에 입을 맞추고 서울로 올라갈 차비를 했다. 하은은 이상하게 그의 말에 마음이 놓였다. 예전에 갑자기 한 프러포즈보다도 더 믿음이 갔다. 그들은 바로 서울로 향했다. 앞으로의 꿈을 안고 말이다.

11. 사랑하는 당신

미노와 강릉 별장에 다녀온 지 일주일이 되는 토요일 저녁이었다. 오늘 저녁에 하은은 미노의 집에 갈 예정이었다. 엊그제 그가 갑자기 그녀에게 통보를 했기 때문이었다.

"사람이 아주 못됐어. 언제나 앞뒤 자르고 몸통만 말하니 사람이 알아들을 수가 있어야지."

"왜?"

"이건 집에 인사를 정식으로 드리는 건지 아니면 가볍게 만나는 건지 도통 알 수가 없으니까."

예솔과 그녀는 지금 서울백화점에 와 있었다. 아침부터 마음이 분주했다. 초대를 받았으니 빈손으로 갈 수도 없고 그렇다고 엄마에게 말할 수 있는 입장도 아니어서 의논할 사람이 전무한 상황이었다.

"엄마한테 물어보지 그래?"

"이쪽에서 확실해지면. 그때처럼 퇴짜 맞았는데 엄마가 또 속상하게 할 수는 없잖아."

"우리 하은이 효녀네."

예솔이와 하은은 예쁜 스카프 매장에 와 있었다. 그리고 가격을 보고는 슬슬 뒷걸음치며 나왔다.

"재벌한테 시집가는 것도 문제다."

예솔이 한숨을 쉬며 말했다.

"그러게."

"그냥 이런 거 사다 드려도 감동은커녕 코웃음 치시겠는데?"

"그럼 뭘 하지?"

"과일바구니도 그러니까 그냥 꽃바구니하고 커피 좋아한다고 했으니까 고급진 커피나 사가자."

예솔이의 조언에 따라 그녀는 선물을 샀다. 백화점에서 나오는 길에 예솔에게 하은이 물었다.

"도환 씨랑 결혼할 거야?"

"모르지."

"아직 그런 얘기 없어?"

"응."

예솔의 말에는 힘이 없었다.

"넌 하고 싶어? 진짜 그 사람 사랑해?"

이 질문은 그녀 자신에게 하는 것과 같았다. 그러자 예솔이 고개를 끄덕였다

"그럼 네가 먼저 말을 하는 건 어때?"

"그건 싫어."

"왜?"

"내 마음이 그렇다는 거지. 그 사람의 마음을 정확하게 몰라. 그냥 여친인지, 애인인지, 사랑하는 사람인지 말이야."

예솔이도 많은 고민을 하고 있는 것 같았다. 주차장에 온 그들은 하은의 차에 올랐다. 그때였다. 하은의 눈에 뭔가가 띄었다. 아이들이 수능날에 말했던 검은 옷의 남자가 그녀를 보고 있다가 사라졌다.

"설마."

"왜?"

"그 검은 옷을 입은 남자 말이야……."

"아이들이 수능날 얘기했던 스토커?"

"스토커는 아니고. 그럼 내가 알아야 하는데 그런 일은 없었거든."

"그럼 뭐야? 혹시 모르니까 미노 씨한테 전화 걸어서 물어봐."

그녀는 차 문을 잠그고 미노에게 전화를 걸었다.

"여보세요?"

[하은이가 전화를 다 주고 오늘 긴장이 되긴 하나 봐.]

"긴장은 되는데 좀 이상한 일이 있어서요."

[뭐가?]

"우리 학교 학생들도 그렇고 사람들이 그러는데 누군가 나에 대해 알아보고 다니나 보더라고요. 그리고 검은 옷을 입은 남자가 자꾸 쫓아다닌다는데 전 한 번도 못 봤거든요. 그런데 오늘 그런 비슷한 느낌의 남자가 주차장에 있어요."

[단정하게 경호원 같은 느낌의 사람 아니야?]

"어떻게 알아요?"

[경호원이니까.]

"네? 그럼 미노 씨가 붙인 거예요?"

[아니, 난 아니지만 짐작이 가는 곳이 있어.]

"누구요?"

[나중에. 그러니 걱정하지 마. 하은이를 지켜주는 거니까.]

"알았어요. 이따가 저녁에 봬요."

[그래.]

미노가 시키지는 않았지만 아는 일이었다.

"뭐야? 미노 씨가 시킨 일이야?"

"아니야, 그런데 경호원들이니까 안심하라고."

"일단 오늘 저녁에 만나니까 그때 자세하게 물어보고 일단은 밥이나 먹자. 하랑이도 오라고 하고."

오늘 하랑이 쉬는 날이어서 태민과 함께 있을 줄 알았는데 아침부터 퉁퉁 불어서는 백화점에도 같이 가자는 걸 안 가고 집에서 버티고 있었다.

"하랑이 안 나올걸?"

"왜?"

"몰라. 태민 씨하고 싸운 것 같던데?"

"다들 가지가지 하는데 우리 하은이만 행복하구나."

하은도 속으로 마음이 복잡했다. 재벌가 남자와 결혼하는 건 그녀가 생각한 결혼이 아니었다. 하지만 사람들은 모두 그녀를 부러워하고 있었다. 평민이 왕에게 시집을 가는 것처럼 말이다.

"하은아, 네가 재벌가로 시집을 가는 게 부러운 게 아니라 미노 씨가 널 아껴주는 게 부러운 거야."

"아니야, 도환 씨가 더 그래."

"아니, 넌 널 바라보는 미노 씨를 못 봐서 그래. 감정이 눈에 다 드러나고 있어. 요즘은 더없이 사랑스러운 눈으로 널 보고 있고 예전엔 질투가 가득한 시선으로 널 보고 있더라. 굉장히 카리스마

있어 보이는데 하은이 네 앞에선 그냥 사랑을 하고 있는 남자 같아."

예솔이의 말에 하은은 기분이 좋아졌다. 사실인지 아닌지는 모르지만 남들의 눈에 그렇게 보인다니 기분이 좋았다.

"도환 씨가 그러는데 여자한테 저렇게 꼼짝 못하는 거 처음이래. 그리고 같은 여자를 두 번 이상 안 만났던 사람이라고 하더라고. 태민 씨랑 자기도 그런 모습을 보고 너무 놀랐대."

"진짜?"

"응, 좋겠다, 기지배야."

예솔의 말에 기분이 급 좋아진 하은은 헤어숍으로 향했다. 지난번에 생일 선물로 엄마가 선물해 준 쿠폰이 지금 아주 유용하게 쓰여지고 있었다.

하루 종일 공들여 준비한 하은은 헤어숍에서 미노를 기다리고 있었다.

"진짜 예쁘다."

예솔이와 스탭들이 아주 난리들이었다.

"연예인 하셔도 될 것 같아요."

"그렇죠? 우리 하은이가 길가에 다니면 기획사에게 명함 주고 그랬어요."

예솔이가 더 들떠서 이야기했다. 하은에게 쏠려 있던 시선이 갑자기 출구 쪽으로 향했다.

"진짜 연예인이 오네요."

하은은 웃음이 났다. 말끔한 슈트 차림의 미노가 그녀를 향해 걸어 들어오고 있었기 때문이었다.

"어디서 봤지?"

"기억은 안 나긴 하지만 진짜 잘생겼네."

스탭들이 난리였다.

"준비 다 됐어?"

"네."

그녀에게 그가 말을 걸어오자 헤어숍 전체가 술렁거렸다.

"완벽한 선남선녀네요."

예솔의 말에 그가 미소 지어주었다. 이렇게 부드러운 모습이 있다는 게 놀라웠다.

"제가 예솔 씨하고 학교 선생님들 한번 모시겠습니다."

"저희야 언제나 콜이죠."

그는 이렇게 말을 하고는 하은을 에스코트해서 자신의 차로 데리고 갔다. 차에 타자 그가 그녀의 안전벨트를 매주었다. 그리고 덤으로 그녀의 입술에 입을 맞추었다.

"오늘 너무 예뻐."

"진짜요?"

그녀가 눈을 깜박이며 애교를 부렸다.

"다른 곳으로 가고 싶을 만큼."

"……."

그가 말하는 게 무슨 뜻인지 알기에 하은은 입을 다물고는 앞만 바라 봤다. 그의 차를 타고 간 곳은 한남동의 부자들만 사는 부촌이었다. 고급 주택들을 지나자 한눈에도 어마어마한 규모를 자랑하는 곳에 미노의 차가 멈추었다.

"잘할 수 있을까요?"

"미우도 있고 하니 괜찮을 거야."

"미우가 있어서 더 불안해요."

미우가 그녀에게 고백한 사실을 알 리가 없는 미노였다. 사랑의 감정을 형에게도 고백 받지 못했는데 어린 미우는 솔직하게 그녀에게 말을 했었다.

"미우가 왜? 같은 반 학생이라서?"

"아닙니다."

그를 따라 집 안으로 들어서자 그녀는 턱이 빠질 정도로 놀랐다. 그리고 미노가 왜 자신에 대해 심각하게 생각했는지를 알 것 같았다. 그들은 사는 세계가 달랐다.

넓은 정원을 지나 집 앞에 거의 도착했을 때 하은은 입을 또 한 번 벌렸다.

"수영장······."

그녀의 반응에 그가 웃음을 터트렸다.

"우리도 수영장 있는 집에서 살까?"

"······."

그의 말에 뭐라고 답을 할 수가 없었다. 그에겐 이런 엄청난 일들이 일상인 것이었다. 자동문이 열리자 일하는 사람들이 눈에 먼저 들어왔다.

"집사님 뭐 그런 사람도 있어요?"

"아니, 우리 집엔 일하시는 아주머니들뿐이야. 나머지는 어머니가 관리하셔. 우리 하은이가 드라마를 많이 봤구나?"

"아뇨."

그때였다. 하은의 눈에 눈이 부실 정도로 아름다운 여인이 웃으며 서 있었다.

"안녕하세요?"

하은은 본능적으로 그녀에게 인사를 했다.

"만나서 반가워요. 난 미노, 미우 엄마예요."

목소리에서도 고급짐이 뚝뚝 떨어지고 있었다. 그리고 그 뒤로는 미노하고 판박이인 도 회장이 서 있었다. 그러고 보니 미노는 아버지, 미우는 어머니를 닮은 것 같았다.

"이거."

하은이 미노의 어머니에게 준비한 선물을 드렸다.

"내가 장미 좋아하는 걸 어떻게 알았어요?"

"다행이네요."

"미우는 조금 있다가 내려올 거예요."

그녀가 두리번거리자 눈치 빠른 어머니가 말했다. 그리고 잠시 후에 미우가 2층에서 내려왔다. 밖에서 보니 미우의 매력이 빛을 발하고 있었다.

"도미우."

그녀가 부르자 미우가 가볍게 고개를 숙였다. 그리고는 그녀를 빤히 바라보았다.

"오늘 열라게 예쁘시네요. 평소에도 이러고 다니세요."

무뚝뚝한 칭찬이었다.

"아!"

미노가 미우의 어깨를 때렸다.

"내 여자야. 신경 꺼."

나이 차이가 많이 나도 형제는 어쩔 수가 없는 것 같았다.

"언제까지 서 있을 거야. 강 선생도 이리 와서 앉아요."

도 회장이 소파로 안내했다.

"식사 준비 바로 할게요."

"아니야, 식사는 좀 천천히 하고 모두 앉지."

도 회장의 말에 모두들 소파에 앉았다.

"처음인데도 낯설지가 않아서 좋군."

"감사합니다."

도 회장은 언론 매체를 통해 많이 봐서 그런지 진짜로 낯설지가 않았다. 오래전부터 봐온 사람 같은 느낌이 들었다.

"우리 막내 담임이라고?"

"네."

"선생님한테 이렇게 말을 놓아도 되는지 모르겠군."

"편하게 대해주시는 게 좋습니다."

"우리 미우가 속을 많이 썩인 걸로……."

"아빠!"

"알았다."

미우가 말을 막자 도 회장이 웃으며 말을 멈추었다.

"막내라서 철이 없어. 박 사장 아들하고의 일은 우리가 가서 처리를 하긴 했는데……."

"그래도 잘 처리된 것 같습니다."

"집안이 이렇다 보니 미노 때도 그랬고 미우 때도 우리가 일부러 학교에 가지는 않았지. 괜히 아이들 버릇 나빠질까 봐."

"현명하신 판단이셨어요. 아이들도 자신들의 위치를 이용할 줄 아는 영악함이 있거든요. 그런 면에서 미우는 아주 잘 자란 거죠.

제가 전혀 몰랐으니까요."

"아참, 우리 미노가 한국에 돌아온 첫날 얻어터지고 들어왔는데, 때린 사람이 강 선생이라고?"

어른들이 그 사실을 알고 계신다니 하은은 몸 둘 바를 몰랐다.

"그러니까 그게……."

"하하하, 괜찮아요. 여자가 자신의 몸은 지킬 수 있어야지. 그리고 그날 친구도 큰일 날 뻔했다고."

"네."

"그래서 내가 경호원을 붙여두었어."

갑작스러운 도 회장의 말에 하은이 깜짝 놀랐다.

"그건 내가 부탁했어요."

미우 어머니도 말을 이어갔다.

"우리 미우 담임이기도 하고 우리 미노 애인이기도 해서 요즘 같이 험한 세상에 경호원은 있어야겠다는 생각을 한 거예요. 몰랐죠?"

"얼마 전에 알게 되었습니다."

"저런, 그렇게 몰래 하라고 했는데……."

"다른 업체로 바꿔."

도 회장은 상당히 직선적인 사람 같았다.

"아빠, 선생님 놀라셔."

역시 미우뿐이었다.

"그런데 쌤, 우리 형이 어디가 좋아요?"

"어?"

"아니, 그런 킹카를 차버리고 늙은 우리 형을 택한 이유가 있을 것 아니에요?"

"킹카?"

이번에는 미노가 물었다.

"그런 게 있어. 형은 알 필요 없어."

하은의 얼굴이 빨개졌다. 미우가 그냥 넘길 일이 아니었다. 넘어가 주길 바란 그녀의 잘못이었다. 어린 녀석의 첫사랑의 대상은 참 힘든 일이었다.

"식사부터 하고 이야기해요. 강 선생님 배고프겠어요."

어머니의 말이 고마웠지만 지금은 뭘 먹어도 체할 것 같았다.

엄청난 규모를 자랑하는 식당에 들어서자 진수성찬이 차려져 있었다.

"차린 건 없지만 많이 먹어요."

한식, 중식, 양식까지 진짜 상다리가 부러질 지경인데 차린 게 없다고 하시니 할 말이 없었다.

"쌤, 우리 엄마가 거짓말이 좀 심해요. 오늘은 태어나서 처음 구경해 보는 잔칫상이에요."

"도미우!"

"네, 네."

미우 녀석의 저놈의 네, 네 소리는 그녀에게만 하는 게 아니었다.

"맛있게 먹겠습니다."

미우와 미노의 가운데 앉은 하은은 좀 기분이 묘했다.

"쌤, 이거 드셔보세요."

미우가 그녀의 앞접시에 갈비를 놓아주었다.

"우리 엄마 요리 솜씨는 완전 최고예요. 그리고 이것도……."

미우가 하는 걸 가만히 지켜보던 가족들이 고개를 흔들었다.

"강 선생님이 이해해요. 미우의 첫사랑이니까."

"풉!"

하마터면 음식을 뱉을 뻔했다.

"미우 방에 가면 다 강 선생 사진이에요."

"엄마."

"자기 딴에는 몰래 숨긴다고 한 건데 우리 집 식구들 중에 모르는 사람이 없어요."

"미노 씨도?"

"나는 안 지 얼마 안 됐어."

비밀이라고 생각했는데 이 집에선 아니었다.

"우리 집 남자들의 사랑은 나 혼자만 받는다고 생각했는데 이젠 강 선생님이 차지했네요."

"나 있잖아."

도 회장이 손으로 자신을 가리키며 말했다.

"며느리 사랑은 시아버지라고 했어요."

"그런가?"

도 회장이 웃음을 터트렸다. 이렇게 말을 하고 있으니 재벌가의 거리감은 없어졌다. 미우는 여전히 그녀의 앞접시에 반찬을 가져다 나르기에 바빴다.

"우리 미우는 여친 생기면 잘하겠다."

"당분간은 없을 거예요."

그녀를 아련한 눈빛으로 바라보며 미우가 말했다.

"어련하시겠어."

미노가 이렇게 말을 하며 동생을 쏘아보았다.

"형, 방심하지 마."

"저놈이 뭐래?"

밥을 먹는 내내 형제가 투닥거리긴 했지만 하은은 이 집의 분위기가 아주 마음에 들었다.

"결혼은 할 생각이 있는 거야?"

"네."

도 회장이 커피를 마시며 미노에게 물었다. 그의 간결한 대답에 하은은 적잖이 놀랐다.

"왜 그렇게 마음을 굳혔지?"

"멋있게 사시는 어머니, 아버지의 모습을 보고 자란 제가 이젠 그렇게 살 수 있는 사람을 만났구나라는 생각이 들어서요."

모범 답안이었다.

"하은이는?"

"저도 좋은 가정을 꾸릴 수 있는 사람을 만난 것 같아서요."

"다행이구나. 그런 사람을 만나는 행운을 가진 사람은 그리 많지가 않거든. 아이는 많이 낳아라. 이렇게 아이들이 크니까 둘은 좀 적적해."

"그런데 전 학교생활을 계속하고 싶습니다."

반대하실 것 같아서 미리 말씀을 드리고 싶었다.

"좋지."

"네?"

어머님이 쌍수를 들고 환영의 뜻을 표하셨다.

"여자도 일을 해야 해. 아이는 내가 키워주마. 일해."

"감사합니다."

아버님도 반대를 하지 않으셨다. 그런데 미노만은 입이 나와 있었다.

"미노는 싫은가 보구나."

어머니의 말에 미노가 고개를 끄덕였다.

"살림하고 일하는 건 쉬운 일이 아니에요."

"그건 본인이 결정할 문제야."

도 회장이 선을 그었다.

"어른들께는 실수를 했다고?"

"몇 달 전에 무턱대고 따님을 달라고 했고 허락까지 받았는데 제가 너무 자신이 없어서……."

"당장 가서 사과드리고 결혼 날짜 잡자고 말씀드려."

"네."

모든 게 일사천리였다. 저녁을 먹은 후에 그의 손에 이끌려 2층에 자리 잡은 그의 방으로 들어갔다.

"진짜 깔끔해요."

"그래?"

"네."

그녀의 집보다 그의 방이 더 커 보였다. 그는 그녀의 손을 놓지 않고 어디론가 그녀를 데리고 갔다. 자신의 방 구석구석을 소개시켜 주고 싶은 것 같았다.

"열어봐."

"열어요?"

그의 말에 그녀는 얼떨결에 방문을 열었다. 그러고는 깜짝 놀라 손으로 입을 가렸다. 그 방은 그의 작업실이었다. 설계도면과 컴퓨터 그리고 첨단 설계 장비들이 가득했다. 그리고 그 한가운데에 미노, 하은의 집이라는 커다란 글자와 함께 작은 모형이 있었다. 지금 도 회장의 집과는 다른 현대적이면서도 아름다운 집이었다.

"이게 뭐예요?"

"우리 집."

그가 하은의 뒤에서 그녀를 안았다.

"언제 만들었어요?"

"한 달 전에?"

그때는 둘이 다시 만나기 전이었다.

"혼자 있는 시간이 많아지니까 하은이가 더 생각이 나더라고."

"진짜 사람 너무 놀라게 하지 마요."

"어때?"

"너무 예뻐요."

아기자기한 모형에는 수영장도 있었고 정원에는 아이들을 위한 작은 놀이터도 있었다.

"진짜 멋져요."

그녀가 뒤돌아 그에게 안겼다.

"아직 끝이 아니야."

"또 있어요? 난 진짜 심장이 터질 것 같다고요."

"지붕을 들어봐."

그가 시키는 대로 그녀는 모형의 지붕을 들었다. 그러자 하얀 모형의 거실 안에는 붉은 하트벨벳 케이스가 있었다.

"미노 씨."

그가 케이스를 집더니 그 안에서 반지를 꺼내 그녀에게 끼워주었다.

"청혼은 처음이라서 서툴러도 이해해."

"……."

하은의 얼굴에서 눈물이 흘러내렸다.

"우리 집에 사랑을 담은 모습을 표현하고 싶었어. 사랑해. 하은아."

"흑흑흑, 진짜 이럴 수는 없어요."

갑자기 눈물샘이 폭발한 하은이었다.

"선수네, 선수야."

진짜 여자를 감동시키는 말만 하는 미노였다.

"뭐라고?"

그가 웃으며 물었다.

"나도 사랑한다고요. 나만 사랑하는 줄 알고 얼마나 불안했는데……."

하은은 그의 품에 안겨 펑펑 울었다. 얼마나 맘을 졸이며 있었는지 모른다. 그가 그녀를 그저 섹스 상대로만 생각할까 봐 두려웠다. 하지만 그래도 그녀는 그를 놓을 수 없다는 걸 깨닫고 결혼을 허락한 건데 그도 그녀를 사랑하고 있었다.

하은은 설움이 북받쳤다.

"미리 말해주면 안 되는 거였어요?"

"뭐?"

"이런 거 한다는 거. 난 아무것도 준비 못했는데……."

"아니, 하은이는 나에게 아주 큰 걸 줬어."

"뭐요?"

"사랑."

"아주 프로급이야. 난 불안해서 어떻게 살아요?"

"왜?"

"이렇게 여자한테 잘하는데 바람피우면 어떡해?"

"뭐?"

그가 그녀를 안고는 한참을 웃었다.

"그 분야는 내 전문 분야가 아니야. 그리고 이제 가정이 새로운 나의 분야지. 난 일 잘하는 남자거든."

하은은 그의 품에 안겨 한참을 그렇게 울었다.

하은이 그의 집을 다녀간 다음 주에 그는 하은의 집에 정식 인사를 드리러 갔다. 죄를 지은 기분에 미노는 어쩔 줄을 모르고 집 앞을 서성였다. 도착했다고 말은 해놓고 지금 20분째 집 앞을 차로 돌고 있었다.

윙—

도환이의 전화였다.

"아이씨, 귀찮게."

그는 도환의 전화를 안 받으려다가 받았다.

"왜?"

[왜는, 너는 왜 안 와?]

"뭐?"

[태민이는 아까부터 하랑 씨 집에서 벌서고 있는데 왜 안 오냐고?]

"태민이가 왜?"

[하은 씨가 너 오면 힘들다고 태민이에 나까지 불렀다. 태민이도 오늘 인사드리나 보던데?]

"그런 걸 왜 이제 말해."

그는 차를 재빨리 돌려 하은의 집 앞으로 향했다. 집 앞에는 하은이 나와 있었다.

"미안."

"괜찮아요. 어른들 기다리세요. 그리고 지난번처럼 반기지는 않는다는 걸 좀 아셔야 해요."

"알아."

미노는 시무룩한 얼굴로 트렁크에서 선물을 내렸다.

"이게 다 뭐예요?"

"뇌물."

그때 누군가 그의 짐을 내리고 있었다.

"쟤는 왜 왔어?"

"형."

미우였다.

"지원군요."

지난번의 일로 하은이의 부모님은 그를 탐탁지 않게 여기고 계셨다. 특히 아버지는 하은이 차였다는 소리를 하랑에게 듣고는 그를 가만히 두지 않겠다고 했다고 들었었다.

"무사할까?"

"보는 눈이 많아서 죽이진 않겠죠."

그래서 하은이 일부러 사람을 많이 부른 것 같았다.

"집에도 못 들어가는 거 아냐?"

"형, 쌤 부모님들 아주 좋으시던데?"

"알아."

일단 짐을 들고는 심호흡을 한 그는 하은의 뒤를 따랐다.

"형, 힘내."

미우가 그의 옆에서 응원을 해주었다. 그리고 미우 옆에는 미우보다 키가 작은 아이가 서 있었다. 이거 모르는 아이 앞에서 망신당하는 게 아닐까 걱정이었다.

"넌 누구냐?"

"안녕하세요."

숫기가 없는지 얼굴도 들지 못하고 있는 아이였다.

"얘가 한별이에요. 우리를 만나게 해준 두 주역들이죠."

그가 아무리 봐도 한별이는 처음 보는 아이였다. 미우가 친구들을 한 번도 집으로 데리고 온 적이 없기 때문이었다.

"미우가 삥쳐서 한별이 잡으려고 우리가 처음 만난 날 클럽에 간 거거든요."

"아! 이름만 들었었는데 너였구나."

한별이는 여전히 고개도 못 들고 있었다.

"시험은 잘 봤어?"

"그런 거 묻는 건 실례야."

미우가 한별이 편을 들어주었다. 의리는 있는 놈이었다.

"알았다. 내가 실례를 범했구나."

그가 그렇게 말을 하자 아이가 더 쫄았다.

"미안."

말을 하다 보니 그녀의 현관 앞에 도착을 했다. 그녀가 비번을 누르고 문을 열었다.

"저희 왔어요."

"언니."

하랑이 급하게 나오는 걸 보니 태민이 고생 중인 게 분명했다. 집 안은 말 그대로 잔치 분위기였다. 장인어른은 어떤지 모르겠지만 장모님은 일단 그에게 마음이 아주 떠난 것 같지는 않았다.

"어머님."

"왔나?"

어머님은 웃지는 않으셨지만 인사는 받아주셨다.

"아버님, 저 왔습니다."

"누가 아버님이야?"

"여보."

태민은 완전히 쫄아서 그를 올려다보고 있었고 도환도 태민의 옆에 앉아서 아버지의 포스에 눌려 있었다.

"아빠, 그만 좀 해."

하랑이 아빠 옆에서 그를 지원 사격해 주었다. 엊그제 명품 가방을 미리 안겨준 게 효과를 보이고 있었다.

"난 우리 딸이 무시당하는 건 못 봐."

"누가 무시를 당해요. 그건 아빠의 오해예요."

일단은 하은이 그의 지원 사격에 나섰고 도환과 태민도 그를 도왔다. 확실히 여럿이서 도와주니 장인어른의 마음도 풀린 것 같았다.

"장인어른, 앞으로 하은이 맘 상하는 일 없도록 하겠습니다."

"평생 자네의 숙제야."

"네, 제 잔 받으십시오."

술상도 차려지기 전에 급한 마음이 들어 그가 냉장고에서 소주와 잔을 가지고 왔다. 그 모습을 보고 있던 장인이 웃음을 터트렸다.

"저 많이 힘듭니다."

"저희도요."

태민과 도환이 이야기를 했다.

"도환 씨는 뭐가 힘들어요?"

예슬이 주방에서 말했다.

"난 이걸 또 한 번 해야 한다고."

그때 성민이 소주 한 박스를 사들고 집 안으로 들어왔다.

"비번은 어떻게 알아?"

도환이 성민에게 물었다.

"형님, 전 이 집 아들입니다."

부러운 놈이었다. 그렇게 저녁식사 자리가 무르익어 갔다.

"뭐 해?"

놀이터에 앉아 있는 미우에게 한별이 다가왔다.

"아직도 안 간 거야?"

한별은 이 아파트에 살았다. 아까 그를 도와주고는 집으로 돌아간 한별이었다. 숫기도 없고 한별이에겐 어려운 자리였기 때문에 재빠르게 빠져나갔다.

"추운데 집으로 가지 그랬어."

"그러게 말이다."

오늘은 괜히 마음이 허전한 날이었다.

"한별아."

그때 누군가 한별이를 부르며 다가왔다. 예쁘게 생긴 여학생이었다.

"너 뭐 해?"

"어, 친구랑 이야기 중."

"난 또 삥 뜯기고 있는 줄 알았네."

예쁘긴 한데 지나치게 명랑한 아이였다.

"배 안 고프냐?"

짧은 교복 아래에 체육복을 입고는 짝다리를 하고 있는 게 아주 불량해 보였다.

"어?"

"너 돈 있으면 나 라면 좀 사주라."

삥은 여학생이 뜯는 것 같았다.

"돈 안 가지고 나왔는데……."

"친구는 돈 없어? 빌려봐."

여학생은 한술 더 떠서 그의 지갑까지 노리고 있었다.

"집에 들어가서 밥 먹어."

"엄마 모임에 갔고 집엔 밥이 없다. 그래서 너네 집에 가려고 했
거든."

"누구야?"

궁금한 생각이 들어 미우가 한별에게 물었다.

"이모 딸."

"같은 나이야?"

나이가 어리면 한마디 하려고 했다.

"어, 쟤 S대 갔어. 수시로 합격했어. 너랑 마찬가지로."

미우가 여학생을 한참 쳐다보았다.

"난 도미우."

"네가 그 도미우야? 강냉이 3개?"

박웅을 때린 게 소문이 난 모양이었다.

"난 새별."

"오늘은 내가 살 테니까 분식집으로 가자. 아니면 밥을 먹던가."

"그래? 그러면 우리 길가에 순대국밥 집 갈래? 아빠랑 먹어봤는데 맛있더라."

"여자애가……."

"닥쳐."

확실하게 센 아이였다. 한별이가 꼼짝도 못하고 있었다. 미우는 지금 앞장서서 걸어가는 새별이에게 묘한 호감을 느끼고 있었다.

"쟤 좀 재밌다."

"무서워."

한별이는 그렇게 말을 하며 몸서리를 쳤다.

"괜찮아 보이는데?"

"잘해봐라. 넌 약간 이상한 스타일을 좋아하는구나?"

"그런가?"

미우는 씨익 웃으며 새별이의 뒤를 쫓았다.

엄마는 미노가 온 다음날 바로 날을 잡으러 갔다. 그래서 우리의 결혼식은 내년 3월 16일로 결정이 되었다.

"이제부터 할 일이 아주 많아."

"뭐가?"

"혼수 준비를 해야지."

"잠깐만."

엄마가 이럴 줄 알고 어머니께서 학교로 그녀를 찾아오셨다. 어찌나 눈에 띄는 외모인지 학교 전체가 술렁였었다. 그리고 어머니는 그녀에게 엄마에게 전해 드리라며 편지 한 통을 전해주셨다. 그녀가 읽지 못하게 봉인이 된 편지였다.

하은은 그 편지를 엄마에게 전해주었다.

"엄마, 편지도 멋지지."

"그러네, 완전히 다른 세계 같네."

엄마는 편지를 뜯어서 읽고는 한참을 그대로 있었다. 마치 얼어붙은 것같이 말이다.

"뭔데?"

"……."

"왜?"

하은이 엄마의 편지를 읽기 시작했다. 편지 내용은 감동 그 자체였다. 하지만 더 큰 감동은 편지 봉투 안에 또 다른 것 때문이었다. 모두를 놀라게 한 또 다른 물건은…….

"엄마, 언니."

일요일이라서 집 안에 하랑이 있었다. 하랑은 멍하게 있는 그녀와 엄마를 보고는 편지를 빼앗아 보았다.

"협박편지야? 왜들 이렇게 얼었어?"

"이렇게 안 하셔도 되는데……."

"뭘?"

"하은이 네가 이렇게 예쁨을 받는 게 좋기는 한데 이건 좀 너무 크다."

도통 모를 말만 하는 엄마였다. 편지를 읽고 나서 하랑은 그 물건을 집어 들었다.

"1억짜리 수표야? 어디 다시 하나, 둘, 셋……."

그녀에게 해주고 싶은 거 다 해주라며 엄마에게 주신 선물이었다. 절대로 그녀에겐 알리지 말고 엄마가 해주고 싶은 거 해주시라는 이야기였다.

사돈이 돈이 없어서 보내는 게 아니라 시어머니인 그녀가 해주고 싶어서 보내는 거니 이해해 달라는 말도 있었다.

"하은아, 진짜 시집 하나는 끝내주는 집에 가는 것 같다."

"부럽다. 언니야."

"……."

"난 시누이만 둘인데……."

하랑도 곧 날짜를 잡을 것 같았다.

"태민 씨 누나들 진짜 좋아."

"그건 시월드 전이고."

"하긴."

그건 모를 문제니까 말이다. 엄마와 한바탕 난리를 치고 난 다음 하은은 미노에게 전화를 걸었다.

"어디예요?"

[사무실.]

"일요일인데요?"

[그러네. 좀 바빠.]

"결혼하고도 이렇게 바쁠까요?"

[아마도.]

"배 안 고파요?"

[조금 있다가 먹으려고.]

"내가 도시락 싸서 갈까요?"

[응.]

숨도 쉬지 않고 그가 대답했다.

"알았어요."

그녀는 주방으로 가서 엄마에게 도시락을 부탁했다. 오늘 엄마에게 무엇을 부탁하던지 다 오케이일 게 뻔했다. 엄마는 급하게 말했다고 투덜거리면서도 빛의 속도로 김밥을 싸기 시작했다.

하은은 최대한 예쁘게 차려입고는 그의 사무실을 향해 출발했다.

"데려다줄까?"

"택시 타고 갈게."

그녀는 자신의 차를 두고 택시를 타고 도하건설 본사로 향했다. 오늘따라 괜히 떨렸다. 생각보다 도하건설은 컸고 처음으로 들어가 본 사옥의 규모에 그녀는 벌써부터 주눅이 들었다.

그가 전화를 해놓았는지 보안요원이 그를 본부장실로 안내해주었다. 일요일인데도 출근한 사람들이 곳곳에 보였다.

똑똑.

그녀가 문을 두드리자 그가 나와서 문을 열어주었다.

"피곤하지 않아……."

뒤의 말은 그의 입술 속으로 사라져 버렸다. 그는 언제나 그녀를 볼 때면 다급하게 키스부터 했다. 얼굴을 보기만 해도 못 참겠다고 말했었다.

"<u>으으음</u>."

"미치겠어."

그의 혀가 그녀의 목구멍까지 공략을 할 기세였다. 그녀의 입안을 훑어가며 그는 문을 잠그는 신공을 발휘하고 있었다.

"내가 사무실에서 하은을 갖는 꿈을 얼마나 꾼 줄 알아?"

그녀가 그를 의미심장한 눈으로 보았다.

"하은이도 그런 생각을 했구나?"

하은이 도시락을 바닥에 놓고는 입고 온 코트를 벗었다.

"오, 이런."

그가 마른침을 삼켰다. 하은은 안에 슬립만 걸치고 왔다. 좀 춥긴 했지만 그래도 좋았다.

"이렇게 사악한 여자였어?"

그가 그녀를 잡으려고 하자 하은이 살짝 몸을 피했다.

"날 원해요?"

"죽을 만큼."

하은이 소파에 몸을 눕히며 말했다.

"가져요."

그가 으르렁거리며 하은에게 달려들었다. 그는 옷도 벗지 않고 바지만 내린 채 그녀에게 달려들었다. 그리고는 애무도 없이 그녀의 다리를 벌리고 자신의 페니스를 넣었다.

"아악!"

"당신은 마녀야."

그는 이렇게 말을 하며 허리를 움직였다.

"두 번째 할 때는 충분히 애무해 줄게."

"두 번째?"

"그럼 이대로 그만둘 줄 알았어?"

"아뇨."

그녀는 그의 목에 팔을 감았다. 그리고는 처음으로 그의 위에 올라타서 그녀가 몸을 움직이기 시작했다.

"오늘은 좀 더 색다르게 해봐요."

그가 그녀의 허리를 잡아주었다.

"이런 건 어디서 배운 거야?"

"아이들한테서 압수한 비디오테잎요."

말은 이렇게 했지만 그녀는 아무것도 보지 않았다. 지금은 그저 본능이 시키는 대로 할 뿐이었다.

"아아아."

그녀가 허리를 돌리자 그가 신음 소리를 냈다.

"자주 와야겠어."

"이제 결혼하면 매일 할 수 있어요."

"3개월이나 남았는데?"

"참으면 참을수록 아주 짜릿해질 거예요."

그녀가 본능적으로 질을 조이자 그가 몸을 떨었다.

"좋아요?"

"응."

섹스가 끝이 나고 그가 말했다. 이제 이곳에서는 일하기 글렀다고 매일 소파 위의 하은만 생각날 것 같다고 말이다. 하은은 그의 품에 안겨서 생각했다. 이런 남자와 결혼하는 자신은 행운아라고 말이다.

진짜 3월이 이렇게 기다려지기는 처음이었다. 그는 약속대로 두 번의 섹스를 해주었다. 기진맥진한 하은을 두고 엄마가 싸준 김밥도 맛있게 먹어주었다.

"사랑해요."

"나도."

하은은 알았다. 이 남자는 절대로 변하지 않을 것이란 것을……

그들을 축복하는 듯 창밖으로 하얀 눈이 펑펑 쏟아지고 있었다.

에필로그

차에서 내리자 멀리서 파도 소리가 들려왔다. 한겨울의 매서운 바람이 그녀들을 맹렬히 공격하고 있었다. 동화 속처럼 아름다운 펜션은 보기만 해도 절로 힐링이 되었다. 도심의 복잡함에서 벗어난 것만으로도 하은은 너무나 좋았다.

넓은 펜션의 거실에 풍선이 가득 걸려 있었다. 파티 분위기를 내달라고 부탁을 했는데 펜션 주인분의 센스가 거의 역대급이었다. 2월 마지막 주에 친구들이 하은을 위해 처녀파티를 준비해 주었다.

남자들만 총각파티를 하는 건 불공평하다는 생각을 예솔이 기특하게도 하는 바람에 오늘 이 자리가 생긴 것이었다. 비록 무박

이일이었지만 그들은 뼈와 살이 타는 밤을 보낼 것이다.

오늘의 멤버는 언제나 그렇듯이 하은, 하랑, 예솔이었다. 현성 민은 남자인 관계로 탈락의 고배를 마셨다.

"진짜 멋지다."

하은의 입에서 절로 탄성이 나왔다.

"사장님이 꽤 신경을 써주셨어. 저기 케이크하고 샴페인도 있어."

"이게 다 돈의 위력이야, 언니들."

역시 현실적인 하랑이었다.

"애들을 좀 더 부를 걸 그랬나?"

하은이 쓸쓸하게 느낄까 봐 예솔은 걱정이었다.

"난 지금 천군만마와 있어."

하은이 예솔에게 미소를 보였다.

"오늘은 끝까지 자지 않고 견디는 걸로."

집에서 가져온 소주와 안주들로 세팅을 하고 나자 하랑이 언니 들을 위해 숙취음료를 따주었다.

"이건 숙취음료?"

"아니, 숙취해소 음료야. 그리고 언니들 끝까지 자지 말고 놀라 고 젊은 동생이 준비한 거야."

"눈물 나게 고마운 하랑을 위해. 건배!"

"일주일 있으면 난 유부녀다."

하은은 이렇게 말을 하며 소주잔에 소주를 따랐다. 잔이 다 채워지자 모두들 건배를 하고는 첫잔을 완벽하게 비웠다.

"오늘 술이 달다."

예솔의 말에 모두가 웃었다. 강원도의 해변가에 위치한 펜션은 보기에는 아름답고 사람들의 눈에도 쉽게 띄지 않아서 쉬기에는 최적의 장소였다.

"여기 이것도 있어."

예솔이 리모컨을 누르자 방 안에 사이키 조명이 돌기 시작했다.

"완전 죽인다."

"하은아, 이건 특별히 언니가 준비한 거야."

"이거 써봐."

예솔이 그녀에게 안대를 주었다.

"뭔데?"

"묻지 말고 따지지도 말고 써봐."

불안했지만 친구의 정성을 봐서 그녀는 안대를 썼다. 잠시 후 갑자기 야릇한 음악이 흐르는 소리가 났다.

"불안하게 왜 그러지?"

"잠깐만."

그때 문이 열리는 소리가 들렸다.

"설마, 미노 씨, 태민 씨, 도환 씨 부른 거 아니지?"

"아니야."

"그럼 뭐야?"

끈적이는 음악이 그녀의 귓가를 깊게 자극하고 있었다.

"안대를 벗으세요."

예솔의 목소리가 들리자마자 하은은 잽싸게 안대를 내렸다. 그리고 하은은 놀라서 입을 손으로 막았다. 야릇한 음악과 현란한 사이키 조명 아래서 카우보이 복장을 한 남자가 춤을 추고 있었다. 잘생긴 얼굴에 몸매가 완전히 끝내주는 남자였다.

"뭐야? 어떻게 된 거야?"

"성민이 선물이다."

"댄서를 선물했다고?"

하은이 반쯤 넋을 잃고 말하자 예솔이 하은의 말을 정정했다.

"그냥 댄서가 아니고 스트립댄서야."

"뭐?"

처음에 그녀는 말을 잘못 들은 줄 알고 다시 물었다. 그러나 하은을 보며 춤을 추는 남자가 카우보이 모자를 하은에게 던졌다. 남자의 모자를 받은 하은은 완전히 넋이 나갔다. 남자가 체크무늬 셔츠의 단추를 하나씩 풀 때는 머릿속의 피가 쏙 빠져나가는 느낌이었다.

"언니야, 미치겠다."

하랑도 턱이 빠져 있었다. 그녀의 인생 중에 오늘처럼 파격적인 날은 없었다. 남자가 셔츠를 벗어 던지자 잔 근육이 아름답게 자리 잡고 있는 맨가슴이 그녀들을 사로잡았다.

"꺄악!"

남자가 하은을 보며 윙크를 하자 하은은 저도 모르게 소리를 질렀다. 남자는 춤 솜씨도 대단했다.

"꺄악!"

이번에는 남자가 청바지에 손을 가져갔다. 그리고 바지의 단추를 풀고 지퍼를 내리자 그녀들은 누구랄 것도 없이 동시에 소리를 질러댔다.

"오올, 심장이 쫄깃하다."

그러는 사이에 남자가 바지를 무릎 아래까지 내렸다.

"어머."

그는 진짜로 중심만을 가린 주황색 삼각팬티를 입고 있었다. 웬만한 사람들은 절대 택할 수 없는 색이었지만 사이키 조명 아래서는 더없이 화려했다. 그런데 남자가 그 팬티에 손을 가져다 댔다.

"벗을 건가 봐."

하랑이 호들갑을 떨었다.

"어떡해, 어떡해……."

이번에는 하은이 손가락을 편 채로 눈을 가린 채 말했다.

"꺄악!"

남자가 팬티를 벗자 그 안에는 조금 더 작아진 초록색 팬티가 있었다.

"너무해요."

하랑이 항의하자 남자가 씨익 웃었다.

쾅!

그때였다. 갑자기 문이 열리더니 시커먼 남자들이 들어왔다.

"미노 씨?"

"도환 씨?"

"태민 씨?"

그녀들의 남자들이 눈 안으로 들어왔다. 놀란 스트리퍼는 상황을 파악했는지 서둘러 옷을 입었다. 남자가 옷을 빠르게 입고 사라지자 죄를 지은 여자 셋은 펜션 소파에 나란히 앉아서 그녀들의 앞에 서 있는 남자들을 보았다.

"어떻게 알고 왔어요?"

하은이 미노에게 물었다.

"아직도 곁에 경호원이 있다는 걸 모르나?"

"하은이 너."

예솔이 하은을 째려보았다. 째려보는 건 하랑이도 마찬가지였다.

"언니, 재벌가에 시집가는 게 아니었어. 사람이 자유가 없어."

"그러게."

"뭘 잘했다고."

미노가 그들의 말을 잘랐다.

"아니, 못한 건 또 뭐예요? 그냥 본 것뿐이잖아요?"

하은이 그의 말을 받아쳤다.

"누구 생각이야?"

"……."

"셋 중 누구지?"

"지금 형사예요?"

하은이 따지기 시작했다.

"결혼 일주일 전이고 우리는 처녀파티를 하고 있는 중이에요. 이렇게 무작정 따라오면 어떻게 해요? 무서워서 놀기나 하겠어요?"

"강하은, 잘 들어. 이제 강하은 씨는 혼자가 아니야."

"……."

"강하은 씨에겐 다른 가족이 생겼다는 거지. 강하은 씨를 격하게 사랑하는 가족이 말이야."

"그건 일주일 뒤에……."

갑자기 미노가 하은을 안아 들었다.

"일주일 뒤에는 무슨."

그리고는 하은을 안고는 밖으로 나갔다.

"강미노 씨, 지금 저는 파티 중이라고요."

"끝났어."

"후~"

답답한 마음에 하은은 한숨을 쉬었다. 하지만 그의 차로 갈 거라고 생각했던 하은은 깜짝 놀라고 말았다.

"여긴……."

그가 그녀들이 묵었던 펜션의 옆 건물로 하은을 데리고 들어갔다.

"춥지?"

"아뇨."

그의 품에 꼭 안긴 하은에겐 추위란 없었다.

"뭐예요?"

"같이 놀려고 왔어. 태민이하고 도환이는 오늘 프러포즈한다는군."

"진짜요? 우와."

예솔이와 하랑이가 투덜거리는 이유를 남자들이 모르지 않았다.

"잘됐어요."

"그래."

"펜션을 잡은 거예요?"

"응, 예솔 씨가 잡은 날 내가 두 채를 더 잡았어."

"그럼 여기 3개를 잡은 거예요?"

"응."

하여간 통이 큰 남자였다. 펜션에는 같은 구조가 없었다. 여자들이 갔던 곳이 파티를 할 수 있는 넓은 거실이 있는 공간이었다면 이곳은 좀 더 둘이 은밀한 시간을 가질 수 있는 아늑한 곳이었다.

이곳에는 거실 한쪽에 수영장이 있었다.

"여긴 수영장이 있네요."

하은이 그렇게 말을 하며 그의 앞에서 옷을 하나씩 벗었다.

"이렇게 과감한 여잔 줄 알았다면 좀 더 생각을 했을 거야."

"뭘요?"

그녀가 그의 앞에서 완벽한 비너스의 몸매를 드러냈다.

"심장이 아파. 너무나 흥분을 해서 말이야. 이러다가 빨리 죽겠어."

말은 가볍게 했지만 그의 목소리는 욕망으로 인해 갈라져 있었다. 그녀가 물 안으로 천천히 들어가는 동안 그는 그녀에게 눈을 떼지 않은 채 자신의 옷을 빠르게 벗었다. 그의 근육질의 몸을 볼 때마다 하은은 음란마귀가 되는 느낌이었다.

왜냐면 자꾸만 섹스를 하고 싶기 때문이었다. 그의 페니스가 그녀를 뚫고 들어오는 느낌이 너무나 황홀했다.

"날 유혹했으니 책임을 져야지?"

"물론이죠."

그녀가 그의 목에 팔을 감았다. 그리고 그의 입술에 자신의 입술을 거칠게 가져갔다.

"으으음, 넣어줘요."

그는 기꺼이 그녀의 부탁을 들어주었다.

"아아악."

펜션 안에 그들의 신음 소리가 울려 퍼지고 있었다.

속이 타들어가다 못해 입술이 바짝 마르고 있는 도환이었다. 예솔이 펜션을 잡고 처녀파틴지 뭔지를 준비한다는 첩보를 성민이에게 들었다. 그리고 성민이 그녀들을 위해 아주 화끈한 선물을 준비했다는 말도 들었다.

그게 뭔지는 모르지만 불길한 예감이 들었다. 그래서 그는 미노에게 도움을 요청했고 미노와 태민이까지 성민을 찾아가서 닦달을 하자 성민이 모든 걸 토해냈다. 그래서 이쪽에 펜션을 잡고 그녀들을 쫓아서 온 것이었다.

그리고 도착하자마자 그가 본 건 성민이 준비했다는 선물이었다. 홀딱 벗은 남자의 모습에 도환은 기절할 뻔했다. 그들도 안 하는 총각파티를 여자들끼리 진짜로 화끈하게 하고 있으니 어이가 없었다.

"어쩐 일이에요?"

역시 권예솔이었다. 어쩌면 그렇게 담담하게 말을 하는지 어이가 없었다.

"그러네. 여기 어쩐 일일까?"

예솔이 어깨를 으쓱였다. 오늘의 주인공인 하은도 미노에게 오목조목 따지고 들었다. 그래서 미노가 하은을 안고 나가 버렸다. 예솔은 그녀 앞에 따라놓은 소주를 연거푸 마셨다.

"그만 마셔."

"싫어요."

그는 예솔이 왜 그러는 줄 알았다.

"태민아, 내가 나갈게."

태민이 고개를 끄덕였다. 그 말에 예솔의 표정이 굳어졌다. 아마 그가 그녀를 두고 간다고 생각한 모양이었다. 예솔이 다시 소주잔을 잡으려 할 때 그가 예솔의 손을 잡았다. 그리고는 예솔이를 일으켰다.

"뭐 하는 거예요?"

"태민아, 잘해."

"응."

오늘 태민이도 하랑에게 뭔가 할 일이 있었다. 그는 예솔의 손을 잡고는 펜션 밖으로 나왔다.

"짐이 저기 있다고요."

"알아, 내일 찾아."

"내일?"

"……."

예솔이의 손을 야무지게 잡고는 옆에 있는 펜션 안으로 들어갔다.

"야한 놈 같으니라고."

그와 예솔이 들어간 펜션은 완전히 홍등가를 연상시키는 아주 퇴폐적인 공간이었다. 그가 예솔을 넓은 방석 위에 앉혔다.

"뭐 하는 거예요?"

"기다려."

그는 예솔의 옆으로 가서 이어폰을 그녀의 귀에 끼워주고 핸드폰을 주었다. 영문도 모르는 예솔은 그가 주는 핸드폰의 화면을 보았다.

"이게 뭐예요?"

예솔의 눈에 눈물이 가득 고여 있었다.

"뭐긴, 사랑하는 예솔에게 프러포즈하는 거지."

예솔의 얼굴에서 눈물이 흘러내렸다.

"사랑해."

도환은 그렇게 말을 하며 예솔의 손에 반지를 끼워주었다.

"정말 이렇게 사람 놀라게 할 거예요?"

"왜 대답 안 해?"

"해요. 한다고요."

그녀가 그의 목에 팔을 감고 달려들었다.

"이건 언제 준비했어요?"

그녀가 핸드폰을 그에게 들어 보이고는 다시 영상을 보기 시작했다.

"며칠 전에."

"얘들은 공부는 안 하고 언제 이걸 한 거예요?"

"당신 퇴근하고 반장한테 부탁했지."

영상 속에는 아이들이 촛불을 들고 운동장에서 커다란 하트를 그리고 있었고 그 안에서 그가 결혼해 줄래를 외치는 영상이었다. 반 아이들도 아주 멋진 분이라며 응원의 메시지까지 보냈다.

"이제 고3 올라가서 공부해야 하는데……."

"시간은 얼마 안 걸렸어."

아이들 걱정만 하자 도환은 은근히 질투가 났다.

"알아요. 안다고요. 나도 사랑해요."

그녀가 그에게 달려들어 입술에 키스를 하기 시작했다.

"처음이라서 부족했어. 커다란 영상으로 보여주려고 했는데 시간이 그렇게 안 되는 거……."

그의 입술이 그녀의 입에 의해 막혔다. 그리고 다음 말은 한참이 지난 후에야 할 수 있었다. 도환은 그가 좋아하는 아주 밝히는 여자를 만났다.

펜션 안에 덩그러니 놓인 하랑은 신경질이 났다. 다들 안겨서 가거나 손을 잡고 나가는데 태민은 아까부터 그녀에게 눈길 한 번을 주지 않고 있었다.

부스럭부스럭.

"뭐 하는 거예요?"

"준비."

그는 이렇게 말을 하고는 방으로 들어가서 30분째 나오지 않고 있었다. 열이 받은 하랑은 언니들이 남기고 간 소주를 홀짝홀짝 마셨다.

"뭐 하자는 거야? 지금 나랑 장난해? 그렇게 꼴 보기 싫으면 가던가?"

약간의 취기를 빌려 그녀는 마음속의 불만을 말하고 있었다.

"이태민!"

술이 슬슬 올라왔다. 하지만 취하진 않았다. 취하고 싶었지만 너무 화가 나서 마실수록 정신이 더 맑아지고 있었다.

"나쁜 새끼!"

"……."

그녀가 이렇게 말을 해도 방 안에서 잠이 들었는지 그는 꼼짝도 하지 않고 있었다. 신경질이 난 그녀가 태민이 있는 방 안으로 걸어갔다. 한 손에는 소주병을 들고 병나발을 불면서 말이다.

"이태민."

정신이 멀쩡한데 절로 주사가 나오고 있었다.

"나와!"

"……."

"그래? 그럼 내가 들어가지 뭐."

하랑이 방문을 벌컥 열었다. 그리고는 그대로 얼어붙었다. 방 안에는 언제 붙였는지 온통 글씨들로 도배가 되어 있었다. 세계 각국의 말로 사랑한다는 내용이었다.

"으그, 이 주정뱅이 아가씨야."

그가 하랑의 손에서 소주병을 빼앗았다.

"이게 뭐예요?"

"프러포즈를 해야 하는데 어떻게 할 줄을 몰라서……."

한겨울인데 그의 얼굴엔 땀이 흥건했다.

"내가 한 번도 안 해본 거라 어렵군."

이렇게 당황해하는 그를 본 적이 없었다. 언제나 완벽한 사람인
데 오늘은 또 다른 태민을 보았다.

"이걸 다 언제 준비했어요?"

"며칠 됐어."

"이렇게 하면 여자들이 좋아한대요?"

"응, 영화에서 보니까 스케치북에 쓰고 하길래, 난 좀 더 창의력
을 발휘했지."

하랑은 속으로 생각을 했다. 이 사람에게 멋진 이벤트는 기대해
선 안 된다고 말이다. 하지만 땀을 삐질삐질 흘리며 노력을 하고
있는 그를 보니 자꾸 웃음이 나왔다.

"프러포즈 안 해요?"

"해야지. 음음. 나와 결혼해 줄래?"

그가 바지 주머니에서 반지를 꺼내 그녀의 손가락에 끼워주었
다. 프러포즈는 허술했지만 반지의 다이아몬드 크기는 확실하게
컸다.

"그런데 술 마시는 신부는 별로야."

평소의 이태민으로 돌아오고 있었다.

"난 당신이 어떤 모습이라도 좋은데……."

"고맙군, 역시 하랑이는 날 다룰 줄 알아."

"다른 여자들은 왜 이렇게 쉬운 사람을 못 잡았을까요?"

"그러게 말이야. 난 금사빤데."

"그 말은 또 어디서 배웠어요?"

"나이 어린 신부를 맞이하려면 공부를 해야지."

그의 웃음소리가 그녀의 심장을 건드리고 있었다.

"그럼 이제 체력장을 해볼까요?"

"뭐?"

"체력이 튼튼해야 나이 어린 신부를 데리고 살 수 있어요."

하랑이 말이 끝남과 동시에 그를 침대로 밀어뜨렸다.

"일단 순발력은 낙제."

"아니야."

그녀가 옷을 하나씩 벗어 던지자 그는 마른침을 삼키며 그녀를
보고 있었다.

"반사신경은 합격."

그의 발기한 페니스를 쳐다보며 하랑이 말했다. 그가 큰소리로
웃으며 하랑을 침대 위로 끌어당겼다.

"체력장은 혼자 하는 게 아닌 것 같아."

그가 그녀의 몸에 자신의 체중을 실었다. 그들의 체력장은 밤새
도록 계속되었다.

짹짹짹.

이른 아침 아무도 일어나지 않은 펜션에 하은 혼자 일어났다. 깊은 잠에 빠져 있는 미노를 두고 하은은 가운만 걸친 채 창밖을 바라보았다. 아침에 보니 바다가 보였다. 아주 가까운 곳은 아니었지만 그래도 눈이 시원한 거리였다.

"으으음."

어느새 그녀의 등 뒤에 미노가 서 있었다. 그리고는 침대 시트로 그녀를 감싸 안았다.

"추워."

"괜찮아요."

"아니, 하은이가 없으니까 내가 추워."

그의 수염이 난 얼굴이 그녀의 목에 얹어졌다.

"따가워요."

"우리 커피 한잔할까?"

그는 여전히 그녀의 어깨에 기대어 말했다.

"알았어요."

"그런데 그전에 할 일이 있어."

그녀가 알아차리기도 전에 그가 침대 시트를 벗어 던지고는 그녀의 가운을 풀어 헤쳤다.

"도미노 씨."

"가만."

그가 무릎을 꿇고는 그녀의 여성에 입을 맞추었다. 너무나 찌릿한 느낌에 하은은 온몸이 부르르 떨렸다.

"매일 먹었으면 좋겠어."

그는 이렇게 말하며 아직 매일 함께하지 못함을 아쉬워했다. 그리고는 그녀의 다리 한쪽을 자신의 어깨에 걸치고는 그녀의 여성을 빤히 바라보았다. 그의 눈에 훤히 드러나는 자신의 모습에 하은은 부끄러움을 느꼈다.

"그만 봐요."

"알았어."

그는 이렇게 대답을 하고는 그녀의 여성을 한입에 삼켜 버렸다.

"아흐, 그만한다면서요."

"츠읍츠읍. 그만 본다고 했어."

그와 말싸움은 안 하는 게 편했다. 도저히 말로는 이길 수 없는 사람이었다. 그의 혀가 그녀의 여성을 반으로 가르며 들어왔다. 작은 클리토리스가 움찔거리며 그의 혀에 반응하고 있었다.

"기분이 이상해요."

"좋아?"

"모르겠어요."

"그럼 그냥 편하게 느껴."

이렇게 흥분이 되는데 어떻게 편할 수 있겠는가? 그가 그녀의 여성을 어찌나 강하고 자극적으로 빠는지 그 소리가 펜션 전체를 울리고 있었다. 하지만 이 공간은 그들 둘뿐이었다.

"미노 씨, 이제 그만 넣어줘요."

"안 돼."

그는 그녀의 클리토리스를 혀로 자극하면서 손가락으로는 그녀의 질 벽을 긁어대고 있었다.

"아흐."

그녀의 입에서 신음이 계속해서 터져 나오고 있었다.

"허억헉, 제발."

그녀의 숨소리가 점점 거칠어지고 있었다.

"미노 씨."

그가 자리에서 일어나더니 그녀를 돌려 세웠다. 그리고는 창틀을 짚게 했다.

"이 자세도 마음에 들 거야."

그가 뒤에서 자신의 페니스를 밀어 넣었다.

"아아앙."

이제는 쾌감을 아는 하은이었다. 그의 커다란 물건이 그녀를 뚫고 들어올 때 그녀는 끝없는 오르가슴을 느꼈다.

"아아아아앙."

"미치겠어?"

"네."

"나도 금방 갈 것 같아."

어제도 세 번이 넘는 섹스를 했는데 이 남자는 진짜 대단한 것
같았다.

"사랑해요."

"나도."

퍽퍽퍽!

뒤에서 하니 그녀의 자궁에 더 깊은 자극이 되었다.

"아흐."

그녀의 신음 소리가 점점 더 크게 나왔다.

"더 크게 내줘. 난 하은의 신음 소리에 미칠 것 같아."

"아아아아."

내고 싶지 않아도 그가 움직일 때마다 절로 나오는 소리였다.
그렇게 한참을 그들은 끝을 향해 달렸다. 그리고 그의 분신들은
그녀의 몸속으로 사라졌다.

"헉헉, 좋았어?"

"네."

그가 그녀를 뒤에서 다시 안았다. 태양이 많이 떠올라서 푸른

바다를 아름답게 비추고 있었다.

"아름답죠."

"난 하은이 더 아름다워."

그가 하은의 정수리에 입을 맞췄다.

"아버지가 빨리 아이를 만들라고 하시더라고."

"몇 명이나요?"

"생기면 다 낳으래. 그래서 요즘 열심히 운동하고 있어."

"뭐라고요?"

그가 웃으며 당황한 그녀를 꼭 안았다.

"사랑해. 그리고 난 꼭 사랑이 넘치는 가정을 만들 거야."

"고마워요."

그들은 그렇게 한참을 바다를 보며 서 있었다.

"우리 죽을 때까지 이렇게 같은 곳만 바라보고 살아요."

"그래."

그녀는 따뜻한 미소를 지으며 그의 품 안으로 파고들었다. 행복한 미래를 꿈꾸며.

외전_ 욕망의 새별

도하건설의 모습은 날이 갈수록 위풍당당해지고 있었다. 서울의 그것도 금싸라기 땅인 강남에 새 사옥을 지은 도하건설이었다. 본래의 도하 사옥 옆에 쌍둥이를 지은 것이었다. 원래 본사옥은 그대로 쓰고 있었고 신사옥은 조금 더 오픈이 된 공간이었다.

스물다섯 살이 된 미우는 인턴사원으로 지금 도하건설의 국내 영업본부에서 일을 하게 되었다. 물론 그가 도하건설의 차남인지는 아무도 몰랐다.

"안녕하십니까?"

인턴의 주된 업무 중의 하나가 인사하기와 커피 타기였다. 도하건설은 그렇지 않을 줄 알았는데 이게 현실이었다. 형은 처음부터 본부장이어서 밑의 직원들의 삶을 알지 못했다. 재작년에 사장으로 취임해서 지금은 승승장구를 하고 있었다.

미우도 언젠가는 그 자리에 오를 것이고 그때는 좀 더 사원들을 생각하는 오너가 될 수 있을 것 같았다.

"도미우 씨!"

"네."

"이거 복사 20장 해서 회의실에 가져다줘요."

"네."

언제나 씩씩한 미우는 아직 대학생이었다. 군대를 일찍 다녀와서 그런지 미우는 회사가 아직은 군대 같은 느낌이 들었다. 그래서 뭐든 시키는 대로 열심히 움직이고 있었다. 그리고 또 한 명의 군기가 바짝 든 인턴이 있었다.

"한별아."

그의 절친인 한별이가 인턴으로 그의 회사에 들어왔다. 고3 때 성적을 바짝 올리더니 재수를 해서 지금은 당당히 도하건설의 인턴이 되었다. 물론 학생 인턴들은 신입사원과는 차별이 되었다. 신입사원들은 직원이고 그들은 아르바이트 같은 존재들이었다.

"복사 다 했어?"

"응, 너도 복사하러 온 거야?"

미우가 고개를 끄덕였다.

"넌 이런 거 안 해도 되는 거 아냐?"

"지랄."

그는 한별이가 복사를 끝내고 나자 복사를 하기 시작했다.

"오늘 신입사원들 교육 끝내고 사무실로 들어온대."

"그래?"

"이건 비밀인데, 이번엔 미인들이 많대. 역대급이래."

한별이는 더 이상 고등학교 때의 왕따가 아니었다. 음흉한 음란 마귀가 되어 있었다. 사람들과도 잘 어울리고 여자들과도 곧잘 사귀게 되었다.

한별이가 가고 복사기를 돌리는데 시끄러운 소리가 들렸다.

"아, 진짜 어딜 만지신 거예요?"

"아참, 신입 주제에 아주 그냥……."

손버릇이 안 좋기로 소문이 난 조 과장이었다.

"재수가 없으려니까."

"재수요?"

여자가 멋도 모르고 대들려고 하자 미우가 여자를 말렸다.

"안녕하세요? 복사하러 오셨어요?"

그렇게 말을 하며 그녀를 복사실 안으로 데리고 들어왔다.

"상대하지 마세요."

"진짜 성추행 당하려고 이 회사 온 게 아닌데……."

미우는 그녀의 목에 걸린 출입증을 보고는 이름을 알았다.

"최새별……."

어디서 많이 들어본 이름이었다. 하긴 한별이가 그에게 있으니 더욱 그랬다. 여자는 상당히 예쁘게 생겼다. 조 과장이 찍을 만했다. 늘씬한 키에 검은색 정장이 모델 뺨치게 어울리는 여자였다. 거기에 눈으로 보기에도 상당한 글래머였다.

"안녕하세요? 이번에 건축 사업부에 신입사원으로 들어오게 된 최새별이에요."

그녀가 그에게 손을 내밀었다.

"네, 저는 인턴사원 도미웁니다."

"알아, 도미우."

여자가 갑자기 그에게 반말을 했다.

"복사 다 했으면 나 좀 쓸게."

"네."

"네는 무슨."

여자의 행동이 점점 수상했다.

"저를 아세요?"

"아니, 너를 모르세요."

그때 갑자기 그를 유난히도 괴롭히는 국내 영업부 김 대리가 들어왔다.

"어디서 인턴 주제에 수작질이야?"

"그게 아니라."

"꺼져."

미우는 짜증이 났지만 자리를 피했다. 괜히 상대해 봤자 좋을 게 없었다. 복사실을 나오면서 미우는 다시 한 번 뒤돌아 그에게 반말을 하던 새별이라는 신입사원을 보았다.

"뭐지?"

왠지 낯이 익었지만 누군지 기억이 나지 않았다. 저런 미인을 그가 기억하지 못할 리가 없었다. 고개를 갸웃거리며 미우는 자신의 사무실로 향했다.

그날 저녁에 미우는 한별이와 한잔하기로 했다. 갑자기 한별이가 술을 마시자고 해서였다. 집에 가서 쉬고 싶었지만 이상하게 한별이의 부탁은 들어주게 되었다. 도환이 형, 태민이 형, 그리고 미노 형이 친하게 지내듯이 그도 한별이와 각별하게 지내고 있었다.

이게 다 형수 때문이었다. 그들은 형수가 엮어준 사이였다.

"미우야."

한별이가 호프집의 끝에 있는 조용한 자리에 앉아 있었다.

"화장실 앞에 꼭 앉아야겠어?"

"안 그러면 너무 귀찮아서."

"뭐가?"

"너한테 번호 따러 온 여자들 때문에."

미우는 여자들에게 상당히 인기가 있었다. 귀찮을 정도로 여자들이 그에게 전화번호를 물었다.

"어, 새별아."

오늘은 그 이름을 많이 들었다. 누가 온다는 얘기는 없었는데 별생각 없이 미우는 뒤를 돌아봤고 입이 다물어지지 않았다. 아까 그 새별이었다.

"앉아."

"응."

"우리 미우는 알지? 오래돼서 기억에 없으려나?"

미우는 찬찬히 새별을 바라보았다. 안경 쓰고 당차게 그에게 밥을 사라고 하던 한별이의 사촌 새별이었다.

"오랜만이야. 더 멋져졌어."

"고맙다. 넌 진짜 예뻐져서 못 알아봤어."

"그래? 여자들이야 화장빨이지."

여전히 당찬 아가씨였다.

"넌 왜 인턴이야?"

그녀는 그가 도하건설의 아들인 줄 아는 모양이었다. 그가 한별이를 매섭게 쳐다보자 눈치 빠른 한별이가 그녀는 모른다고 입모양으로 말했다.

"군대 때문에?"

"그것도 그렇고. 현장에서 배우고 싶었어."

그때 치킨과 맥주가 왔다.

"오늘은 내가 살게. 그때 국밥 값도 있고 그리고 오늘 일도 고맙고."

"둘이 만났어?"

"잠깐."

그들은 1차에서 상당히 많은 양의 맥주를 마셨다. 한별이는 완전히 꽐라가 됐고 오히려 새별이가 멀쩡했다.

"2차 갈래?"

"콜, 그런데 한별이는?"

"집에 데려다주고 근처에서 한잔하자."

미우는 한별이를 데리고 한별이의 집까지 데려다주었다. 그리고는 새별이와 함께 근처의 소주집으로 옮겼다.

"맥주는 안 취해서 싫어."

역시 센 여자였다.

"진짜 술 세구나?"

"그런가?"

소주잔이 채워지기가 무섭게 새별이 잔을 비웠다.

"천천히 마셔. 무슨 속상한 일이라도 있어?"

"난 말이야. 도하건설에 대한 로망이 있었어."

"그런데."

"그런데 말이야. 너무 사람들이 치근대니까 그만두고 싶어. 여자가 가슴 크다는 이유로 성적인 대상이 돼야 하는 게 너무 싫다."

새별이는 진짜 속상한 것 같았다. 이렇게 한잔 두잔 마시다 보니 새별이 취해 버렸다.

"집에 가자. 12시가 넘었어."

"한 잔만 더……."

그렇게 말을 하고는 새별이가 꼬꾸라졌다.

"야, 최새별."

미우는 취한 인간들이 세상에서 제일 싫은데 오늘은 둘이나 치우게 생겼다.

"집이 어디야?"

"몰라."

내일이 토요일이기에 망정이지 안 그랬으면 내일 출근도 못했을 것이다.

"야, 집이 어디냐고?"

하는 수 없이 미우는 새별을 업고는 근처에 있는 자신의 오피스텔로 데리고 갔다. 집에서 독립한 지 오늘로 1년째 되는 날이었다.

"아이고 무겁다."

아무리 마른 여자라도 술에 취하면 무겁다는 걸 오늘 뼈저리게 느끼고 있는 미우였다. 그는 집으로 들어가서 소파에 새별을 눕혔다. 그리고 불편할까 봐 정장 재킷을 벗겨주었다.

"네가 그 새별이란 말이지?"

고3 때 잠깐 그녀를 본 이후에 솔직히 한별이에게 몇 번을 물어봤었다. 하지만 한별이는 묻지 말라는 소리만 했었다. 나중에 안 일이었지만 부모님이 이혼하시고 새별이가 많이 힘들어한다는 말뿐이었다. 그러니 건들지 말라는 소리였다.

그 뒤로 새별이에 대한 생각을 접었는데 오늘 이렇게 아름답게 자란 새별이를 보니 아주 만족스러운 생각이 들었다. 그는 새별이에게 이불을 덮어주고는 자신의 방으로 들어가서 잠을 청했다.

술이 들어가서 그런지 아주 깊게 잠이 든 미우였다.

아직 새벽인데 눈이 떠졌다. 밖은 아직 어두웠고 기분이 아주 좋은 단잠을 잤다. 따뜻하고 포근한 게 아주 느낌이 좋았다. 이불을 바꿨나라는 생각을 하던 찰나에 미우는 화들짝 놀랐다.

그의 옆에 알몸의 여자가 누워 있었다. 굳이 얼굴을 보지 않아도 그녀가 누군지 알았다. 그녀의 맨가슴이 그의 한쪽 팔에 닿아 있었다. 완전히 죽이게 좋은 느낌이었다. 하지만 잠에서 깬 새별이를 놀라게 할 생각이 없는 미우였다.

그래서 이불을 걷어내고는 살며시 일어나려는 순간 새별이 그의 팔을 잡았다.

"줘도 못 먹어?"

"어?"

"내가 그렇게 매력이 없니?"

"······."

얼굴을 베개에 묻고는 새별이 말했다.

"무슨 소리야? 넌 너무 매력이 넘쳐서 탈이지."

"그럼 가지 마."

새별의 말에 미우는 다시 자리에 누웠다. 새별이의 말을 이해 못할 숙맥은 아니었다.

"후회할 텐데?"

"아니, 아주 오랫동안 기다렸어."

"뭘?"

"너를, 그리고 이 순간을······."

"왜?"

새별이 몸을 돌려 눕자 그녀의 아름다운 몸이 그대로 달빛에 드러나고 있었다.

"어릴 때부터 널 좋아했으니까."

"언제부터?"

"그날 한별이랑 너랑 놀이터에 있던 날. 심장이 멎는 줄 알았어. 말이라도 안 걸면 진짜 죽을 때까지 후회할 것 같았거든."

"새별아."

"첫눈에 반했어."

역시 직진녀였다.

"키스해 줄래?"

미우는 마치 뭐에 이끌리듯이 새별이의 입술에 입을 맞추었다. 전기가 감전된 것처럼 온몸에 소름이 돋았다. 그가 갑자기 입술을 떼자 새별이 놀란 얼굴로 쳐다봤다.

"난 한 번 시작하면 못 끝내. 특히 마음에 있는 여자일 때는……."

새별이 그의 목을 당겼고 그다음부터 미우는 짐승이 되어버렸다. 하지만 그 못지않게 새별이도 적극적이었다. 그들의 입술이 어찌나 세게 부딪치는지 입술에서 피 맛이 났다. 그의 혀가 그녀의 입안을 휘저으며 손은 그녀의 커다란 가슴을 주무르고 있었다.

"으으음."

"허억헉."

그들의 거친 숨소리와 신음 소리가 방 안을 가득 채우고 있었다.

"미칠 것 같아."

새별이는 섹스를 하는 데 굉장히 솔직한 여자였다. 그는 새별이의 다리를 벌리고 그 중심에 자신의 페니스를 집어넣기 시작했다.

"아아악!"

생각보다 새별이의 질은 굉장히 타이트했다.

"아파."

"조금만 참아, 그럼 괜찮아질 거야."

"살살해. 나 처음이라고."

뜻밖의 고백에 미우는 동작을 멈췄다.

"누가 멈추라고 했어? 살살해 달라고 했지."

도리어 새별이 성질이었다.

"알았어."

이상하게 그는 새별에게 끌려 다니는 느낌이었다.

"으으윽."

"아악!"

드디어 그녀의 질 안에 자신의 페니스를 밀어 넣은 미우는 황홀함을 느꼈다. 섹스가 처음은 아니지만 이렇게 파격적인 느낌은 처음이었다. 그녀의 질 안에서 나오고 싶지 않았다. 그가 허리를 움직이기 시작했고 새별이는 아주 잘 적응하고 있었다.

섹스의 절정을 맛본 후에 미우는 새별이를 안고 있었다.

"진작 찾아오지 그랬어."

"자신이 없었어. 집안일도 조금 복잡했고. 그리고 넌 같은 학교에 있었지만 항상 여자들에게 둘러싸여 있었고. 그러다가 군대에 가버리고 나한텐 기회가 없었어."

미우가 새별이의 머리를 쓰다듬어 주었다.

"이제 걱정하지 마."

"이제는 내가 걱정이다. 너 꼭 열심히 해서 도하건설로 취업해. 알았지?"

"응."

미우는 살며시 웃었다. 진짜로 그녀는 그가 도하건설의 아들인지 모르고 있었다. 그래서인지 그를 막 대하는 새별에게 그는 아주 강한 끌림을 느끼고 있었다. 어쩌면 새별이와 끝까지 함께하지 않을까라는 생각이 들었다.

미우는 피식 웃으며 새별의 정수리에 입을 맞췄다.

"나 졸려."

"알았어."

그는 새별이를 따뜻하게 안아주었다. 그리고는 단잠을 청했다. 아주 행복한 연애를 꿈꾸며⋯⋯.

⋯ THE END ⋯